Neff

TAYLOR CALDWELL

JESS STEARN

Atlantis Saga

ROMAN

PAUL NEFF VERLAG
WIEN · BERLIN

Nach der bei William Morrow & Co., New York, erschienenen Originalausgabe
THE ROMANCE OF ATLANTIS
Aus dem Amerikanischen übertragen von
MARIANNE HEINDL

ISBN 3-7014-0159-4

Umschlag- und Einbandentwurf Willi Bahner
Umschlagfoto mit freundlicher Genehmigung von USIS Wien
Gesetzt aus der Garamond-Antiqua
Gesamtherstellung Wiener Verlag
Hergestellt im Auftrag des Paul Neff Verlages, Wien

Nun aber sehnten sie sich nach einem besseren, nämlich nach dem himmlischen Vaterlande. Darum schämt sich Gott nicht, sich ihren Gott nennen zu lassen, denn er hat ihnen eine Stadt zubereitet.

Hebr. 11, 16

I

Der Kaiser war zweihundert Jahre alt, und obwohl es die Verjüngungskammer gab, lebten in Atlantis wenige Menschen länger als zweihundert Jahre. Seine einst strahlenden Augen waren getrübt, sein müdes Gesicht war von Schmerz gezeichnet. Die Stirn bedeckte Schweiß, den ein dunkelhäutiger Eunuch von Zeit zu Zeit mit einem goldgeränderten Seidentuch abwischte.

Um den Hals des Monarchen war eine Goldkette geschlungen, an der ein siebenfarbiges kristallines Geschmeide hing, das dem Ermüdeten neue Kraft verleihen sollte. Seine einst kräftigen Hände waren in Resignation über der Brust gefaltet. In gemessener Haltung und mit besorgtem Gesicht stand ein Arzt hinter dem Bett des Kaisers. Der Kranke hatte bereits nach seinen beiden Töchtern gesandt. Salustra, die ältere, umgab der strahlende Glanz heranreifender Weiblichkeit; Tyrhia dagegen war noch ein Kind mit knabenhaftem Körper. Die fiebernden Augen des Vaters wandten sich liebevoll den beiden zu. Salustra glich – den Göttern sei Dank! – ihrer Mutter; die unvergessene Maxima war bis ins Innerste Aristokratin gewesen.

Salustra war groß für eine Frau und ihr Körper dazu angetan, die Phantasie zu beflügeln. Sie hatte die Augen des Kaisers, strahlend und voll Lebenskraft. Ihre Haut war weiß und rein; nur zierte ihre Wange ein Muttermal, das sich scharlachrot färbte, wenn sie erregt war. Ihr Mund war stolz und einladend zugleich. Ihr rötliches Haar, das bis zu den Knien reichte, schimmerte in einem Glanz, als hätte es das Licht der Sonne eingefangen. Einer weißen Säule gleich hob sich ihr Hals aus dem Marmor ihrer Schultern und verlieh ihr die Haltung einer Königin.

Der sterbende Herrscher vermeinte einen Abglanz des fraulichen Ruhmes zu verspüren, der Salustra erwartete. Er betrachtete die Wölbung ihrer Wangen, die kraftvolle Linie ihres Kinns und ihre stahlblauen Augen. Vielleicht bewegte sie sich zu selbstbewußt, zu herausfordernd für eine Frau, aber die Muskeln unter ihrer schneeweißen Haut waren so kräftig wie die eines Mannes. Lächelnd erkannte Lazar in Salustra die Verkörperung seines eigenen unbändigen Willens, doch das Lächeln schwand von seinen Zügen, als er sich Tyrhia zuwandte. Obwohl sie nur wenige Jahre jünger war als Salustra, wirkte sie noch unentwickelt und in ihrer Haltung schwankend. Ein Goldreif, der an ihrem Arm baumelte, hatte die gleiche Farbe wie die blonden Lokken, die ihr hübsches Gesicht umrahmten. Ihre weißen Hände waren unstet und hilflos.

Sie glich ihrer Mutter, der niedriggeborenen Lahia. Nun, im Anblick des Kindes, erinnerte sich der Kaiser dieser Frau. Sie war eine Sklavin von unübertrefflicher Schönheit gewesen, ein Tribut des kleinen Königreiches Mantius, dem er die Unabhängigkeit gewährt hatte – für keine andere Siegesbeute als die schöne Lahia.

Sie war schwach, aber bösartig und stets ränkesüchtig gewesen. Als sie bereits sein Kind unter dem Herzen trug, hatte er entdeckt, daß sie mit einem Abgesandten des mächtigen Reiches der Althruster ein Komplott ausgeheckt hatte, um ihm Gift in den Wein zu geben. Die Entdeckung war kurz vor der Entbindung erfolgt, und Lazar, der sich nach einem Sohn sehnte, hatte kein Wort gesagt. Aber Lahia hatte wohl aus seinem Mienenspiel entnommen, daß er alles wußte, und war nach der Geburt Tyrhias buchstäblich vor Angst gestorben. Lazar ließ sie feierlich bestatten, und mit Ausnahme der Verschwörer in Althrust erfuhr niemand jemals, was vorgefallen war. An all das hatte Lazar seit Jahren nicht gedacht. Nun streckte er die zitternde Hand nach den Kindern aus. Tyrhia kniete haltlos weinend neben ihm und schmiegte sich in seinen Arm. Salustra stand unbeweglich zu Füßen des Lagers und betrachtete ihren Vater mit ernstem Gesicht. Sie war schneeweiß, ihre bleichen Lippen waren fest zusammengepreßt, und ihre Mundwinkel zuckten.

Nun beugte sie sich zu ihrem Vater. Sie berührte ihn leicht mit den Fingern, und ihm war, als fühle er unter der zarten Hand die Kraft von Stahl. Seine Augen erhellten sich, was ihn bedrückte, schien verflogen.

»Meine Kinder«, sagte er in Gedanken verloren, »ich sterbe. Aber das ist ein natürliches und friedliches Geschehen; dorthin, wo ich gehe, werdet auch ihr eines Tages gehen. Ich eile euch nur voraus. Ich finde mich mit dem Tode ab, so wie ich mich mit dem Leben abgefunden habe. Das ist nur ein Abschnitt im menschlichen Geschehen.«

Tyrhias Schluchzen erfüllte den Raum, und der Arzt warf ihr einen mißbilligenden Blick zu. Ohne auf die Schwester zu achten, sah Salustra ihren Vater mit unbewegten, aber wachen Augen an.
»Salustra, meine Tochter.« Er winkte sie heran, und sie nahm das Tuch aus der Hand des Eunuchen, um den Schweiß auf der Stirne des sterbenden Mannes zu trocknen. Der Kaiser holte tief Atem und schloß die Augen, als wolle er seiner entweichenden Seele noch einmal Einhalt gebieten.
»Salustra«, sagte er, und seine Stimme war heiser vor Anstrengung, »in deine Hände lege ich mein Reich. Verstehst du mich?« Er blickte ihr ins Gesicht, und was er sah, schien ihm eine letzte Freude zu bereiten. »Meine Zeit ist gekommen«, fuhr er fort, »und nun habe ich zu sagen, was gesagt werden muß. Mein Reich ist dein. Von Osten nach Westen erstreckt es sich über dreitausend Meilen von Meer zu Meer. Von Norden nach Süden sind es viertausend Meilen, von eisigen Gletschern bis zu tropischen Stränden. Ein glorreiches Erbe für den, der es verdient.«
Salustra schwieg, aber ihre Augen glänzten. Die Strahlen der Sonne, die in den Säulensaal drangen, warfen einen goldenen Schein auf ihr Gewand. Das Herz schlug ihr bis zum Halse. Sie berührte die Kette, die ihr Vater trug, und mit einem Nicken des Kopfes forderte er sie auf, das Kleinod an sich zu nehmen.
Der Kaiser stöhnte und barg sein Haupt ermattet in die seidenen Kissen. Salustra legte ihre Hand auf seine Stirn und sagte leise: »Ruhe dich aus, Gebieter!«
Aber noch einmal wandte er sich ihr zu, und als sein

Blick ihre Augen traf, erhellten sich seine Züge, und er griff nach ihrer Hand. »Du bist nur ein Mädchen«, sagte er kaum vernehmbar, »aber du hast die Klugheit vieler weiser Männer. Du bist neben mir auf dem Richterstuhl gesessen und hast meine Urteile gehört. Du hast erlebt, wie ich angegriffen und zugleich umschmeichelt wurde. So, wie ich die Lüge hasse, haßt auch du sie. Dein Blick ist scharf genug, um Falschheit und Verstellung zu erkennen. Diese Schärfe ist ein Fluch, denn sie vereitelt selbst den Anschein von Freundschaft. Doch ein Herrscher soll keine Freunde haben. Freunde würden ihn in falscher Sicherheit wiegen. Sei wachsam, Salustra!« Er seufzte tief. »Ich spreche nicht vom faden Einerlei der Regierungsgeschäfte, die du auf meinen Knien gelernt hast, sondern von größeren Dingen, vom Wesen des Herrschens, vom Herzen des Volkes. Verstehst du, was ich meine?«

Salustra neigte leicht den Kopf.

»Ich habe mich einst nach einem Sohn gesehnt, aber kein Sohn könnte fähiger sein als du. Und doch bist du eine Frau; trotz ihrer Kraft sind deine Hände sanft und weiß. Du wirst auf dem Thron mehr Mut und Weisheit brauchen als ein Mann. Aber ich spüre, daß sich das Volk dir unterwerfen wird.« Seine Stimme klang nun fast prophetisch. »Der nahende Tod reißt die Schleier von meinem Blick. Höre auf meine Worte, denn es ist, als kämen sie bereits aus dem Grabe. Ein Herrscher kann Gesetze von größter Genauigkeit und Gerechtigkeit erlassen, aber er wird doch scheitern, wenn er nicht auf die Herzen jener achtet, die er beherrscht. Ein ungeliebter Weiser wird auf taube Ohren stoßen.«

Sein Atem ging schwer, doch er fuhr fort. »Wie erhalte ich mir die Liebe meines Volkes, wirst du fragen. Nicht, indem du es liebst, meine Tochter. Dieses wankelmütige, dekadente Volk läßt sich nur beherrschen, wenn man seine Untugenden, Ausschweifungen und Leidenschaften kennt. Unsere Nation ist im Abstieg begriffen. Wir haben den Gipfel der wissenschaftlichen Erkenntnisse erreicht, doch die alten Sitten und Ehrbegriffe sind dahin.

Die Menschen sind in ihrer Mehrheit eigennützige Subjekte, die ihre Begierden hinter geheuchelter Liebe verbergen, deren lüsterne Lippen ein frommes Lächeln tarnt, die vorgeben, ihren Nachbarn zu lieben, und ihn in Wirklichkeit hassen; sie behaupten, die Untugend zu verabscheuen, doch sie sind zutiefst ins Laster verstrickt. Sei wachsam, Salustra! Erwarte nicht zuviel von diesen Geschöpfen, die sich längst nicht mehr von Baum zu Baum schwingen und dennoch die Sprache des Dschungels sprechen. Versuche sie zu verstehen, gib ihrer Eitelkeit noch mehr Nahrung als ihren Mäulern, dann werden sie dich lieben und bewundern.«

Er blickte sie eindringlich an, um sich zu vergewissern, daß sie ihn verstand. Der kluge Widerschein ihrer Augen beruhigte ihn. Tyrhia weinte noch immer an seiner Brust. Der Arzt beugte sich vor, um den Puls des sterbenden Mannes zu fühlen.

»Der Glaube hat die Macht über sie verloren«, fuhr der Herrscher fort. »Sie verhöhnen ihn insgeheim und bekennen sich zur nationalen Religion nur, weil sie ein beruhigendes Symbol der Tradition ist. Sie schmücken die Tempel, und sie errichten Altäre. Sie halten sich eine korrupte Priesterschaft, die voller Laster und Lüste ist. Sie feiern die Geburt der Göttin Sati, aber sie erfüllen ihre religiösen Pflichten nur dem Schein nach. Sie sind ungläubig und dennoch unduldsam jenen gegenüber, die ehrlich genug sind, ihren Unglauben zuzugeben. Sie lachen den Göttern ins Gesicht und würden sich doch gegen jedermann stellen, der es wagt, ihre Abschaffung vorzuschlagen.

Ich rate dir, Salustra, den nationalen Glauben beizubehalten. Junge Völker können den gewaltsamen Ausbruch von Ideen überleben; eine alte und anfällig gewordene Nation am Rande der Auflösung kann ständigen Angriffen auf ihre Institutionen nicht widerstehen. Unser Volk ist zu alt für das Neue.

Die Blässe der Gedanken lähmt den stärksten Arm; die Tage der Tatkraft dieses Landes sind längst vorbei. Wende nie den Atomzertrümmerer an, damit ihn nicht eines Tages ein kühner Feind gegen dich einsetzt. Unser Volk wird eher kapitulieren als sich einer Bedrohung entgegenstellen. Unsere Intelligenz hat uns viel zu sehr zivilisiert, unsere Eroberungen haben uns viel zu reich gemacht; der Erfolg trägt in sich die Zerstörung dessen, aus dem er erwuchs. Es ist zu spät, die Uhr zurückzudrehen. Der Schaden ist geschehen; du wirst von der Entwicklung mitgerissen werden.«

Stöhnend stützte er sich auf einen Ellbogen. Seine Augen nahmen einen prophetischen Glanz an, als er fortfuhr: »Wenn das Volk je deine Abdankung verlangen sollte, obwohl du überzeugt bist, klug und mutig gehandelt zu haben, dann halte das Zepter fest und kämpfe darum. Das Gift der Demokratie befällt das

Blut kaiserlicher Völker. Wenn eine Nation der Selbstbesinnung und der Disziplin müde ist, schreit sie nach der sogenannten Befreiung, um die Bande der Autorität abzuschütteln. Stelle dich gegen die Demokratie; sie ist dein Feind und der Feind deines Volkes.«

»Und der äußere Feind?« fragte Salustra mit Nachdruck.

Er seufzte. »Blicke nach Norden, Tochter. Die Althruster sind ein mächtiges Volk, jung und unternehmend. In ihnen wohnen der Geist und die Abenteuerlust, die uns einst beseelten. Ich haßte Notar, ihren Kaiser, denn er war listig und grausam. Den Göttern sei Dank – er ist tot. Aber hüte dich vor dem Sohn dieses Wolfs, dem mächtigen Signar. Hab acht auf ihn! Ich habe ihm versöhnliche Botschaften geschickt, doch seine Antwort war, daß er mit Gold und Versprechungen Aufruhr in meinem Reich gesät hat.«

Er lag für eine Weile still, ehe er fortfuhr: »Eine Zeitlang dachte ich daran, ihm eine meiner Töchter zur Frau zu geben, aber ich schreckte davor zurück, mein eigenes Fleisch und Blut einem solchen Wilden auszuliefern. Und nun zu dir selbst, geliebte Tochter! Was immer du tust, hüte dich vor der Verjüngungskammer. Es ist genug für den Menschen, die natürliche Spanne seines Lebens hinter sich zu bringen. Es gibt zu viele Erinnerungen, die wir mit uns tragen müssen, wenn das Leben über das hinausreicht, das die Natur vorsieht. Wir werden der Dinge, deren wir uns einst erfreuten, überdrüssig, bis wir uns schließlich nach dem vollkommenen Vergessen sehnen. Laß es nicht soweit kommen, geliebte Tochter!«

Er lag nun für lange Zeit still, mit geschlossenen, tief in sein graues Gesicht gesunkenen Augen. Tyrhia begann erneut zu schluchzen, doch niemand beachtete sie. Der Arzt schüttelte das Haupt, dann befeuchtete er die trockenen Lippen des Sterbenden mit einem nassen Tuch.

Der Kaiser war noch nicht zu Ende. Er hob die Hand. »Wache eifersüchtig über die Verjüngungskammer. Bewahre sie als eine Anerkennung für Treue und Leistungen, aber gewähre ihren Gebrauch immer nur einmal. Sie wird ansonsten ihre Zauberkraft verlieren, und du wirst sie den Unwissenden nicht länger als lockenden Anreiz bieten können.«

Lazar bewegte sich leise. »Meine Tochter«, flüsterte er, »du wirst heiraten wollen. Aber überlege lange, bevor du diese schwere Last auf dich nimmst. Ich rate dir nicht, ein eintöniges Leben der Enthaltsamkeit zu führen. Nimm dir Liebhaber, hole sie dir, aber wähle sie mit Bedacht. Wähle jene, die dir an Intelligenz gleichkommen. Alle anderen würden nur Ekel und Selbstverachtung heraufbeschwören. Aber zu heiraten, meine Tochter, würde ich dir nicht raten.«

Nun griff er nach der Hand des jüngeren Mädchens. »Deine Schwester, meine arme kleine Tyrhia, lege ich dir ans Herz; ich weiß, daß du sie lieben wirst, wie ich es getan.

Und jetzt, Salustra, muß ich dir einige mühsam erworbene Weisheiten anvertrauen. Du magst sie geringschätzen, aber in einer zweifachen Lebensspanne des Herrschens habe ich ihre Wahrheit erkannt. Es ist besser, sich eines Sonnenunterganges zu erfreuen, als

Herrscher über tausend eroberte Städte zu sein. Der Mensch, dem eine Melodie zu Herzen geht, ist glücklicher als der, dessen Ruhm von allen Berggipfeln verkündet wird. Die Seele wächst nicht durch materielle Werte, sondern durch den Geist. Wenn ein Mensch nicht denkt, dann bleibt seine Seele unerweckt, selbst wenn er auf dem Throne sitzt.« Er schien am Ende seiner Abschiedsworte angelangt zu sein. Lazars Atem verröchelte, und Salustra beugte sich vor, um seine letzten Worte zu vernehmen. »Dir, meine Tochter, vertraue ich mein Volk an. Wenn es ein Leben jenseits der dunklen Schlucht gibt, die sich nun zwischen uns auftut, werde ich alles tun, um dir nahe zu sein und deine Hand zu leiten, denn unser geliebtes Atlantis geht schlimmen Zeiten entgegen.«

Mit einem Seufzer, der fast ein Stöhnen war, fiel er zurück. Der Arzt ergriff das schlaffe Handgelenk des Herrschers. Schmerzerfüllt neigte er das Haupt und sagte: »Der Kaiser ist nicht mehr. Es lebe die Kaiserin!« Erst nun, da der Vater gestorben war, begann Salustra zu weinen. Sie warf sich über seinen leblosen Körper und schluchzte, bis es Zeit war, den Leichnam fortzubringen. Sie tat gut daran zu weinen, denn es war das letzte Mal für lange Zeit, daß sie sich die Wohltat der Tränen leisten konnte. Wie sie nun dastand, wußte sie nicht, ob sie mehr den Heimgang ihres Vaters oder die schreckliche Verantwortung beklagte, die nun auf ihr lastete.

Sie hatte ihren Vater beschworen, den verjüngenden Tempel der Schönheit noch einmal aufzusuchen, doch er hatte ihr erklärt, daß es zwecklos sei. Die Götter erlaubten keinem Menschen, länger als zwei Jahrhunderte zu leben, und das sei gut so, denn die Götter wüßten mehr als die Menschen. Sie erinnerte sich an sein leises Lächeln, als er gesagt hatte: »Wenn deine Zeit kommt, wirst du besser verstehen, was ich meine.« Zum Himmel deutend, hatte er hinzugefügt: »Wer weiß, ob es nicht etwas Besseres jenseits des Firmaments gibt, etwas, was unserer Jagd nach dem Glück Sinn verleiht.«

Sie war zu jung gewesen, um die volle Bedeutung seiner Worte zu erfassen, und hatte nicht eingesehen, warum die Freuden des Lebens nicht ins Unendliche verlängert werden sollten.

Bis jetzt waren nur einige Auserwählte in den Tempel der Schönheit eingelassen worden, dessen Strahlen die Kraft der Drüsen erneuerten und die Zellen belebten. Falten verschwanden, das Haar gewann seine frühere Farbe zurück, Muskeln und Kreislauf wurden wieder jung, und die Jahre schwanden gleichsam dahin bis auf die Erinnerungen, die in Hirn und Herz geborgen blieben. Lazar hatte die Verjüngungsstrahlen das erstemal mit fünfundneunzig Jahren erhalten und dann wieder, als er hundertvierzig Jahre alt war. Beim zweiten Mal war er des Lebens bereits müde und hätte das Jenseits vorgezogen, doch damals fehlte ihm noch der Erbe.

Keine Frau hatte je den Tempel der Schönheit betreten, denn man hatte bisher kein weibliches Wesen gefunden, das dieser Auszeichnung würdig erschien. Salustra wußte auch keinen Mann, der diese Gunst verdient hätte, mit Ausnahme des alten Mahius, des ersten Ministers ihres Vaters, der sie aber bat, sein Leben, das

schon einmal der Verjüngung unterworfen worden war, nicht nochmals zu verlängern.
Mit Tränen in den Augen appellierte er an ihre Nachsicht: »Ich verdiene ein besseres Los aus Euren Händen, Majestät!«
»Wo kann ich deinesgleichen finden?« antwortete sie resigniert. »Wer, wenn nicht du, sollte fest an meiner Seite stehen, wenn die Heere aus dem Norden anstürmen?«

II

Wie dumm diese Männer sind, dachte die Kaiserin. Seit einer Woche hing niedriger, wallender Dunst über dem Land. Atlantis war von einem geheimnisvollen Zusammenbruch seiner Energieversorgung betroffen. Nichts, was durch Sonnen- oder Atomenergie angetrieben wurde, konnte sich bewegen, kein Fahrzeug zu Wasser, zu Lande und in der Luft. Alle atmosphärischen Nachrichtenverbindungen waren unterbrochen, und es hatte den Anschein, als müßte das große Reich zugrunde gehen. Aber diese dummen Männer schwatzten seit Stunden zusammenhanglosen Unsinn, der nichts zur Lösung der gegenwärtigen Krise beitragen konnte und keine Rücksicht auf die unvorstellbaren inneren und äußeren Gefahren nahm, denen sich die schwer getroffene Nation gegenübersah.

Die Kaiserin saß nun schon seit Stunden im Rat der Edlen und Bürger, und die Debatte war noch bedrückender als üblich. Unruhig bewegte sich Salustra auf dem Thron hin und her und klopfte ungeduldig mit dem Fuß auf den Boden. Ihre Augen wanderten müßig durch den Ratssaal, streiften die Wände aus strahlend weißem Marmor und gingen empor zu den riesigen aufstrebenden Säulen und der gewölbten Decke, die so hoch war, daß sie in schummrigem Schatten lag. Ihr

Blick wandte sich schließlich dem Brunnen im Mittelpunkt des großen Saales zu. Ihn schmückte eine Nymphe, die eine Fackel emporhielt, deren Licht war so stark, daß es den ganzen Raum erhellte. Die Kaiserin wandte sich wieder den zwölf Edlen zu, den Repräsentanten der Aristokratie der Provinzen, und den zwölf Bürgern, die das Volk vertraten. Sie hörte kaum zu, was sie sagten, denn sie war unsagbar gelangweilt und in Gedanken mit dem Energiezusammenbruch beschäftigt, der die Nation zu lähmen drohte. Doch wie stets erweckte sie den Eindruck majestätischen Gleichmuts. Ihr goldbedecktes Gewand verbarg kaum die Rundungen ihres Busens und ihrer Schultern. Ihr Haar war mit Perlen bestückt, und auf ihrem Haupt ruhte die zwölfzackige Krone von Atlantis; ein Zacken für jede Provinz. Die kalte, indifferente Schönheit ihres Gesichtes ließ sie völlig leidenschaftslos erscheinen, und von der Blässe ihres Antlitzes hoben sich die vollen Lippen leuchtend ab. Sie trug den Kopf ein wenig zu hoch und zu arrogant, und die Art, wie sie ihn bewegte und die Menschen anblickte, verriet ihre Herrschsucht. Um ihren Hals lag das Geschmeide ihres Vaters, die schwere Goldkette mit dem funkelnden Stein, der an ihrer Brust wie Feuer glühte. Trotz dieses Energiespenders, der den Körper beleben sollte, war sie völlig ermattet.

Einer der Edlen sprach, und sie vernahm seine Stimme als eintöniges Dröhnen in ihrem Ohr. Sie sah an ihm vorbei auf den Berg Alto. Durch die dichten Nebelschwaden leuchteten seine Grate und Hänge in dumpfem Rot. Darunter hob und senkte sich langsam das blaue Wasser der Bucht. Große Schiffe lagen schlin-

gernd vor Anker; Unterseeboote tauchten auf den Meeresgrund, um dort nach Mineralien, nach Kupfer, Uran, Nickel, Kobalt, Gold, Silber und anderen edlen Metallen zu suchen. Sie wandte den Blick, und das helle Licht der Stadt fiel auf ihr Gesicht. Riesige Säulen, Mauern und Kuppeln wuchsen empor und vereinigten sich zu einem großen Wald aus schimmerndem Stein. Die Kaiserin erschauerte; sie haßte Lamora, ihre Hauptstadt. All ihre Anstrengungen, Schmutz, Krankheit und Lärm aus ihren Mauern zu verbannen, waren vergeblich gewesen. Sie erinnerte sich, was ihr Vater ihr einst gesagt hatte: »Eseln kann man nicht Höflichkeit und Schweinen nicht Reinlichkeit beibringen.« So glänzte die Stadt zwar aus der Ferne weiß wie eine Perle, doch sie wußte, daß sich hinter den strahlenden Säulen, Kuppeln und Mauern enge Gassen voll Unrat verbargen. Sie hatte viele Bäume entlang der Hauptstraße setzen lassen, und das Grün der ausgedehnten Parkanlagen hob sich farbenprächtig vom Weiß der Häuserfronten ab. Aber viele Bäume und Blumen verkümmerten in der dumpfen Luft, und andere gingen durch Vernachlässigung ein. Aus der Stadt drang ständig ein Geräusch, ein pulsierendes Dröhnen, das, steigend und fallend wie die Brandung, dem Gemüt ihrer Bewohner glich.
Als sich die Augen der Kaiserin wieder dem Ratssaal zuwandten, blieb ihr abwesender Blick an einer großen farbigen Reliefkarte hängen, die in die Wand aus Marmor eingelassen war. Sie zeigte den riesigen Kontinent, der Atlantis genannt wurde, aber nur das Herzstück dieser gewaltigen Landmasse war der Staat, der Atlantis hieß. Das mächtige Althrust im Norden und Westen

war ebenso groß wie das Territorium von Atlantis; es war ein Land endloser Nadelwälder, eisbedeckter Seen, unfruchtbarer Berge, tiefer Abgründe und unwirtlicher Ebenen, die ewiger Schnee bedeckte. Der nördliche Rand des Kontinents war eine polare Zone, doch in Atlantis selbst herrschte ein angenehmes Klima. Im Norden war es erfrischend kühl, in den Zentralregionen waren die Temperaturen gemäßigt, und nur im Süden war es tropisch heiß und feucht. Dort, in der ersten der zwölf Provinzen, lag auch Lamora, die Hauptstadt, mit sieben Millionen Einwohnern. Südlich von Atlantis erstreckte sich eine Ansammlung von kleinen Inselfürstentümern, Mantius, Dimtri, Nahi, Letus, Antilla und Madura. Kaiser Lazar hatte über ihre Unabhängigkeit wie ein Löwe über seine Jungen gewacht.

Einmal hatte Lazar seine Tochter auf eine Reise durch den Kontinent mitgenommen, in deren Verlauf sie alle zwölf Provinzen kennengelernt hatte. Sieben davon waren blühend, mit aufstrebenden Städten und weiten, fruchtbaren Ebenen. Einige hatten vorwiegend städtischen Charakter und wiesen große industrielle Zentren auf. In anderen überwog die Landwirtschaft, mit kleinen Städten und versteckten Dörfern. Zwei Provinzen waren unproduktiv und lebten von den Erträgnissen der andern. Zwei weitere waren nur dünn besiedelt, mit dichten Wäldern, felsigen Schluchten und einem kargen Boden, der das Leben für eine verweichlichte Generation zu entbehrungsreich machte. Es gab auch eine riesige Zone, die sich über weite Teile von drei Provinzen erstreckte und nur aus Sumpf und Dschungel bestand. Hier ertönten in den tropischen Nächten die Schreie

von Affen, Löwen und Elefanten, die nach dem Verschwinden der Dinosaurier wieder aufgetaucht waren. Eine andere Provinz war eine einzige graue Wüste, unbewohnt bis auf einige Lebewesen, die im Sande vegetierten.
Lamora, die Metropole, fühlte sich allen anderen Städten überlegen. Hier war das Leben hektisch, sorglos und ausgelassen. Die anderen Provinzen nannten Lamora die Kloake von Atlantis, aber für ihre Bewohner war die Stadt der Mittelpunkt der Welt. Hier lebten die berühmtesten Künstler, die tüchtigsten Kaufleute, die besten Wissenschaftler, die schönsten Kurtisanen. Ihr Luxus wurde von den eisigen Gletschern Althrusts bis zu den tropischen Gewässern von Letus gerühmt. Alljährlich schlichen sich, einer vorgeschobenen Invasionstruppe gleich, Tausende von Althrustern ins Land, die der Wohlstand dieses begnadeten Bodens angelockt hatte. Das Leben in Atlantis war nicht hart und grimmig wie in Althrust, und die Gesetze waren großzügiger und toleranter. Auch aus anderen Ländern strömten Einwanderer nach Atlantis; Abenteurer, Bettler, Arbeitsscheue und Verkrüppelte, die das Leben in ihrer Heimat zu anstrengend gefunden hatten.
Lazar war in seinen letzten Jahren über den Strom von minderwertigen Menschen, der über die Grenzen kam, tief besorgt gewesen. Er war für strenge Einwanderungsgesetze eingetreten, die eine Siebung der einzubürgernden Zuwanderer vorsahen. Aber einflußreiche Wirtschaftskreise, die billige Arbeitskräfte brauchten, hatten erfolgreich gegen dieses Vorhaben protestiert. Die Bewohner von Atlantis verlangten zu hohe Löhne,

und die Gewinne lagen bei kaum mehr als zweihundert Prozent. Lazar hatte einige Monate vor seinem Tode mit Salustra über die beabsichtigte Reform gesprochen, aber sie hatte nie genügend Stimmen zusammengebracht, um die Verschärfung der Einwanderungsgesetze im Rat beschließen zu lassen.
An all das dachte die Kaiserin, nur nicht an den Konsul Lustri, den Vertreter der Aristokratie der achten Provinz, und an das, was er jetzt sagte. Ihre Augen ruhten mit distanzierter Neugierde auf ihm. Lustri war ein gutaussehender junger Mann von reinstem Adel und in der Gesellschaft der Stadt wohlbekannt. Er besaß großen Charme und ein gewinnendes Wesen. Von seinem Reichtum hieß es, er sei so grenzenlos wie seine Ausschweifungen. Gerüchten zufolge war er der Liebhaber der Kaiserin, aber wenn er es wirklich je gewesen war, dann war sie seiner beschränkten Gaben bereits müde. Ihre wache Intelligenz verlangte nach einem ebenbürtigen Geist. Lustri war ein anregender Spielgefährte, ein munterer Gesellschafter, aber es gelang ihm nie, die Wand zu durchbrechen, hinter der Salustra in der Einsamkeit der Größe lebte.
Sie fing nur ein paar Worte Lustris auf. Er stand vor dem Thron, die dunklen Augen kühn und zuversichtlich auf sie gerichtet. Edle und Bürger betrachteten ihn gleichermaßen neiderfüllt. Die Kaiserin, so dachten sie, könnte ihm nichts verwehren. Lustri war der Vertreter der liederlichsten Elemente der achten Provinz, in der mehr Gewalttaten vorkamen als in allen anderen Provinzen zusammengenommen. Im Rahmen der gesamtstaatlichen Verfassung erließ jede Provinz ihre eigenen

lokalen Gesetze, hob die Steuern ein, die an die Staatskasse abgeführt wurden, und stellte Kontingente für das Heer auf.

Es gab zwei große Städte in Lustris Provinz, und weder die nationale noch die lokale Polizei war imstande, die Ordnung in ihnen aufrechtzuerhalten, denn die Armen befanden sich praktisch im Zustand des Aufruhrs. Angesichts der weitverbreiteten Korruption in der Beamtenschaft konnten die Steuern oft nur mit Gewalt eingetrieben werden, und die von der Armut genährte Rebellion schwelte unter der Oberfläche. Steuergelder wurden hinterzogen, statt ihrer gesetzlichen Bestimmung zugeführt zu werden. Die Straßen verfielen, in den Städten gab es Tausende von Arbeitslosen, große landwirtschaftliche Gebiete lagen brach. Die gewissenlosen Aristokraten waren teils nicht fähig, teils nicht willens, die für das Staatswesen unerläßlichen Steuern aufzubringen. Sie hatten Lustri, ihren Vertreter, beauftragt, für ein steuerliches Notstandsmoratorium einzutreten. Die benachbarte neunte Provinz war produktiv und wohlhabend, und so schlugen die Edlen der achten Provinz vor, den Ausfall dadurch wettzumachen, daß ihren glücklicheren Nachbarn eine höhere Steuer auferlegt wurde.

Lustri vertrat seine Sache gut; seine Augen waren vielsagend auf die Kaiserin gerichtet, als teile er mit ihr ein besonderes Geheimnis. Unbekümmert lächelnd entwarf er ein drastisches Bild der wirtschaftlichen Schwierigkeiten der achten Provinz. Er plädierte für einen kleinen Aufschub, für ein wenig Verständnis für die Probleme seiner Heimat und für einen selbstverständlich nur vorübergehend größeren Steuerbeitrag der neunten Provinz. Aber während er sprach, sandten seine Augen der schönen Frau, der er gegenüberstand, eine ganz andere Botschaft zu; eine Erinnerung an die Stunden, in denen er ihren Busen an seine Brust gedrückt und das schnelle Schlagen ihres Herzens gespürt hatte. Sein Blick ließ sie wissen, daß er sich an den Duft ihrer Haare und die Weichheit ihrer Lippen erinnerte, und er war sicher, daß auch sie von Erinnerungen erfüllt sein mußte.

Während er sprach, hatte sich ein Mann in der Versammlung unwillig erhoben, zunächst noch zurückgehalten von seinen Gefährten. Er war groß, hager, in mittleren Jahren, und seine blauen Augen hoben sich erstaunlich hell von seinem tiefgebräunten Gesicht ab. Er war der Vertreter der Bürger der neunten Provinz. Die Kaiserin, der sein Benehmen nicht entgangen war, hob die Hand, und Lustri hielt inne. Die Bewegungen Salustras waren zurückhaltend, und sie erweckte fast den Eindruck, als ginge sie das alles gar nichts an. Den Bürger scheinbar übersehend, nickte sie Gatus, dem Vertreter der Aristokratie der neunten Provinz, einem Verwandten Lustris, zu. Er trat vor, beugte das Knie und berührte Salustras goldenen Schuh zum Zeichen des Dankes und der Ehrerbietung mit der Stirne.

»Gatus, du hast Lustris Forderung gehört«, sagte sie. »Was hast du dazu zu sagen? Sind deine Leute und bist du mit ihrer Erfüllung einverstanden?«

Gatus blickte sie eindringlich an, aber ihre Miene war nicht zu enträtseln. Lustri lächelte, es war ein Lächeln der Zuversicht und des Triumphes. Er suchte im Antlitz der Kaiserin nach einem Ausdruck des Einverständnisses, doch sie blickte nicht in seine Richtung. Gatus zögerte, offenbar verwirrt, einen Augenblick, dann neigte er zustimmend das Haupt. In diesem Augenblick riß sich Publius, der Vertreter der Bürger der neunten Provinz, mit einem zornigen Schrei von seinen Gefährten los und eilte vor den Thron der Kaiserin. Mit zornerfüllten Augen blickte er auf Gatus und Lustri, die verlegen lächelten. »Gnädigste Majestät«, rief er, »ich protestiere gegen diese Vergewaltigung des Volkes. Wir arbeiten zu hart, um das Opfer der Verschwendungssucht der Edlen zu werden!«

Salustra blickte den Bürger voll Erstaunen an. Mehrere Edle traten an die Seite von Lustri und Gatus, und alle hielten die Hand am Schwertknauf, bereit, dieses dreiste Verhalten gegenüber ihrer Kaiserin zu sühnen.

Doch Salustra wies sie mit einer Gebärde zurück; nur Lustri, Gatus und Publius blieben vor dem Thron stehen.

Sie wandte sich zuerst an den Bürger. »Publius, tritt vor und sage, warum ich deinem wohlhabenden Volk diese Steuer nicht auferlegen soll.«

Lustri, der voll Selbstsicherheit war, spielte mit dem juwelengeschmückten Knauf seines Schwertes. Gatus, unbehaglich lächelnd, zog nervös mit dem Fuß eine Fuge zwischen zwei Marmorplatten des Fußbodens nach.

Publius gestikulierte leidenschaftlich mit beiden Händen, und seine Stimme war voll Zorn. »Wie ungerecht«, klagte er, »ist es für den Fleißigen, den Esel für die Faulen abgeben zu müssen. Wofür soll sich da ein Mensch noch anstrengen? Wozu soll er arbeiten?«

Die Kaiserin saß nachdenklich da, die Augen zu Boden geschlagen. Sie sah weder Publius noch Lustri an. Plötzlich fuhr sie mit der Hand die Lehne des Thrones entlang, ihre Augen leuchteten auf, und sie sagte mit klarer Stimme: »Ich verwerfe Lustris Antrag.«
Unterdrücktes Gemurmel, einem aufkommenden Winde gleich, ging durch die Versammlung. Die Edlen blickten einander staunend an, bösartige Blicke, die zuvor noch die Furcht unterdrückt hatte, wandten sich nun dem bloßgestellten Lustri zu, der die Kaiserin ungläubig und fassungslos anstarrte.
Der junge Mann zitterte, und Schweißperlen traten auf seine Stirn. Er hob bittend die Hand, doch Salustra betrachtete ihn mit unwilligem Blick und verzog den Mund.
»Gnädigste Majestät«, begann Lustri mit gedämpfter Stimme, die kaum lauter war als ein Flüstern, »ich darf um weitere Überlegungen bitten. Hier muß ein Mißverständnis vorliegen.«
Die Kaiserin führte die Hand langsam zum Hals empor, und ihre Finger spielten mit dem Geschmeide, das sie trug. Dabei warf sie ihm einen Blick zu, der ihm die Kluft, die sich zwischen ihnen auftat, zum Bewußtsein brachte.
»Ich habe alles überlegt«, sagte sie leidenschaftslos. »Ich sehe nicht ein, warum Fleiß und Wohlstand für Unfähigkeit und Verschwendung büßen sollen. Das ist alles.«
Lustri war erschüttert. »Das ist alles?« flüsterte er.
Die Kaiserin neigte kühl ihr Haupt.
Kalkweiß im Gesicht, verbeugte sich Lustri und ging zu

seiner Bank, wo die Edlen, die starr vor sich hinblickten, ein wenig von ihm abrückten.
Als habe es Lustri nie gegeben, griff die Kaiserin nach einer Pergamentrolle in ihrem Schoß und begann sie mit finsterem Gesicht zu studieren. »Und nun zum Rest«, sagte sie schließlich.
»Gatus und dir, Publius, erteile ich die Erlaubnis, eine Verbindungsstraße zur Nationalstraße zu bauen. Ihr werdet die für dieses Projekt erforderlichen Steuern einheben. Aus der Staatskasse könnt ihr Gelder in der Höhe von zehn Prozent der lokalen Abgaben beziehen.«
Die Routinegeschäfte des Tages gingen weiter. Salustra prüfte in Gedanken einige Vorschläge, hörte auf den Rat der Anwesenden und traf ihre Entscheidungen. So fand schließlich die Beratung des Tages ihr Ende.
Salustra herrschte nun seit zehn Jahren über Atlantis, und in dieser Zeit hatte sie ihr Bestes getan, um sich dem unaufhaltsamen Schicksal entgegenzustemmen. Eine scharfe Beobachterin wie sie wußte, daß sich für ihr Land die Stunde der Entscheidung rasch näherte. Im Mittelpunkt aller ihrer Überlegungen standen stets die Barbaren aus dem Norden. Sie kannte die Geschichte viel zu gut, um nicht zu wissen, daß eine Nation, die von innen heraus zerfällt, reif für Eroberer von außen ist.
Atlantis gehorchte ihr, aber es liebte sie nicht. In ihr war kein Raum für Sentimentalitäten; so wie einst ihr Vater wußte sie, daß die Menschen die Hand, die die Peitsche schwingt, respektieren und die Güte eines Monarchen als Schwäche auslegen. Sie wußte, daß am Beginn jeder Kultur schlichte Kraft stand, daß neue

Nationen aus der Saat älterer Völker entstehen, heranwachsen und schließlich den absterbenden Organismus, aus dem sie entstanden sind, in sich aufnehmen. Mit kaum verhohlenem Spott wurde sie die jungfräuliche Königin genannt. Sie war das Symbol der letzten Blüte einer sterbenden Kultur; in ihr sahen ihre Untertanen Atlantis verkörpert. Sie verbreiteten Gerüchte über ihre Liebhaber und erzählten lächelnd, daß sie nur den Stärksten und Jüngsten ihre Gunst zuteil werden lasse. Innerhalb gewisser Grenzen hatten Gelehrte und Künstler in ihr eine treue Freundin. Sie negierte Werte nicht, obwohl sie wußte, daß sich die Flamme des Genies um so schneller verzehrte, je heller sie leuchtete. »Besser ein Tag strahlendes Leben als ein Jahrhundert Dunkelheit«, sagte sie oft und wiederholte das zynische Wort ihres Vaters: »Denken ist der Beginn des Sterbens.«

In einem Versuch, den Untergang zu verzögern, hatte sie den fähigsten Bewohnern ihres Landes Geldprämien geboten, damit sie ihre Familien vergrößerten, denn eine der Ursachen, warum Atlantis starb, lag darin, daß Männer und Frauen von einiger Bildung fast totale Geburtenkontrolle praktizierten.

Es war so einfach, Angehörige beider Geschlechter durch Injektionen für sechs Monate unfruchtbar zu machen, daß nur die Minderwertigen, die Gedankenlosen, die sich vom Nachwuchs einen neuen Reiz ihres Lebens erhofften, mehr Kinder hatten, als die Sterblichkeitsrate ihrer Klasse betrug. Es gab noch einen anderen Anreiz. Sie konnten beim Staat für ihre Kinder um zusätzliche Wohlfahrtsgelder ansuchen.

So trug die Haltung der herrschenden Klasse zum nahen Untergang bei. Weil sie fürchteten, ihre Kinder nicht hinreichend von einer immer korrupter werdenden Gesellschaft abschirmen zu können, wollten gerade die fähigsten Menschen des Landes keine haben.
Salustra hatte versucht, die Minderwertigen unter der Bevölkerung dazu zu bringen, Geburtenkontrolle zu üben. Aber die religiösen Gemeinschaften mit den Priestern an der Spitze hatten dagegen lauthals protestiert und die breite Masse des Volkes mit ihnen. Welches Recht hatte auch ein weltlicher Souverän, ihnen zu befehlen, von ihrem göttlichen Recht auf Nachwuchs, der so minderwertig war wie sie, keinen Gebrauch zu machen?
Salustra hatte daran gedacht, ihre Erzfeinde, die Priester, zu Hilfe zu rufen. Sie sollten, um die Kinderzahl der oberen Stände zu heben, ihnen mit unsagbaren jenseitigen Qualen drohen, falls sie Geburtenkontrolle übten, doch das Vorhaben war kläglich gescheitert. Nicht die Guten, sondern nur die Schlechten, nicht die Wissenden, sondern nur die Unwissenden im Lande hatten solchen Drohungen Gehör geschenkt.
Schließlich entwarf sie einen Plan, wonach Jugendliche, Arbeitsscheue und Krüppel bestraft wurden, wenn sie eine bestimmte Kinderzahl überschritten; zugleich erwog sie, künftighin das Zusammenleben solcher Menschen zu verbieten. Dagegen ermutigte sie den Verkehr unverheirateter Männer von guter Herkunft mit den Frauen ihrer Wahl und nahm die Kinder in die Obhut des Staates. Unehelichkeit sollte keine Schande sein. Die Priester waren empört, aber Salustra hielt sie mit

starker Hand nieder und erklärte: »Diese Kinder gehören dem Staat. Atlantis ist ihr Vater und ihre Mutter.« Ihre Feinde spotteten darüber in aller Öffentlichkeit. Wenn sie edle Kinder haben will, sagten sie, warum gibt dann sie, die Blüte von Atlantis, nicht ein gutes Beispiel? Die Elite der jungen Männer des Landes würde sich glücklich schätzen, etwas zum Wohle der Nation beitragen zu dürfen.

Salustra ignorierte diese zweideutigen Aussprüche. Sie nahm solche Feindseligkeiten gelassen hin und beurteilte die Wirksamkeit ihrer Gesetze nach der Opposition, auf die sie stießen: bei den Dummen, den Faulen, den Kranken und den Schwachen.

Manchmal wurden obszöne Inschriften an die Mauern ihres Palastes gekritzelt. Ermutigt durch eine böswillige Priesterschaft, erzählte man sich allerlei Geschichten über ihre Liebhaber, aber trotz allem vertraute die große Masse ihrem kalten Intellekt.

Die wenigen Freunde, die sie hatte, nährten den Glauben an ihre Jungfräulichkeit, um sie damit gleichsam über alle anderen Frauen zu erheben. Diese naive Verehrung ärgerte und amüsierte sie zugleich. Sie wußte nur zu gut, daß diese Verehrer in ihr fälschlicherweise die sentimentalen Ideale ihrer eigenen Phantasie verkörpert sahen. Aber wenn es um Frauen ging, waren eben selbst kluge und erfahrene Männer geradezu kindisch. Nur die Zyniker waren über solche Dummheiten erhaben. »Zynismus«, pflegte sie zu sagen, »ist das Vorrecht der Jugend, eine liebe Gewohnheit der reifen Jahre und der bittere Trank des Alters.«

III

Verschlafen rieb die Kaiserin ihre Augen, während Mahius sie mit ernster Miene betrachtete.
»Was hast du?« fragte sie. »Was kann der heutige Tag noch Schlimmeres bringen als der gestrige?«
Das Gesicht des alten Mannes war geradezu schmerzerfüllt. »Majestät«, sagte er, »die Geologen berichten von einem bösen Grollen in der Erde hoch im Norden.«
Sie richtete sich im Bett auf und sah ihren obersten Ratgeber schelmisch an. »Blick weg, alter Mann, während ich aus dem Bett steige. Ich trage nichts als meine Haut in diesen Nächten; es ist so unerträglich heiß ohne das zentrale Kühlsystem. Warum können die Palastgeneratoren, die noch Strom für unsere Lampen geben, nicht auch ein wenig kühle Luft in meine Kammer schikken?«
Den Blick zu Boden gesenkt, antwortete Mahius: »Diese Generatoren haben sehr wenig Kraft, Majestät. Sie reicht nur für eine teilweise Beleuchtung, und es fragt sich, wann auch dieses letzte Restchen von Energie verbraucht sein wird.«
Sie saß nun auf der Kante ihres Bettes und bot in dem kurzen Hemd, das von der Rundung ihrer Brust bis zu den Hüften reichte, einen verwirrenden Anblick.
Mahius hüstelte unsicher.

»Nun erzähl von dem Erdbeben, alter Mann«, sagte Salustra in scherzendem Ton.
Mahius' Blick kam einer Zurechtweisung gleich, als er mahnend sagte: »Majestät, wenn man die schreckliche Situation bedenkt, in der wir uns befinden ...«
Mit einem Schlage war Salustra aufmerksam. »Sprich nicht in Rätseln, alter Mann«, wies sie ihn zurecht. »Was willst du damit sagen?«
Mahius schluckte einige Male. »Das ist kein gewöhnliches Erdbeben, und die Seismographen auf dem Berge Atlas haben keine derartige Aktivität verzeichnet, seit die letzte Atomexplosion unsere Vorfahren davon überzeugt hat, daß diese Waffe zu schrecklich ist, um von Menschen angewendet zu werden.«
Salustra hüllte sich nun in einen farbigen Umhang, griff nach dem Geschmeide ihres Vaters und erhob sich, plötzlich hellwach geworden, von ihrem Lager.
»Wenn wir das Atom nicht spalten, weil wir die Folgen fürchten, wie können es dann andere tun?« Sie blickte auf, von einem jähen Gedanken ergriffen. »Im Norden gibt es nur die Althruster, und die sind viel zu rückständig, um die Kernenergie entwickelt zu haben.«
Mahius schüttelte nachdenklich das Haupt. »Die Kernenergie ist kein Geheimnis, Majestät. Tausende von Atlantiden waren bei ihrer Herstellung beschäftigt. Viele von ihnen sind in Althrust geboren und haben eine selbstverständliche Loyalität gegenüber ihrem Geburtsland.«
»Was schlägst du vor, alter Mann?«
Er zuckte die Achseln. »Gleich Euch, frage ich mich, Majestät, wie sie in den Besitz der Kernkraft gelangt

sind. Es gibt keine Erklärung, außer einer, die sich aufdrängt.«
Die Augen der Kaiserin blitzten. »Ich kann es nicht als Erklärung annehmen, daß ein Atlantide, mag er noch so unzufrieden sein, das Geschick seines Landes den Launen der Barbaren ausliefert.«
Mahius saß einige Augenblicke schweigend da. »Das ist es nicht, was mich unmittelbar bedrückt, Majestät!«
Sie blickte überrascht auf. »Was sonst?«
»Wir wissen, daß der Kernspalter tief unter der Erde in Aktion gesetzt werden muß, wenn er nicht eine Kettenreaktion in Gang setzen soll, deren furchtbare Hitze die Erde zerstört.«
Sie streifte ihn mit einem ungeduldigen Blick. »Also gut, fahre fort!«
»Wenn die Althruster das Atom in der Atmosphäre zur Explosion gebracht haben, dann könnte es mit seiner gewaltigen Entladung von thermaler Energie bereits bewirkt haben, daß die Berge von Eis am Pol schmelzen.«
Sie blickte ihn nachdenklich an. »Und wenn es so wäre, was hätte das für Folgen?«
»Es ist noch zu früh, darüber etwas zu sagen, aber wenn die Hitze das Eis angreift, würden sich alle Folgen eines großen Tauwetters einstellen, und ein Eisfeld, so groß wie der Atlantische Ozean, würde zu schmelzen beginnen.«
»Das würde das sichere Ende von Althrust bedeuten.«
»Und vielleicht von Atlantis«, erwiderte Mahius. »Wie es die Orakel seit Jahrhunderten vorausgesagt haben.«
Ihre Antwort war voll Schärfe. »Die Orakel haben keine Zeit genannt, alter Mann.«

»Dem ist nicht ganz so, Majestät«, antwortete er gelassen. »Wenn das Land so heruntergekommen ist, daß selbst das Wild der Felder und die Vögel des Himmels fliehen, dann werden wir die letzten Tage und die Rache der Götter erleben.«

Ihre Lippen wölbten sich ärgerlich. »Rede mir nicht von den Göttern, Mahius! Es ist zu früh am Tage für Orakel.« Nach einem Blick auf die Uhr neben ihrem Bett fuhr sie fort: »Außerdem ist es Zeit für den Rat der zwölf Provinzen. Ich muß mich für dieses sinnlose Ritual fertigmachen.«

Mahius erhob sich mühsam und sagte: »Ich werde Euch dort treffen, Majestät, und vielleicht schon mehr wissen.«

»Geh, alter Mann«, sagte sie, »und laß uns gemeinsam die Aufgaben erfüllen, die uns erwarten.«

Viermal im Jahr hielt Salustra Beratungen mit den Vertretern der zwölf Provinzen ab. Die Repräsentanten der Bürger wurden durch allgemeine Wahl bestimmt, die Abgesandten der Edlen durch die Aristokratie; beide für jeweils sechs Jahre, und niemand durfte sein Amt ohne ausdrückliche Zustimmung des Souveräns länger bekleiden. »Damit«, hatte Lazar gesagt, »wird die Korruption auf ein Mindestmaß beschränkt. Es dauert drei Jahre, bis man gegenüber Unterschlagungen anfällig wird, und zwei weitere, bis man die Furcht, ertappt zu werden, überwindet.«

Der Souverän war die oberste Autorität, und jedermann konnte sich, über die Köpfe der höchsten Würdenträger hinweg, an ihn wenden. Verschwendung und Mißbrauch öffentlichen Eigentums waren die ärgsten

Verbrechen, die mit Tod und Konfiskation bestraft wurden.
Die Söhne verurteilter Personen verloren für zehn Jahre ihre bürgerlichen Rechte. Die Wahlen in den Rat der zwölf Provinzen wurden überwacht, und jeder Wahlwerber durfte nur tausend Decenari, eine verhältnismäßig geringe Summe, ausgeben. Eine Zeitlang hatte es eine Bewegung gegeben, das Wahlrecht auf die Frauen auszudehnen. Salustra hatte gegen diesen Vorschlag Einspruch erhoben. »Anfänglich werden sie wie ihre Väter, Gatten und Söhne wählen«, hatte sie gesagt.
»Das würde lediglich bedeuten, die männlichen Stimmenanteile zu multiplizieren. Nach einiger Zeit würden sie sich aber vom äußeren Schein leiten lassen und nur für die Kandidaten stimmen, die am besten aussehen und am sympathischsten sind. Das wären dann Schauspieler und männliche Mannequins.«
Sie selbst betrachtete sich nie als Frau und galt als kälter, energischer und unbeugsamer als selbst ihr Vater. Lazar hatte sich gelegentlich von Mitleid und Großzügigkeit leiten lassen; Salustra dagegen nie. Eine Sache war für sie entweder gerecht oder ungerecht, sie entsprach den staatlichen Gesetzen oder nicht. Manche meinten, sie sei grausam, andere priesen sie als hart, aber gerecht. Gerechtigkeit ohne Milde aber kann furchtbar sein. Die Kaiserin hielt nicht nur viermal im Jahr Beratungen mit den Vertretern der Provinzen ab, sondern empfing auch die Botschafter der kleinen südlichen Königreiche und Althrusts zu diplomatischen Gesprächen. Die beiden Botschafter des nördlichen

Nachbarlandes traten ihr üblicherweise mit kaum verhohlenem Trotz gegenüber.

»Althrust«, pflegten sie zu sagen, »ist so groß wie Atlantis.«

»Die Starken können auf Diplomaten verzichten«, war ihre Antwort, »und vor allem auf Diplomaten wie euch.«

Die beiden Botschafter sandten ihrem Herrscher regelmäßig Berichte über diese außergewöhnliche Frau. Salustra gab sich über Signars Absichten keinen Illusionen hin. Sie wußte, daß Althrust jünger, kräftiger und gieriger nach Land war als Atlantis. Voll Mißtrauen blickte sie deshalb nach Norden und nahm die Beteuerungen der Freundschaft aus dem Munde von Signars Botschaftern ohne Kommentar entgegen. Dabei war sie ohne Haß; Signar war für sie lediglich die Verkörperung des Unausweichlichen. Genauso hätte man den Sturm, das Erdbeben oder die Springflut hassen können. Die Jugend war dem Alter immer auf den Fersen. Die Tage von Atlantis waren gezählt, jene von Althrust erst im Kommen. Aber sie war gewillt, dieses Kommen zu verzögern.

»Sei friedfertig« war ihre Losung. »Setze keine Taten, aber sieh zu, daß dein Schwert scharf ist.« Mit Ausnahme von Mahius waren ihre Minister für Abrüstung eingetreten. Sie waren der Ansicht, daß das Vorhandensein von atomgetriebenen Flugzeugen, Schiffen und Raketen sowie von Todesstrahlen den Krieg geradezu heraufbeschwören würde. Wenn der nördliche Nachbar sehe, daß Atlantis abrüste, werde er dem Beispiel bald folgen. Salustra hatte ungläubig gelächelt. Wie konnten kluge Männer so kindisch sein? »Ein waffenloser Mann ist eine Versuchung für seine Feinde«, hatte sie geantwortet und ihrem Volk gesagt: »Wenn ihr Atlantis liebt und den Frieden wollt, dann bewaffnet euch bis an die Zähne.«

Das Volk hatte ihr vertraut und der Aufrüstung zugestimmt; Signar mußte ihr widerwillig Anerkennung zollen. »Sie ist eine Führerin«, sagte er seinen verstörten Botschaftern, »auch wenn sie eine Herde führt, die ihrer nicht wert ist.«

Die Althruster waren technologisch nicht genügend weit fortgeschritten, um in einem nuklearen Wettrüsten mit Atlantis bestehen zu können. Aber mit Hilfe von Spionage sowie Anwerbung von unzufriedenen und verräterischen Atlantiden, denen sie kleine Fürstentümer und hohe Ämter versprachen, hatten sie gestohlen, was sie selbst nicht schaffen konnten. Die ersten nuklearen Explosionen hatten sie in der eisigen Wildnis nördlich ihrer düsteren Hauptstadt Rayjava gezündet. Tiefe, klaffende Löcher waren in die Berge von Eis gerissen worden. Es hatten sich Schwaden von dichtem Nebel gebildet, die nun wie eine undurchdringliche Decke über dem Eis lagerten. Nach einiger Zeit war der Wasserspiegel südlich von Althrust deutlich gestiegen, aber die Althruster hatten das nicht beachtet, weil sie die Waffe, die sie gestohlen hatten, viel zuwenig kannten, um ihre weitreichenden Wirkungen zu verstehen. Unter Mißachtung der Folgen gab Signar zu verstehen, daß er nicht zögern würde, die Kernenergie für Angriffszwecke zu verwenden. »Wozu sind solche Waffen gut«, erklärte er, »wenn nicht zur Unterwerfung des Gegners?«

Er verachtete das Zögern der Atlantiden, ihn in seine Schranken zu weisen, obwohl sie die Möglichkeit dazu hatten. »Mit Ausnahme ihrer Kaiserin«, sagte er geringschätzig, »sind sie alle Weiber.«
Hinter seinem Vorhaben, Atlantis zu erobern, verbarg sich sein steigendes Interesse an dieser Frau. Wenn sie seine Agenten entlarvte, lachte er nur zustimmend. Er hatte seinerseits einige ihrer Spione gefangen und schickte sie mit großartigen Geschenken für die Kaiserin zurück. Salustra bedankte sich auf ihre Weise. Als der nächste Spion der Althruster gefangengenommen wurde, ließ sie ihn enthaupten und schickte Signar seinen Kopf in einem goldenen Korb.
Die Energiekrise war ein Problem, das sich nicht so leicht lösen ließ. Dadurch, daß es Atlantis im Laufe der Jahrhunderte gelungen war, die Energien der Sonne und des Meeres zu bändigen, war es die größte Macht der Welt geworden. Technologisch stand es an der Spitze. Industrien, Haushalte, Werkstätten und Fahrzeuge hatten alle aus der scheinbar unerschöpflichen Reserve der Natur ihre Kraft bezogen, um ein komplexes Produktions-, Verkehrs- und Nachrichtensystem aufrechtzuerhalten. Aber der eindeutigen Überlegenheit von Atlantis auf technischem Gebiet entsprach keine angemessene Entwicklung sittlicher und geistiger Werte. Der Überfluß an Energie hatte eine Wohlstandsgesellschaft geschaffen, in der Luxus und Komfort vorherrschten. Damit beschleunigte sich der Verfall des Volkes, das von allem den Preis und von nichts den Wert kannte.
Salustra schätzte ihre Untertanen richtig ein. Verweich-

licht und selbstgefällig, verrottet bis ins Innerste, waren sie reif für die Unterwerfung durch jeden Gegner, der klug genug war, ihre völlige Korrumpierung und ihre Lust an der eigenen Schmach zu erkennen.
Die geheimnisvollen Nebel über dem Land hatten im Verein mit dem Zusammenbruch der Energieversorgung und den alten Weissagungen vom Untergang eine Atmosphäre der Bestürzung hervorgerufen. Ohne die drastischen Maßnahmen, die Salustra und ihre Minister ergriffen hatten, wäre das Land bereits in Chaos verfallen. Vor dem neuerlichen Zusammentreten der Nationalversammlung der Edlen und der Bürger hatte die Kaiserin die Minister für Verkehr, Nachrichten, Wissenschaft, atmosphärische Fragen, Sonnenenergie und nationale Angelegenheiten zu sich berufen, um mit ihnen in aller Heimlichkeit über die schwerste Krise zu beraten, die Atlantis seit dem Kampf mit den riesigen Sauriern betroffen hatte.
Die Kabinettsmitglieder waren genauso verstört wie die Bevölkerung, aber Salustra, die ihre nachlassenden Energien durch das kraftspendende Geschmeide an ihrem Halse beflügelt hatte, erklärte, daß keine Zeit für lange Debatten sei; das Land stehe vor dem Zusammenbruch, da die Nahrungsmittel auf den Feldern nicht geerntet und abtransportiert werden konnten.
Zu Timeus, dem Verkehrsminister, sagte sie: »Ich gebe dir zwölf Stunden, um den Transport von Waren und Gütern auf unseren Straßen und Wasserwegen wieder in Gang zu bringen.« Als Timeus, ein hagerer, dunkelhaariger Mann protestierend das Wort ergreifen wollte, hob die Kaiserin die Hand. »Sag mir nicht«, meinte sie

spöttisch, »daß du ohnehin schon eine Lösung gefunden hast. Um so besser, wir werden das Ergebnis morgen sehen.«
Die Minister, die sich in den Privatgemächern der Kaiserin versammelt hatten, blickten düster vor sich hin.
»Ich brauche Männer«, herrschte die Kaiserin sie an, »die mir sagen, was getan werden kann, statt mir zu erklären, was nicht möglich ist.«
»Fribian«, sagte sie zum Minister für Sonnenenergie, »verrate mir, warum unsere kristallinischen Empfänger und Strahlenvermittler Energie aus der Atmosphäre weder aufnehmen noch senden können?« Fribian, ein gutaussehender junger Mann, erhob sich und begann unbekümmert und offen zu reden. »Wir bringen es mit dem Nebel in Zusammenhang, Majestät. Stunden nachdem er niederging, stellten wir fest, daß alle sonnengetriebenen Schiffe, Flugzeuge und Landfahrzeuge stillstanden, wobei sie nicht einmal in der Lage waren, eine Nachricht über ihre Situation zu übermitteln. Unsere Bild- und Tongeräte und Weitblickapparate fielen zur gleichen Zeit aus, genauso wie alle Einrichtungen, die auf der Übertragung von Energie durch die Atmosphäre beruhen.«
Salustra nickte nachdenklich. »Und was hast du getan, Fribian?«
Der Minister machte eine verlegene Handbewegung. »Die Sonne kann ich nicht bewegen, und ansonsten kann ich nur Vorschläge machen.« Dann deutete er auf Hammu, den Minister für atmosphärische Fragen, der ihm gegenübersaß und mit seinem Schreibgerät spielte.

»Ich habe mit Hammu die Möglichkeit erörtert, den Nebel aufzuhellen, wie wir es mit Wolkenbänken machen, wenn wir mehr Regen brauchen.«
»Und?« Salustra blickte ungeduldig von einem Minister zum anderen. Hammu war ein untersetzter Mann mit rundem Gesicht, stumpfen braunen Augen und einem grausamen Blick. Er war ein bedeutender Physiker, aber nun sagte er lediglich: »Es ist leicht, Vorschläge zu machen, Majestät, aber Vorschläge bewegen nicht den Himmel.«
Die Kaiserin warf ihm einen ungeduldigen Blick zu. »Was hast du getan?«
»Diese Nebelschwaden unterscheiden sich von allen Wolken, die wir kennen, Majestät. Wir haben sie mit allen Arten von wasserproduzierenden Chemikalien bombardiert, doch ohne den geringsten Erfolg. Der Nebel scheint immer dichter zu werden und immer tiefer herabzusinken.« Er hielt einen Augenblick inne und ließ seinen Blick langsam um den Tisch schweifen. Sein Gesicht war düster und sein Rücken gebeugt. »Die Vögel sind vom Himmel von Lamora verschwunden, als spürten sie die Vorahnung der Katastrophe.«
Nichts hätte die versammelten Würdenträger, die der wiederholten Prophezeiungen der Astrologen vom nahenden Untergang gedachten, mehr bedrücken können als diese Worte.
Aber Salustra versuchte schnell, den Eindruck dieser Hiobsbotschaft zu verwischen. »Ach was«, sagte sie, »sie sind von diesen schrecklichen Dämpfen vertrieben worden; der Nebel riecht ja nach Schwefel!«
Sie richtete ihre Blicke auf Mahius, ihren obersten Bera-

ter. »Was sagst du, teurer Freund, zu diesem düsteren Gerede?«
Mahius wagte offen zu sprechen, nicht nur, weil er der Kaiserin am nächsten stand, sondern weil ihn zwei Lebensalter ermüdet hatten und er sich nicht länger nach der Verjüngungskammer, der größten Belohnung, die ein dankbares Atlantis zu vergeben hatte, sehnte. Deshalb wußte Salustra, die das Herrschen zynisch gemacht hatte, daß sie auf die Ehrlichkeit seiner Meinung zählen konnte. Er hatte nichts zu gewinnen und nichts zu verlieren.
»Was sagst du?« fragte sie den in Gedanken versunkenen Mann.
Langsam und mit ernster Miene begann er zu sprechen. »Majestät, so wie Fribian nicht die Sonne bewegen und Hammu nicht die Atmosphäre verändern kann, so kann Timeus«, er deutete mit einer Bewegung des Kopfes auf den Verkehrsminister, »das Unbewegliche nicht bewegen.«
Ungeduldig schüttelte sie das Haupt. »Dann sind wir hier, um herumzusitzen und nichts zu tun, während das Volk hungert und Signar mit seinen Fahrzeugen, die von mineralischen Brennstoffen getrieben werden, einzieht, um alles in die Hand zu bekommen, was wir in Jahrhunderten geschaffen haben?«
»Nein, Majestät«, antwortete Mahius, »wir können ja von den Barbaren lernen. Wir haben ein Netz von Kanälen und eine Flotte von kleinen Barken; die einen von Sonnenenergie angetrieben, die anderen von Atomkraft. Wir können sie jederzeit mit Segeln und Rudern ausrüsten und auf die Wasserwege schicken, wie es

Jahrhunderte zuvor unsere Vorfahren getan haben. In der Zwischenzeit können wir aus den Museen die Verbrennungsmaschinen holen, die unsere Ahnen einst benützten, und vielleicht finden wir Treibstoff für sie in der Erde.«

Er hielt inne, als er ihr unwilliges Gesicht sah. »Es würde nur eine Aushilfsmaßnahme sein, Majestät, um Lebensmittel zu befördern, die jetzt zugrunde gehen, weil sie nicht gekühlt gelagert werden können. Wir müssen die Versorgung des Landes sicherstellen, während sich die Minister mit der Beilegung der Krise beschäftigen.«

Ihrem Impuls zu schnellen Entschlüssen folgend, neigte die Kaiserin das Haupt. »Geh, Timeus, und sorge dafür, daß diese Schiffe vor Tagesanbruch unterwegs sind.«

Timeus hatte den kühnen Blick des Seefahrers. Kleinen Schiffen gehörte seine Leidenschaft, und seine Augen strahlten vor Freude über die erhaltenen Befehle. »So wird es geschehen, Majestät. Lamora wird nicht hungern. Aber ich werde Hilfe brauchen.«

Er wandte sich an den Minister für nationale Angelegenheiten, der bis jetzt eine distanzierte, fast verächtliche Haltung eingenommen hatte. »Ich werde Sabians volle Unterstützung bei der Bereitstellung der nötigen Arbeitskräfte brauchen.«

Die Augen der Kaiserin wandten sich einem gedrungenen Mann mit fleischigem Gesicht zu, dessen Kleidung angesichts des Ernstes der Lage viel zu prunkvoll schien. »Und was sagst du?« fragte sie.

Der Minister zögerte. »Es wird einige Zeit dauern, Majestät, so viele Arbeitskräfte einzuberufen, da ja die Verkehrs- und Nachrichtenverbindungen zusammengebrochen sind.«

Die Augen der Kaiserin blitzten. »Dummkopf«, brach es aus ihr hervor. »Würden wir hier sitzen, wenn diese Verbindungen intakt wären, und nicht statt dessen lieber im Garten den Vögeln lauschen, die uns leider im Stich lassen?«

Der Minister für nationale Angelegenheiten erbleichte sichtlich unter diesen barschen Worten.

»Atlantis kann sich dich nicht länger leisten«, fuhr die Kaiserin fort. »Zu lange hast du in deiner Dummheit zugelassen, daß dein Amt eine reine Schimäre ist.« Sie wandte sich nun dem Verkehrsminister zu. »Du, Timeus, bist nun zugleich Minister für nationale Angelegenheiten.«

Sabian wurde kalkweiß im Gesicht. Die übrigen Minister mieden seinen Blick, als er stotternd sagte: »Darf ich mich entfernen, Majestät?«

»Je schneller, desto besser! Geh nur!«

Der Mann schien zu schrumpfen, als er aus dem Raum wankte. Kaum hatte er die Türe hinter sich geschlossen, als sich Salustra an einen großen, hageren Mann mit herrischem Gesicht wandte. »Und was hast du zu sagen, Matthias?«

Der Minister für Nachrichtenverbindungen war wohlvorbereitet. »Sobald wir erfuhren, Majestät, daß die Schiffe und alle anderen Fahrzeuge sich weder bewegen noch Nachrichten senden können, habe ich zu Lande Kuriere zu Pferd und zu Fuß eingesetzt und außerdem Semaphore, wie sie einst unsere Vorfahren benutzt haben, für die Nachrichtenübermittlung zur See. Wir wurden allerdings durch die beschränkte Sicht und das unstete Sonnenlicht, das unsere Spiegel traf, behindert.

In der Zwischenzeit versuchen wir noch immer, die Atmosphäre zu durchdringen, aber unsere Radiosignale sind nicht zu hören. Es ist, als ob der Nebel eine Decke über die Atmosphäre gelegt hätte, die alle elektrischen Frequenzen blockiert, die Schall, Licht und Energie vermitteln.«

Salustra hatte aufmerksam zugehört. »Du hast gut gearbeitet, Matthias. Andere mögen sich an deiner Tatkraft ein Beispiel nehmen.«

Matthias beugte bescheiden das Haupt. »Ich tue, was ich kann, Majestät, aber ein kühner Angreifer könnte jederzeit, ohne entdeckt zu werden, durch unsere Verteidigungslinien schlüpfen. Unser vorgeschobenes Warnsystem funktioniert nicht. Auf unseren Tonbildschirmen scheint nichts auf, nicht einmal der Wellengang des Meeres.«

Mit ernstem Gesicht wandte sich Salustra nun den beiden Wissenschaftsministern zu, die sich darauf beschränkten, der Hoffnung Ausdruck zu geben, der Nebel werde sich bald teilen und die Sonne wieder scheinen.

Salustra betrachtete die Männer der Wissenschaft voll Ironie. »Schlagen die Gelehrten vor, daß wir uns an die Hohe Priesterin Jupia wenden, damit sie bei den Göttern in unserem Namen vorstellig wird?«

Die Minister erröteten. Bronko, der Wissenschaftskoordinator, ein stämmiger Mensch mit tiefer Stimme,

sagte: »Ich trete gerne zurück, wenn Majestät glauben, daß es andere besser machen.«
Sie ließ ihm ein freundliches Lächeln zuteil werden. »Ich mache euch für nichts verantwortlich, was jenseits eurer Möglichkeiten liegt. Aber wenn etwas getan werden könnte und du tust es nicht, wirst du zur Rechenschaft gezogen. Atlantis ist das letzte Bollwerk der Kultur und muß erhalten bleiben.«
»Alle werden ihr Bestes tun«, sagte nun Mahius, um dem Gespräch eine optimistische Wendung zu geben.
»Dann geht und zeigt unseren Gegnern, daß wir noch nicht so weit sind, uns totzustellen.«
Während die Minister den Raum verließen, bat die Kaiserin den alten Mahius zu bleiben. Sie trank in langsamen Schlucken ein Glas Wein. »Das Geschmeide, das mir mein Vater vererbt hat«, sagte sie und griff nach dem funkelnden Kristall an ihrem Hals, »habe ich in der letzten Zeit oft gebraucht, damit es mir neue Kraft verleiht.«
»Auch ohne Signar«, erwiderte Mahius, »ist Atlantis in einer gefährlichen Situation.«
Sie sah ihn nachdenklich an. »Wir können jederzeit zu den mineralischen Brennstoffen – Kohle, Öl, Erdgas – zurückgreifen, wenngleich diese primitiven Energiequellen sehr viel Lagerplatz brauchen und die Umwelt verpesten.«
»Das würde bedeuten, die Verbrennungsmaschinen und andere veraltete Einrichtungen, die mit solchen Brennstoffen betrieben werden, wieder in großer Zahl herzustellen.«
Sie nickte. »So soll es geschehen. Gib Godi, dem Wis-

senschaftsminister, die nötigen Anweisungen. Er hat nichts zu den heutigen Beratungen beigetragen und sollte froh sein, beweisen zu können, daß er etwas zu leisten vermag.«
Mahius verspürte plötzlich eine schreckliche Müdigkeit. »Ist das alles, Majestät?« fragte er.
»Ja, ich möchte nur, daß du mit mir die Stadt besichtigst. Die Landfahrzeuge funktionieren nicht, doch wir können eine der Staatssänften benützen. Es wird niemandem auffallen.«
Obwohl Atlantis ein moderner Staat war, hatte man eine alte Tradition beibehalten: Der Monarch bewegte sich nur in einer der Staatssänften, umgeben von seinen Wachen, durch die Stadt, genauso wie die Aristokratie als Symbol alter Tradition ihre Schwerter beibehalten hatte.
Mahius machte ein bekümmertes Gesicht. »Ich bin ein alter Mann, Majestät, und die Müdigkeit sitzt in meinen Knochen.«
Sie blickte ihn spöttisch an. »Vielleicht sollten wir dich wieder in die Verjüngungskammer stecken.«
Nun verzog sich sein Gesicht schmerzerfüllt. »Bitte nicht nochmals, Majestät. Das Leben birgt bereits zu viele Erinnerungen für mein gemartertes Hirn.«
Salustra lächelte ihrem treuen Ratgeber liebevoll zu. »Ich habe nur gescherzt. Geh, und ich werde mir einen anderen Begleiter für meine Besichtigung suchen.«
Mit respektvoller Verbeugung zog sich Mahius zurück. Er war kaum gegangen, als die Kaiserin nach Creto, dem jungen Befehlshaber der Palastgarde, rief. Er erschien nach wenigen Minuten; ein kräftiger junger

Mann mit strotzenden Muskeln und strahlenden Augen. Nachdem er eine tiefe Verbeugung gemacht hatte, sah er die Kaiserin fragend an.
Sie lächelte einen Augenblick wohlgefällig, dann gab sie ihm ihre Anweisungen. »Laß eine Sänfte kommen. Wir wollen die Stadt und die stilliegenden Kraftwerke besuchen.«
Creto blickte erstaunt auf. »Aber es ist spät, Majestät, in wenigen Stunden beginnt die Morgendämmerung.«
Sie maß den jungen Offizier mit einem entwaffnenden Lächeln. »Hat der starke Creto am Ende Angst? Fürchte dich nicht, die Sänftenträger werden dich beschützen.«
Creto errötete bis an die Wurzeln seines dichten blonden Haares. »Ihr wißt, Majestät, daß ich jederzeit freudig mein Leben für Euch geben würde.«
»Bewahre es lieber für dich, mein Beschützer. Lebend dienst du mir besser.«
Salustra war von der natürlichen Neugier der Laien für die energieverzehrenden Maschinen erfüllt, die so vollendet und mächtig erschienen und nun doch nichts als kraftlose schlafende Riesen waren. Sie hatte sich oft gefragt, ob diese Giganten nicht am Ende stärker waren als ihre Schöpfer, und hatte sich mit der Überlegung beruhigt: »Was ein seelenloses Objekt kann, muß der Geist, der es schuf, erst recht können.«
Daran mußte sie denken, als sie ihre Besichtigung begann. Mit dem getreuen Creto zur Seite wurde sie eine kurze Wegstrecke zu einem der vielen Kanäle getragen, die sich von einem Ende der Stadt zum anderen spannten und in die Meeresarme mündeten, die Lamora um-

gaben. Auf ihrer Barke, die bereits mit Segeln ausgerüstet war, glitt die Kaiserin mit ihren Begleitern durch die dunkle Nacht zu einer der großen Pumpstationen am Hafen. In diesen Stationen wurde die elektrische Energie für die Entsalzungsanlagen erzeugt, die das Meerwasser reinigten und seine wertvollen Elemente herausfilterten.
Die Barke drang langsam in einen der großen Meeresarme ein, wo sie von einer Strömung vorangetrieben wurde, die sich entlang der weit in die See hineinragenden Molen bildete.
Die Pumpstation, eine von vielen, die sich an beiden Ufern des Meeresarmes erstreckten, machte den Eindruck völliger Ruhe, doch trotz des Energiezusammenbruchs schimmerte mattes Licht durch die Fenster zu ebener Erde.
Die Wachen erkannten Salustra sofort, und gleich darauf erschien auch der Leiter des Werks. Er war ein Mann mit schläfrig dreinblickenden Augen, einem buschigen roten Schnurrbart und ebensolchen Augenbrauen, die sich seltsam von seinem kahlen Kopf abhoben. Salustra wußte, daß er zu jener kleinen Schar von Staatsdienern gehörte, die ihr zerfallendes Reich aufrechterhielten.
»Ich bin gekommen«, sagte sie, »um mir selbst ein Urteil zu bilden. Wieso gibt es bei dir Licht, obwohl die Stadt im Dunkel liegt?«
Minotaur, der Leiter des Kraftwerkes, verneigte sich tief. »Wir haben unsere eigenen Generatoren für solche Notfälle, so wie Ihr, Majestät, in Eurem Palast und in den Regierungsgebäuden.«

Sie deutete zum Fenster. »Die Wellen schlagen wie eh und je, die Kraft der Gezeiten ist ungebrochen, warum erzeugen deine Pumpen dann keine Energie?«
»Unsere Pumpen werden durch Sonnenenergie von den großen Solarzentren auf den Bergen angetrieben, Majestät, und aus Gründen, die wir nicht kennen, ist diese Energie versiegt.«
»Ist es nicht verrückt, sich auf eine ferne Energie zu stützen, wenn uns das Meer hier zu Gebote steht – ein Meer, das keine Wolke verhüllen kann?«
Minotaur zögerte und wand sich verlegen unter dem strengen Blick der Kaiserin.
»Sprich, Mann, jetzt ist keine Zeit für Zeremoniell. Warum treibt nicht das Meer unsere Pumpen an?«
»Verzeihung, Majestät, wir können üblicherweise aus dem Meer genügend Energie für Hunderte von Antriebszwecken gewinnen. Dieses Alternativprogramm tritt in Kraft, wenn die Sonne für drei Tage oder länger hinter den Wolken verschwindet und die solare Energieerzeugung nachläßt.« Er zuckte müde die Achseln. »Nun, da die Sonne verhüllt ist, wird Gezeitenenergie erzeugt. Das zeigen unsere Geräte an, aber sie schwindet dahin, bevor unsere Transformatoren sie umsetzen können. Es ist ein Rätsel.«
»Und wie arbeitet dein Generator?« Die Kaiserin zeigte auf die Lampe, die an der Decke brannte.
Minotaur war froh, über etwas Erklärbares sprechen zu können. »Er arbeitet nur in einem beschränkten Bereich, Majestät, in einem geschlossenen System, das von atmosphärischen Schwankungen unabhängig ist. Aber«, und nun wurde seine Miene ernst, »selbst seine

Impulse sind schwächer als üblich, und einige Einheiten geben nach wenigen Stunden keine Kraft mehr ab.«
Beeindruckt von den Ausführungen des Mannes legte ihm Salustra die Hand auf die Schulter. »Männer, wie du, Minotaur, bestärken mich darin, daß alle meine Mühen einen Sinn haben.«
Minotaur beugte das Haupt. »Dieser Besuch, Majestät, ist der schönste Lohn für die Dienste, die ich zu leisten vermag.«
Mit einem Wink ihrer Hand wandte sich Salustra dem wartenden Creto zu. »Und nun zur Entsalzungsanlage, die am nächsten liegt. Wie lange werden wir ohne Frischwasser überleben können?«
»Es gibt ja den Regen, Majestät, der sich in den Bergflüssen sammelt.«
»Mein lieber Creto, der Regen ist von diesen unausstehlichen Dämpfen vergiftet, die wie Schwefel riechen und aus dem Grab zu kommen scheinen.«
Die Entsalzungsanlage war ein unterirdisches Wunderwerk von miteinander verbundenen Röhren, Leitungen und Kammern, in denen Mineralien wie Soda, Phosphor, Magnesium und Mangan nacheinander bei verschiedenen Temperaturen aus dem Meerwasser gewonnen wurden. Andere Stoffe wie Chlor, Fluor und Jod wurden in großen Kammern destilliert und für kommerzielle Zwecke aufbereitet. Zugleich wurde das Frischwasser ausgeschieden und durch große Röhren in die Reservoire der Stadt gepumpt.
So wie in der Pumpstation ruhte aber auch hier jede Tätigkeit. Der Aufseher war sichtlich beunruhigt und litt

unter der Hitze, die durch den Ausfall der Klimaanlage fast unerträglich geworden war.
Auch die Kaiserin war ermattet. »Wie kannst du diese Temperatur ertragen?« fragte sie.
Der Aufseher war vom selben Schlag wie Minotaur: seiner Kaiserin ergeben und seiner Aufgabe gewachsen. Gleichsam entschuldigend sagte er: »Unsere Klimaanlagen benötigen mehr Energien, als unsere Notgeneratoren erzeugen können, und so müssen wir die Hitze ertragen, Majestät, bis wieder normale Zustände herrschen.«
»Und wann wird das sein, Fresto?« fragte sie, nachdem sie seinen Namen von einem Schild an seinem Arbeitskittel abgelesen hatte.
Fresto zuckt mutlos die Schultern. »Das kann niemand sagen, Majestät. Der Wissenschaftsminister war hier und hat die gleiche Frage gestellt.«
Salustra blickte ungläubig drein. »Der Minister hat dich gefragt? Dann steht es tatsächlich schlecht um uns.«
Fresto blickte ausdruckslos vor sich hin.
»Und wie steht es um die Kläranlagen? Werden wir in unseren eigenen Abfällen ersticken?«
Der Aufseher schüttelte das Haupt. »Nein, Majestät, die Gezeiten, die in den Meeresarm eindringen und wieder hinausgehen, nachdem sie in der Reinigungsanlage chemisch behandelt wurden, nehmen den Unrat mit und tragen ihn hinaus. Der große Lazar hat dieses System in weiser Voraussicht schaffen lassen.«
Sie sah ihn streng an, als habe er ihr einen Vorwurf gemacht, aber sein Gesicht blieb gleichmütig.

»Geh, Fresto«, sagte sie, »ich halte dich von der Arbeit ab.« Dann wandte sie sich seufzend zu Creto.
»Es dämmert bereits, Majestät«, sagte er.
»Wie weißt du das in diesem teuflischen Nebel?« fragte sie müde. Fröstelnd warf sie einen Umhang über die Schultern, als sie in die Barke stieg, und sagte: »Wenn ich nur wüßte, was zu tun ist.«
Creto, auf dessen Arm sie sich gestützt hatte, erwiderte: »Dazu sind Eure Minister da, Majestät.«
»Aber das Volk wird mir die Schuld geben, so wie es der ehrliche Fresto tat.«
»Ich habe keinen Vorwurf gehört«, widersprach ihr Creto energisch.
»O doch! Warum war Lazars Tochter nicht weitblikkend genug?«
»Aber wie konntet Ihr wissen, welches Unheil die Götter heraufbeschwören werden?«
Salustra lächelte resigniert. »Meine Untertanen sind gewohnt, daß ich für sie sorge, und nehmen solche Entschuldigungen nicht zur Kenntnis.«
Sie streckte die Hand aus und berührte Cretos Wange. »Noch einen Aufenthalt, treuer Beschützer, und dann ist die Nacht zu Ende.«
In dem Solarenergiezentrum, dem nächstgelegenen in einer Kette von Stationen, die den Berg spiralenförmig umgaben, um die Sonnenstrahlen zu jeder Tageszeit empfangen zu können, flackerte das Licht. Die Wachen traten zur Seite, als sie die Kaiserin erkannten. Der Leiter empfing sie mit einer Kerze in der Hand und sagte zur Begrüßung: »Wenn wir nur gewußt hätten...«

Salustra unterbrach ihn. »Dann hättest du eine größere Kerze genommen.«
Sie sah sich in der dunklen Kammer um, bis ihr Blick auf eine große Balustrade fiel. Auf ihr war in der aufkommenden Dämmerung eine lange Reihe rubinartiger Kristalle zu sehen, die gegen Himmel gerichtet waren.

Zeno, der Leiter der Anlage, war ein Staatsdiener wie jene, denen Salustra bereits begegnet war. Er versuchte nicht herumzureden. »Der Wissenschaftsminister hat uns eben verlassen, und wir stehen nun unter seinem direkten Befehl.«
»Und wie lautet dieser Befehl?«
»Wir sollen während der Krise auf unseren Stationen bleiben.«
»Da könnt ihr lange bleiben, Zeno.«
Er verbeugte sich. »Meine Mitarbeiter und ich sind bereit zu tun, was in unserer Macht steht.«
»Das ist alles sehr schön, aber du bietest das Schauspiel eines Solarenergiezentrums, in dem es nicht einmal genug Licht gibt, um den Weg zu finden. Was ist mit deinen Notgeneratoren geschehen, Mann, damit du wenigstens deinen eigenen Schatten sehen kannst?«
Er zögerte einen Augenblick.
»Sprich!«
»Der Minister für Sonnenenergie, Majestät, hat bei uns niemals die Weiterentwicklung dieser Energieform zugelassen.«
»Warum nicht?« fragte sie mit aller Schärfe.
Der Chef der Anlage zeigte Zeichen von Unbehagen. »Aus dem gleichen Grund, aus dem sich der Minister

für Gezeitenenergie allen Vorhaben zur Modernisierung unseres Systems widersetzt hat.«
»Und warum das?«
»Damit nicht einer wichtiger wird als der andere.«
Salustra holte tief Atem und schürzte voll Abscheu die Lippen. »Kein Wunder, daß wir nicht imstande sind, diese Krise zu meistern. Unsere Minister sind engstirnige Dummköpfe.«
Sie wandte sich Creto zu, sprach aber mehr zu sich selbst. »Daß eine Zivilisation todgeweiht ist, erkennt man, wenn die Schakale um die fettesten Bissen streiten.« Ihr Blick nahm den Ausdruck angestrengter Nachdenklichkeit an. »Unter dem Berg Atlas und zehn anderen Bergen schlummert genug vulkanische Energie, um zehn Millionen Häuser zu heizen, zehn Millionen Landfahrzeuge und Tausende von Schiffen anzutreiben und, wenn es nötig ist, noch Hunderte von Kraftwerken dazu. Die Wissenschaftler nennen das die Thermalenergie; es ist die Dampfkraft der Erde, aber wir haben mit ihr nichts anzufangen gewußt, weil einige fürchteten, ihre Nutzung würde die schöne Silhouette unserer Berge zerstören, und andere selbstsüchtig nur an ihre eigenen Ressorts dachten.« Sie seufzte. »Wen die Götter verderben wollen, den schlagen sie zuerst mit Dummheit.«
Ihre Miene entspannte sich, und ihre Stimme klang milder, als sie auf die großen kristallinischen Reflektoren wies, die über die Balustrade hinausragten. »Erkläre mir, Zeno, wie sie arbeiten, wenn sie funktionieren.«
Zeno schien erleichtert zu sein, sachliche Auskünfte geben zu können. »Das ist ein Teil eines großen Netzes

von Reflektoren, das die Sonnenkraft einfängt und sie gleich Radiowellen in Impulsen von verschiedener Stärke an Schiffe, Landfahrzeuge und Amphibienwagen als Antriebskraft weitergibt.«
»Und die Flugzeuge?« fragte sie.
»Wie Ihr wißt, Majestät, haben wir sehr wenige Langstreckenflugzeuge, da es kaum Zivilisationen gibt, die der unseren vergleichbar sind und zu denen sich das Reisen lohnt.«
Während sie in seine klugen Augen blickte, fühlte sie sich gedrängt, ihren eigenen Gedanken Ausdruck zu verleihen: »Verstehst du etwas von Geschichte, Zeno?«
»Ein wenig, Majestät. Ich bin in Atlantis geboren, obwohl meine Vorfahren aus Dimtri kommen.«
»Dann wirst du wissen, daß sich Atlantis in seiner schwersten Krise befindet seit damals, als vor Jahrhunderten die Dinosaurier die Erde überrannten und die Bevölkerung bedrohten. Nachdem sie bereits große Teile der Erdoberfläche, mit Ausnahme von Althrust, das selbst für diese Monster zu kalt und unwirtlich war, zerstört hatten, brachen die gepanzerten Drachen über unser Volk herein. Die Atlantiden jener Zeit hatten keine Waffen, um sich gegen diese furchtbaren Geschöpfe, die hoch waren wie Häuser und Hunderte von Tonnen wogen, wehren zu können. Was waren Speere, Schwerter, Äxte und selbst Katapulte gegen diese Ungeheuer, die eine Männerschar mit einem einzigen Zuschnappen verschlingen konnten? Aber getrieben von einem genauso großen Zwang wie wir heute, entwickelten unsere Vorfahren neue Waffen, um sich zu verteidi-

gen. Zuerst Flammenwerfer, dann Gewehre, aber weder Flammen noch gewöhnliche Feuerwaffen vermochten die dicke Dinosaurierhaut zu durchdringen. So begannen sie in ihrer Zwangslage neue Technologien zu entwickeln, unternahmen atmosphärische Experimente und fanden, daß sie aus der Sonne Ströme von Energien gewinnen konnten, die eine unermeßliche Zerstörungskraft besaßen, wenn sie dazu benützt wurden, Atomkerne zu spalten. So entstand der Atomzertrümmerer. Damit wurde man zwar die Untiere los, doch zur gleichen Zeit wurden Wälder, Berge und Wohngebiete zerstört. Aber schließlich erwuchs daraus die Energie, die Atlantis jenen technischen Höchststand gab, der von niemandem übertroffen wurde.«

Sie verfiel in nachdenkliches Schweigen, während Creto und Zeno achtungsvoll warteten.

»Und was hat uns dieser Erfolg gebracht? Er hat uns wohlhabend und dann verweichlicht und genußsüchtig gemacht.«

Jäh schüttelte sie das Haupt. »Kommt, ich halte euch vom Schlaf ab. Verabschieden wir uns von dem ehrenwerten Zeno«, sagte sie zu Creto gewandt, »der das Licht hütet, obwohl das Licht erloschen ist.«

Die Morgendämmerung war bereits angebrochen, obwohl die Sonne nirgends zu sehen war, als die Kaiserin schließlich zu ihrem Palast zurückkehrte.

»Geh, Creto«, sagte sie und strich ihm über das Haupt, »du hast dir für die Dienste, die du heute nacht geleistet hast, Ruhe verdient.«

IV

Salustra konferierte mit ihren Ministern und Ratgebern über ein völlig neuartiges Geschehen. Eine eigenartige Gruppe von Fremden war vor kurzem in Lamora aufgetaucht. Niemand wußte, wer sie waren und woher sie kamen. Es waren dunkelhäutige Männer mit brennenden schwarzen Augen und habichtartiger Nase, die sich stark von den schönen, regelmäßigen Gesichtszügen der Atlantiden unterschieden. Atlantis gewährte traditionellerweise, ohne zu fragen, allen Ankömmlingen friedlichen Aufenthalt, aber diese Menschen hatten öffentliches Ärgernis durch ihren völligen Mangel an Frömmigkeit erweckt.

Die Staatsreligion von Atlantis bestand in der Verehrung von Sati, der großen Göttin der Weisheit und Fruchtbarkeit. In früheren Zeiten war sie auch die Göttin des Ackerbaus gewesen. Salustras Verehrung für sie war nicht ernst gemeint, aber sie anerkannte die Klugheit ihres Vaters, der an der Staatsreligion festgehalten hatte, damit das Volk in Zeiten der Not etwas hatte, zu dem es aufblicken konnte. Inmitten all der Schwierigkeiten, denen sie sich gegenübersah, empfand sie das neue Problem als besonders lästig. »Sind diese Männer friedlich?« fragte sie Mahius.

Der alte Mann antwortete zögernd. »Sie erklären öffentlich, daß sie Streit und Auseinandersetzung meiden, aber sie weigern sich, Sati zu opfern, besuchen nie die Tempel und halten die Feiertage nicht. Außerdem verkünden sie allen, die zuhören, die Grundsätze ihrer Religion.«

»Und wie lauten diese Grundsätze?«

»Sie sagen, daß es nur einen Gott gibt, der aber nicht Sati ist. Sie schildern ihn als gerecht, tugendhaft, fürsorglich und allmächtig, wenn er will; er haßt Götzen, Unmäßigkeit, Unkeuschheit und den Genuß irdischer Freuden.«

Salustra lächelte zynisch. »Atlantis hat immer religiöses Asyl gewährt, vorausgesetzt, daß sich die andere Religion nicht in die Staatsangelegenheiten einmischte, Sati lästerte oder öffentliche Unruhe verursachte. Nach dem zu schließen, was du sagst, Mahius, scheinen sie harmlos zu sein, wenn man davon absieht, daß mir dieser Glaube an die Allmächtigkeit nicht gefällt. Davon will ich nichts hören. Neue Religionen sind Gift in den Adern alter Völker. Sie säen Zwietracht und schwächen die Autorität.« Mit zusammengekniffenen Augen blickte sie in die Ferne. »Weltliche Freuden!« sagte sie dann. »Freuden aller Art sind doch das einzige, was diese unerträgliche Welt erträglich macht. Wer Freuden zu Sünden erklärt, muß krank sein!«

Die Angehörigen der neuen Religion führten bemerkenswerte Reden über die Freiheit. Eine Million Menschen in Lamora – also jeder vierte Einwohner – waren Sklaven, und eine weitere Million kam aus Althrust und fühlte sich diesem Land noch verbunden. Die Sklaven waren Nachkommen von Gefangenen aus den nahe gelegenen tropischen Inselstaaten, die man ins Land gebracht hatte, als Atlantis noch dünn besiedelt war und die Arbeitskräfte zum Roden der Wälder, Regulieren der Flüsse und Bebauen der Felder benötigt wurden. Die Sklaven hatten sich vermehrt und bildeten nun gleichsam einen Staat im Staate. Frühere Herrscher hatten angestrebt, ihnen die Freiheit zu geben, nachdem sie ihr Werk getan hatten, aber die Sklavenhalter hatten sich dagegen gewehrt, obwohl ihnen der Staat eine Entschädigung versprochen hatte. Der Grund: Das Ansehen eines Mannes hing von der Zahl seiner Sklaven ab. Salustra hatte gehofft, die Sklaven auf die Inseln ihrer Vorfahren zurückschicken zu können, aber nach so langer Zeit der Trennung fühlten sich nur mehr wenige mit der alten Heimat verbunden; außerdem waren sie gewohnt, daß für sie gesorgt wurde.

Der Gefahren, die sich aus einer so großen parasitären Bevölkerungsgruppe ergaben, war sich Salustra bewußt. Die Sklaven, darin bestärkt von ihren Herren, sahen nur ihre unmittelbaren Bedürfnisse. »Wir haben nie für uns gesorgt«, erklärten sie, »und wir fürchten uns davor, daß man eines Tages nicht für uns sorgen könnte.«

Während sie all das überlegte, die sie umgebenden Minister und Senatoren aber nur an ihre Vergnügungen und an ihre Sklavinnen dachten, die sie mit duftenden Ölen massierten, sah Salustra, wie sich dunkle Wolken am Himmel zusammenballten. Eine Wolkenformation glich frappierend der Silhouette von Lamora. Der Nebel war vorübergehend aufgerissen, so daß die weißen Säulen, Türme, Kuppeln und Mauern der Stadt sowie

die Berge in der Ferne im glühenden Sonnenlicht erglänzten. Es sah aus, als ob die ganze Stadt in Blut getaucht wäre.
Erschreckt durch diese Vision, rieb sie sich die Augen, und obwohl Mahius noch sprach, erhob sie sich unvermittelt. »Keiner von euch weiß wirklich etwas zu sagen«, erklärte sie ungeduldig. »Der Rat wird in drei Monaten neuerlich zusammentreten. Morgen werden mir Abgesandte des Kaisers Signar von Althrust eine dringliche Botschaft ihres Herrschers überbringen. Es wird interessant sein, zu erfahren, ob ihre Dringlichkeiten auch die unseren sind.«
Sie wartete ungeduldig bis sich der letzte Teilnehmer der Beratung genähert hatte, um ihren Fuß mit seiner Stirne zu berühren, ein Zeremoniell, das die Kluft zwischen ihr und ihrer Umgebung betonte. Als der letzte den Raum verlassen hatte, war sie müde bis zur Erschöpfung. Sobald sie allein war, schloß sie dankbar die Augen. Sie war nicht nur müde, sondern auch krank im Gemüt, denn sie wußte in ihrem Innersten, was die Zukunft für Atlantis in ihrem Schoß barg. Meine Seele ist müde, dachte sie, als sie sich im kühlen Schatten des Gemaches, vor dem sich eine Terrasse erstreckte, auf einem Sofa niederließ.
Von ihrem Platz konnte sie den Nebel sehen, der den Himmel und die Berge verhüllte, die sonst um diese Zeit in Purpur erstrahlen sollten. Sie atmete tief und sog die köstlichen Düfte ein, die aus dem Garten empordrangen. Ein Sklave berührte einen Schalter an der Wand, und auf einem schlanken Ständer leuchtete eine rote Lampe auf und flackerte kurz, ehe ihr sanftes Licht

den Raum erfüllte. Dicke rote Teppiche lagen gleich Farbinseln auf dem weißen Marmorboden. Die Wände des Gemachs waren mit Fresken in zarten Farben geschmückt. Die gewölbte Decke war so hoch, daß sie sich im Dämmerlicht verlor. Große, seltsam geformte, symmetrisch angeordnete Vasen enthielten unzählige wohlduftende Blumen in allen Farben.
Sklavinnen brachten einen kleinen Tisch aus Elfenbein herein und trugen das Abendessen der Kaiserin auf. Sie sah ihnen lustlos zu, erfüllt von einem immer stärker werdenden Gefühl der Unwirklichkeit, einer Vorahnung der Katastrophe. Es kostete sie Überwindung, sich den Speisen zuzuwenden. Das Mahl war einfach: Früchte, Käse, Honig, Weizenbrot, ein wenig Geflügel und Wein. Sie hob einen Kelch aus Kristall an die Lippen und blickte düster über seinen funkelnden Rand hinweg. Mit einer Handbewegung schickte sie alle Sklavinnen bis auf eine weg. Die Mädchen tauschten scheue Blicke aus, als sie wie Schatten zwischen den Säulen verschwanden. Einige zitterten; sie fürchteten, der Unwille der Kaiserin gelte ihnen.
Was ist mit mir? fragte sich Salustra erschauernd. Ach was, fügte sie in Gedanken hinzu. Was ich brauche, ist körperliche Anregung, also einen neuen Liebhaber. Aber wo soll ich ihn finden? Wir sind eine Nation von Affen. Wir schwätzen über die Dinge, wir geben ihnen einen Namen und glauben, damit auch bereits ihr Wesen erfaßt zu haben. Wir nennen eine geheimnisvolle Kraft Elektrizität und begnügen uns damit. Wir haben ihr einen Namen gegeben! Was wollen wir mehr? Wir nennen unser Dasein Leben, und nachdem wir es so be-

zeichnet haben, fragen wir nicht mehr, was es eigentlich ist. Wir sind Affen, ohne deren fröhliche Einfalt zu haben. Wo ist der Mensch, der kein Narr ist? Ich selbst bin ja wohl auch eine Närrin.
Sie griff nach einer Weintraube, betrachtete sie mit kritischem Blick und hatte eben eine Beere zu den Lippen geführt, als sie durch ein sanftes Lachen aus ihren Gedanken gerissen wurde. Finster blickte sie auf. Am Fußende stand ein schlankes Mädchen, das die Kaiserin mit munteren Augen betrachtete. Weiße Blumen schmückten ihr blondes Haar, und dunkelblaue Augen strahlten unter goldgetönten Wimpern hervor. Das sanfte Licht der Lampe, das ihr Haar erstrahlen ließ, hob zugleich die reifenden Wölbungen ihrer schlanken Schenkel und ihres Busens hervor.
Salustras Mund wurde weich. Sie richtete sich auf und streckte ihre Hand aus. »Salustra«, schmollte das Mädchen, »du hast mir versprochen, früh zurückzukehren. Hast du vergessen, daß heute mein Geburtstag ist? Die Gäste treffen bereits ein, und du liegst noch hier.«
Die Kaiserin zog ein Kissen an ihre Seite und lud das Mädchen ein, sich zu setzen. »Dumme kleine Tyrhia!« sagte sie zärtlich. »Glaubst du, ich habe nichts anderes zu tun? Ich habe dich nicht vergessen, aber deine Gäste müssen warten. Wer sind sie schon – Backfische wie du selbst mit ihren bartlosen Liebhabern.«
Tyrhias Stimme wurde schrill. »Du behandelst mich, als wäre ich ein Kind. Und sprichst, als wärest du eine alte Frau. Weißt du nicht, daß ich Lustri eingeladen habe?« Sie lächelte in schalkhaftem Stolz. »Glaubst du, ich habe auf dich vergessen?«

Salustras Blick verdüsterte sich, dann aber lächelte sie nachsichtig. »Lustri wird nicht kommen«, sagte sie.
»Frag mich nicht, woher ich das weiß. Willst du Wein, oder möchtest du lieber eine Orange?«
Tyrhia blickte ihre Schwester finster an. »Es gibt andere, die kommen«, sagte sie in trotzigem Ton. »Du hast ja deine Freunde, Ratgeber und Getreuen. Sie kommen alle.«
Das Gesicht der Kaiserin verfinsterte sich so sehr, daß Tyrhia erschauerte. »Habe ich dir nicht gesagt, daß du für diese korrupte Gesellschaft zu jung bist«, zürnte die Kaiserin. »Die Ratgeber! Wüstlinge! Ich nehme an, daß du in deiner Dummheit auch den Senat eingeladen hast! Affen! Nilpferde! Paviane! Wie konntest du das wagen?«
Tyrhias Lippen zitterten. »Ich bin kein Kind«, antwortete sie trotzig.
Salustra zuckte die Achseln. »Du bist ein Kind!« Beeindruckt vom frühlingshaften Glanz und der unbeschwerten Jungfräulichkeit ihrer Schwester, berührte sie die weißen Blumen auf dem Haupt des Mädchens und rückte mit zarter Hand eine Blüte zurecht, die sich verschoben hatte.
Nach einer kleinen Pause begann Tyrhia mit einem animierten Alltagsgeschwätz, das sie nur unterbrach, um Salustra zur Eile zu drängen. »Kennst du die dumme kleine Poymnia, Salustra? Was sagst du? Sie hat ihr Herz an Licon, den Sohn des schwerreichen Metzgers Glaurus, verloren. Aber ihr Vater sagt, sie muß in das Kloster der Sati eintreten, wenn sie ihn nicht auf-

gibt, aber sie will nicht. Sie sieht sich selbst als schmachtende Heldin in einem Drama von Liebe und Tod. Das Absurdeste ist, daß Licon nicht einmalweiß, daß sie ihn anbetet. Er ist zutiefst in Utaulia verliebt, die ihn aber haßt, was seine Liebe nur noch mehr entfacht. Und erinnerst du dich an Zutlia, die du einmal wegen ihrer schläfrigen Augen und ihrer großen, scharfen Zähne ein Krokodil genannt hast? Sie ist mit Zeneco, dem alten fetten Lüstling, verlobt! Er überschüttet sie mit Juwelen – ihr Vater hat ja sein Vermögen durch den Untergang seiner Schiffe und am Spieltisch verloren. So verkauft er nun Zutlia, die eine großartige Figur hat. Aber sie ist ganz einverstanden damit, verkauft zu werden. Sie will nicht länger nur von einer Sklavin bedient werden. Dabei wird sie so hochmütig! Auch Ludia war heute hier; sie miaut und ihre Mutter schnurrt wie eine Katze. Sie wedeln mit dem Schweif, wenn sie von dir sprechen, aber sie zittern auch vor dir, obwohl sie so reich sind. Ludia steckte ihren Finger in meinen Papageienkäfig und bekam ihn ganz schön zerbissen. Ich lachte, bis mir die Tränen kamen; sie sind sehr indigniert davongegangen. Und heute, Salustra, sah ich das entzückendste Saphirhalsband, das du dir vorstellen kannst. Die Steine leuchteten herrlich, und es kostet nur zweitausend Sallionen! Seneco hat es mir in seinem Geschäft gezeigt. Nur zweitausend Sallionen, Salustra! Es würde an deinem Hals wunderbar aussehen!«

»Oder an deinem, kleine Heuchlerin.« Die Kaiserin lächelte, indem sie ein goldenes Löckchen um ihre Finger drehte. »Geh, laß das Halsband holen, wenn du es willst. Seneco schließt sein Geschäft bei Sonnenuntergang, aber er wird es für dich gerne wieder öffnen. Das Halsband soll mein Geschenk für dich sein.«

Mit einem Freudenschrei küßte Tyrhia die Hand der Schwester. Salustra sah nur das leuchtende Blau ihrer Augen; es ist das Licht in den Augen eines Kindes, dachte sie, aber sie erfaßte nicht, wie sehr Tyrhia ihrer Mutter Lahia ähnelte. Sie rief nach einem Boten und schickte ihn um das Halsband.

Tyrhia schwätzte weiter, und Salustra hörte lächelnd zu, während sie ihr Mahl fortsetzte. Dann verschwand das Lächeln, und sie zog die Brauen nachdenklich zusammen. Ihre Augen maßen das strahlende Mädchen mit einem abschätzenden Blick, und sie unterbrach dessen Geschwätz. »Du bist kein Kind mehr, Tyrhia«, sagte sie plötzlich. »Hast du je ans Heiraten gedacht?«

Tyrhia starrte Salustra an, und unter dem Blick der Schwester verfärbte sich ihr Gesicht. »Nein«, sagte sie leise.

»Und du sehnst dich nicht nach einem jungen Mann?«

Tyrhia senkte den Blick und sagte abermals leise: »Nein.«

»Du bist eine Prinzessin, Tyrhia«, fuhr Salustra fort. »Du mußt heiraten, wie es die Staatsgeschäfte erfordern. Wir leben und heiraten nicht für uns selbst, sondern für Atlantis. Ich selbst werde niemals heiraten. Eine Kaiserin kann nur allein regieren, aber deine Kinder sollen einmal über unser Land herrschen.«

Salustra war plötzlich eine Eingebung gekommen, wie Atlantis für die Nachkommen Lazars gerettet werden konnte.

Sie beachtete kaum noch ihre Schwester, und ihre Gedanken wandten sich der bevorstehenden Gesellschaft zu. Tyrhia war zum Fenster gegangen und schüttelte sich unter dem ekelerregenden Geruch, den ein Windstoß in den Raum getragen hatte. »Wann wird das aufhören?« fragte sie. »Meine Klimaanlage arbeitet nicht mehr, und es ist zu schwül, um auch nur einen Finger zu rühren.«

Salustra sah sie mit einem ironischen Lächeln an. »Und die Flugzeuge, die Schiffe, die Landfahrzeuge, die Pumpen und Kraftwerke, alle Einrichtungen, die auf der elektrischen Vibration in der Atmosphäre beruhen, was ist mit denen, mein Kind? Berührt es dich nicht, daß sie alle nicht funktionieren, seit der große Nebel da ist?«

Die Prinzessin schmollte. »Mich interessiert meine Toilette mehr als das größte Schiff«, sagte sie.

Salustra sah ihre Schwester an, als erlebe sie dieses Mädchen zum ersten Mal. »Du, die dem Thron am nächsten steht, solltest deine kleinlichen Wünsche nicht vor das Große stellen, das dich wirklich angeht.«

Die Prinzessin unterdrückte ein Gähnen. »Ach, Schwester, du bist zwar ein paar Jahre älter als ich, aber die Verjüngungskammer wird dir ewiges Leben verleihen.« Dann fuhr sie ernsthaft fort. »Außerdem sind das bloß atmosphärische Störungen, die bald wieder vorübergehen werden. Das sagen alle.«

Salustra biß sich auf die Lippen. Ihre eigene Propaganda, bestimmt, das Volk zu belügen, hatte auch vom kaiserlichen Haushalt Besitz ergriffen. Einen Augenblick lang wollte sie noch über die Unruhe, die sie und ihre Minister erfaßt hatte, reden, aber ein Blick auf das Gesicht des Mädchens belehrte sie, daß es keinen Zweck haben würde. Tyrhias Gedanken weilten nur bei ihrem Vergnügen.

V

Der kaiserliche Palast stand auf einer Anhöhe inmitten eines großen Parks, der üppige Blumenbeete, Statuen, Brunnen und kleine künstliche Seen aufwies, die aus den Wasserstraßen Lamoras gespeist wurden. Von seiner Südkolonnade hatte man entlang einer breiten, mehr als eine Meile langen Straße freien Blick auf den Ozean. Salustra hatte an einem der oberen Stockwerke einen Balkon anbringen lassen, auf den sie sich oft zurückzog.

Sie beobachtete Tyrhia aufmerksam und war froh, daß sie von verschiedenen Müttern stammten. Salustras Mutter, Maxima, kam aus einer Familie, die älter und vornehmer war als selbst die des Kaisers. Lazar, ein adeliger Krieger aus der fünften Provinz, war vom kinderlosen Kaiser Clito adoptiert worden. Er hatte einen schwermütigen Charakter gehabt, und Salustra fragte sich manchmal, ob ihre wachsende Besorgnis nicht Teil seines Erbes war. An diesem Abend war ihr Gemüt umdüsterter als üblich. Nachdem ihr Tyrhia die Einladungsliste gegeben hatte, ließ sie den älteren, geistreicheren Gästen der Geburtstagsfeier die Aufforderung zukommen, zu bleiben, sobald die jungen Leute gegangen waren.

Sie hatte mit Unbehagen festgestellt, daß es niemanden

gab, der ihr in vorgerückter Stunde Gesellschaft leisten würde. Fast war sie geneigt, Lustri zurückzurufen. Er vermochte sie in seiner Art zu erregen und zu erheitern, sofern sie ihren Geist völlig ausschaltete. Aber sie gab den Gedanken seufzend auf, denn es war zu fürchten, daß er sie schließlich doch nur langweilen würde. Aber wer kam sonst in Frage? Sie ging im Geist die Gästeliste durch und verzog den Mund. Zu jung, zu alt, zu blutleer, zu fett, zu ungebildet, zu zynisch, zu dumm, zu ausgetrocknet vom Intellekt... Mehr noch als ihr Körper verlangte ihr Geist nach Anregung und Abwechslung.

Sie verließ den Balkon und begab sich in gereizter Stimmung zum Bankett. Fünfzig Gäste erwarteten die Ankunft der Kaiserin in dem Vorraum, der in den großen Ballsaal führte. Die meisten waren jung, Söhne und Töchter von Adeligen und Freunde Tyrhias. Unter ihnen waren die Söhne von Cicio, dem König von Dimtri, und die Kinder Patus', des Königs von Nahi. Die jungen Männer trugen weiße Tuniken, die um die Hüften mit goldenen Gürteln gerafft waren. Die jungen Frauen waren in durchsichtige Gewänder gehüllt, die den Blick auf wohlgeformte, verlockende Glieder preisgaben. Die älteren Gäste, durchwegs Männer, wirkten in ihren purpurroten Togen sehr feierlich. Sie sprachen mit ernsten Mienen miteinander und warfen gelegentlich Blicke voll spöttischer Nachsicht auf die jungen Männer. Die jungen Frauen betrachteten sie eingehender; mit Wohlgefallen nahmen sie da die sanfte Wölbung eines jungen Busens und dort die verführerische Linie eines Schenkels zur Kenntnis.

Während sich die Gäste auf diese Art die Zeit vertrieben, öffnete sich langsam die große Bronzetür des Vorraums, und die Kaiserin stand allein, ohne sich zu rühren, auf der Schwelle. Der Korridor hinter ihr war dunkel, aber das strahlende Licht im Raum traf sie mit vollem Glanz. Sie trug ein langes Kleid mit Schleppe aus glitzerndem Gold, das um ihre Hüften durch eine edelsteinbesetzte Schärpe gerafft war. Ihr Haar war zur Gänze unter einem enganliegenden Helm verborgen, aus dem zwölf etwa zehn Zentimeter lange Strahlen hervorragten. Der dunkle Glanz ihrer Augen und das üppige Rot ihres Mundes hoben sich von der kalten Blässe ihres Gesichts ab.

Obwohl sie die Kaiserin schon viele Male gesehen hatten, starrten sie die Gäste mit ehrfürchtigem Staunen an. Es war fast, als sei die Göttin Sati über die Schwelle getreten. Mit jeder Bewegung, jeder Geste, erstrahlte ihr Körper wie die leibhaftige Sonne.

Die Sitze an den Bankettischen im angrenzenden Saal waren so angeordnet, daß jeder der männlichen Gäste ein Mädchen an seiner Seite hatte. Im Hinblick auf die Festlichkeit, die für Mitternacht zu erwarten war, hatte Salustra dafür gesorgt, daß die erschöpften Sinne der älteren Gäste durch die Nähe der jungen Mädchen angefacht wurden; später würden ihre Erwartungen dann durch Frauen erfüllt werden, die erfahrener waren als diese Halbwüchsigen.

Die Anwesenheit der Jünglinge langweilte die reifen Männer, aber sie erfreuten sich sichtlich der jungen Mädchen, die sie neckten und liebkosten, als wäre das ein selbstverständlicher Tribut jener, von denen sie

Jahre trennten. Der Wein war leicht und mit glitzernden Eiswürfeln gekühlt. Fasane, in Weinsauce gekocht, Nachtigallenzungen, Stör aus dem Norden, exotische Früchte, Oliven, goldschimmerndes Gebäck, kleine Fische in ihrem eigenen Fett und duftende Süßigkeiten wurden auf schwerbeladenen Schüsseln von schönen Sklavinnen mit unbedecktem Oberkörper herbeigetragen.

Tyrhia saß ihrer Schwester gegenüber am Ehrentisch. Ihre Stimme war schrill vor Erregung, während sie sich mit einem jungen Mann unterhielt, der an ihrer Seite saß; von Zeit zu Zeit schlug sie ihm auf die allzu unternehmungslustige Hand.

Salustra saß unbewegt in ihrem Armstuhl und lächelte nur gelegentlich mit sichtlicher Anstrengung. Wenn sie sprach, dann meist nur zu Mahius, der zu ihrer Linken saß.

Sie unterhielt sich mit ihm mit leiser Stimme, denn sie wollte von den anderen Gästen nicht gehört werden.

»Was sagen deine Geologen und Astronomen zu diesem fluchwürdigen Nebel?«

»Meine Wissenschaftler?« Der Premierminister seufzte.

»Rede nicht herum!« wies sie ihn zurecht.

»Offen gestanden, Majestät, wie alle Ratlosen reden sie viel, ohne etwas zu sagen. Molanti, der Geologe, erklärt, daß der Nebel wenige Tage nach einem geheimnisvollen Erdbeben aufgetaucht ist, das die Seismographen des Geologischen Instituts aufgezeichnet haben. Indem er eine Verbindung zwischen dem Erdbeben und dem Nebel herstellt, glaubt Molanti den Energiezusammenbruch begründen zu können.«

Sie sprach mehr zu sich selbst: »Theorien, immer neue Theorien. Sag Molanti, daß wir Erklärungen brauchen. Wenn er sie gefunden hat, werde ich dafür sorgen, daß ihm die selbstverständliche Belohnung der Verjüngungskammer zuteil wird.«
Mahius seufzte tief. »Seid Ihr gewiß, Majestät, daß die Verlängerung des Lebens die angemessene Belohnung für eine so verdienstvolle Leistung ist?«
Sie lächelte spröde. »Molanti ist zwar ein Wissenschaftler, aber dennoch wird für ihn die Verlockung erneuter Jugend mehr wert sein als ein Dutzend Paläste oder die grünen Wälder. Was weiß ein Wissenschaftler schon vom Leben?«
»Was weiß irgendeiner von uns davon, Majestät.«
Sie lächelte abermals. »Jedenfalls wissen wir, daß das Leben unerträglich wird, wenn wir nicht bald erfahren, warum die Elektrizität, die normalerweise von der Atmosphäre weitergeleitet wird, verschwunden ist.« Sie kniff nachdenklich die Lippen zusammen. »Was sagt der Physiker Goleta? Er ist für seine Entdeckung der Verjüngungsstrahlen bereits einmal für die Verjüngungskammer nominiert worden.«
»Majestät, laut Goleta ist die Atmosphäre derzeit so beschaffen, daß die elektromagnetischen Signale, die er aussendet, nicht die geringste Statik erzeugen.«
Salustra verhehlte ihre Beunruhigung nicht. »Wissen diese Männer nicht, daß wir ohne all das nicht leben können? Wir sind keine Barbaren wie die Althruster.«
Mahius zuckte die Achseln und schob seinen Teller, dessen Speisen er nicht berührt hatte, von sich weg. »Unterschätzt diese Barbaren nicht, Majestät. Sie haben

den nuklearen Atmosphärenveränderer, und sie werden ihn einsetzen, wenn sie können.“

Salustra sah ihn nachdenklich an. »Das stimmt, aber unter diesen atmosphärischen Bedingungen ist er vielleicht gar nicht anwendbar.«

Mahius' Gesicht verdüsterte sich. »Aber können wir uns auch nur dem Risiko aussetzen, Majestät?«

Sie biß die Zähne zusammen, als sie an den Verrat dachte, der Signar diese Waffe in die Hand gegeben hatte. »Es ist unerhört, sich gegen sein eigenes Land zu stellen. Ich bin geradezu freudig überrascht, wenn mich ein Freund nicht betrügt.« Mahius wich zurück, doch sie streckte ihm begütigend die Hand entgegen. »Sie werden dafür bestraft werden, entweder durch mich oder durch Signar. Kein Herrscher traut denen, die ihr eigenes Volk verraten.«

»Es sind aber so viele, Majestät.«

»Ja, und der verfaulte Apfel ist es nicht wert, daß man ihn behält.«

Er lächelte melancholisch. »Stimmt Ihr mit der Hohen Priesterin Jupia überein, die eine furchtbare Katastrophe prophezeit?«

Die Kaiserin wurde ungeduldig. »Dieses alte Weib! Sie predigt den Untergang, seit ihr Sati den Schoß verschlossen hat. Wie könnte sie auch sonst ihren Frustrationen Ausdruck geben?«

Ihre Augen streiften über die versammelte Gesellschaft und blieben an den Adeligen und Senatoren hängen, die an Tischen saßen, die so niedrig waren, daß die Gäste nach Belieben sitzen oder sich bequem zurücklegen konnten. Die wachsende Gefahr, die das Land zu verschlingen drohte, schien sie nicht zu berühren. Mit dem Ausdruck des Ekels auf den Zügen wandte sich die Kaiserin wieder an Mahius. »Was sagen deine Wissenschaftler noch?«

Mahius zuckte die Achseln. »Goleta und Molanti stimmen überein, daß das kürzliche Beben nicht nur die atmosphärischen Veränderungen verursachte, sondern auch die Gezeiten so sehr beeinflußt hat, daß es in Kürze überhaupt keine elektrische Energie mehr geben wird.«

Salustra lächelte gezwungen. »Wie jeder sehen kann«, sagte sie und deutete auf die Sklavinnen, die große Fächer schwangen, »hat das Klimazentrum des Palastes bereits aufgehört zu arbeiten.«

Sie stützte ihr Kinn in die Hand. »Weißt du, ob diese Atomexplosion unterirdisch erfolgt ist oder in der Atmosphäre?«

Er wiegte das Haupt und antwortete: »Ich weiß es nicht genau, Majestät, aber eine unterirdische Explosion würde genug Hitze erzeugen, um das Eis der nördlichen Meere zu schmelzen und eine Sintflut auf uns herabstürzen zu lassen.«

Sie schüttelte den Kopf. »Die Wissenschaftler sagen doch, daß die Erdmasse eine Atomexplosion und die dadurch ausgelöste Strahlung aufnimmt, während eine Explosion in der Atmosphäre eine Kettenreaktion hervorruft, die immer mehr Hitze erzeugt, bis schließlich der Himmel selbst in Flammen steht.«

Mahius zuckte die Achseln. »Wie Ihr wißt, hat Atlantis den Atmosphärenveränderer nur einmal eingesetzt, und zwar gegen die anstürmenden Wellen der Dinosaurier.

Sie wurden vernichtet und das riesige Gebiet, auf dem sie sich befanden, zerstört.«
Sie zog die Brauen zusammen. »Und wann war das, Mahius?«
»Vor vielen hundert Jahren, Majestät.«
»Und seither haben wir ihn nicht eingesetzt?«
»Dazu sind wir viel zu zivilisiert, Majestät.«
Sie verzog das Gesicht. »Nicht zivilisiert, Mahius, sondern dekadent und feige. Wir ertragen den Gedanken nicht, Millionen zu töten, aber ist es nicht genauso schrecklich, einem einzigen Menschen das Leben zu nehmen? Wenn dieses eine Leben keine Bedeutung hat, dann sind auch die Millionen nicht mehr viel wert.«
Wie immer, wenn er lange wach blieb, begannen die Augen des alten Mannes zu tränen, und sein grauhaariger Kopf sank nach vorne. Ihm gegenüber blickte Tyrhia an der Seite des jungen Mannes, dessen Hände so freizügig waren, fröhlich drein.
»So ernst an meinem Geburtstag, Salustra?« fragte sie.
Das Mißverhältnis zwischen Tyrhias Unbekümmertheit und der Gefahr, die dem Lande drohte, verärgerte Salustra mehr, als sie zugeben wollte. Wie ähnelt sie doch ihrer Mutter, dachte sie und konnte es doch nicht unterlassen, ihre mädchenhafte Schönheit zu bewundern.
Bevor Salustra aber ihrer Schwester antworten konnte, wurde eine Räucherpfanne vor ihr aufgestellt. Zu Ehren der Göttin Sati goß sie einen Becher voll Wein auf die Glut. Der Duft des süßen Getränks stieg empor, während die wohlgestalteten Sklavinnen leichtfüßig umhereilten, um die Gäste zu bedienen.

Salustra nahm das unterbrochene Gespräch mit Mahius wieder auf. Sie trank nur wenig und widerwillig von dem leichten Wein. »Bleibst du auch zum anschließenden Fest, Mahius?« fragte sie. Er sah die Kaiserin bittend an. »Ich nehme an, es werden Frauen kommen, Majestät.«

Salustra verzog ein wenig die Lippen und neigte den Kopf. »Natürlich. Keine ehrbaren Jungfrauen, keine Frauen mit leichtem Wein in ihren Adern. Es werden wirkliche Frauen sein, das kann ich dir versichern, Mahius.«

Der alte Mann blickte sie an, und es war etwas in seinem Blick, das sie veranlaßte, die Augen niederzuschlagen.

Sie sah sich im Saale um und betrachtete ihre Gäste; Wissenschaftler, Philosophen, Dichter, Architekten, Musiker und Bildhauer. Diese erfahrenen Männer langweilten sich bereits in der Gesellschaft der einfältigen Mädchen an ihrer Seite, um so mehr, als alle ihre Annäherungen nur auf verlegenes Kichern und Abwehr gestoßen waren. Von den jungen Männern zogen sich die Mädchen nicht so auffällig zurück, selbst dann, wenn deren Hände gelegentlich ihre weichen Brüste berührten. So hatten die Älteren begonnen, sich über die Köpfe der jüngeren Gäste hinweg zu unterhalten und dabei ungeduldig die verstreichenden Stunden zu zählen.

Salustra, die alles beobachtete, lächelte und sah ein baldiges Ende des Festes für Tyrhia kommen.

»Du bleibst«, sagte sie zu Mahius.

Der alte Mann seufzte. »Werden Eure Majestät unge-

halten sein, wenn ich ablehne? Ich bin seit einiger Zeit so ermattet. Ich habe eine Vorahnung nahenden Unheils. Nein, nein! Kein äußerer Feind, keine Gefahr von Menschenhand, diesmal nicht! Vergib mir mein Geschwätz, große Salustra. Die Vorhersagen der Astrologen habe ich immer zutiefst lächerlich gefunden. Nein, nein! Es ist etwas anderes, etwas Schrecklicheres ...«
Salustra sah ihn ungläubig an. Ihre Brust hob sich, als unterdrücke sie ein Lachen. »Mit welch kindlicher Einfalt flüchten wir uns in den Schutz dessen, was wir wissen, aus Angst vor dem, was wir nicht wissen! Tausend Legionen könnten deine Ruhe nicht stören, aber der erste Hauch aus den schwarzen eisigen Höhlen des Aberglaubens läßt das Mark in deinen Knochen erstarren. Unsinn! Ich habe ein sehr wirksames Pulver, das mir mein Arzt gegeben hat. Es ist ein wunderbares Laxativ; es bewegt die Eingeweide wie mit einem Peitschenschlag. Religion und ihr Zwillingsbruder, der Aberglaube, sind Ausgeburten einer schlechten Verdauung, Mahius!«
Der alte Mann verzog das Gesicht, antwortete aber nicht.
Sie berührte leicht seinen Arm und fuhr fort: »Der Mensch glaubt dreimal in seinem Leben an Gott, Mahius. Solange er ein Kind ist, nachdem er gut gegessen hat und wenn er alt wird. Du bist alt, lieber Freund. Dein Blut pulst nicht mehr heiß und schnell; deine Augen suchen nicht mehr nach jungfräulichen Busen und jungen Lippen. Musik erregt dich nicht mehr; du wendest dich lieber einem guten Buch zu und hältst Zwiesprache mit den Göttern. Ein Mann, der von sich selbst

sagt, daß er alt ist, ist alt, auch wenn er nur wenige Jahre zählt. Der weißhaarige Greis, der versichert, er sei jung, ist wirklich jung!«

Mahius blickte sie traurig an. »Ich bin aber wirklich alt, Majestät«, sagte er bestimmt, »und Ihr seid ewig jung. Weil ich alt bin, fürchte ich mich und fühle, daß ein Unheil naht. Alter ist immer besorgt, ich weiß. Aber wenn ich auf Euch blicke, kommt mir Furcht. Es ist, als sähe ich einen großen Schatten über Euch. Ihr wißt, wie sehr ich Euch liebe und wie sehr ich Euren Vater geliebt habe, und Ihr könnt Euch denken, wie mich der Gedanke einer Gefahr für Euch mit Sorge und Bestürzung erfüllt. Angst! Ich, der ich nie Angst gefühlt habe, fürchte mich jetzt. Ein eisiger Hauch läßt meine Zähne klappern und mein Herz gefrieren.« So ernst, so eindringlich war seine Stimme gewesen, daß das Lächeln von Salustras Lippen schwand.

Sie war tiefer berührt und antwortete heftiger, als sie wollte. »Angst!« sagte sie verächtlich. »Ich glaube, daß Sati dem Narren, dem Unzüchtigen, dem Ehebrecher, dem Lügner und dem Verräter vergibt. Sie findet vielleicht sogar entschuldigende Umstände für den Heuchler, denn wer von uns ist nicht manchmal gezwungen, sich zu verstellen? Aber ich glaube nicht, daß sie dem Feigling vergeben kann, der die hohen und heiligen Hallen des Tempels mit seinem kleinlichen Geschrei erfüllt und die Göttin mit seinem Gezeter stört. Habe ich mich jemals gefürchtet? Nein, nie noch hat mich die Angst mit ihrer knöchernen Hand gepackt. Ich stamme nicht aus einem Geschlecht von Feiglingen, Mahius!«

Sie berührte die Wange des alten Mannes mit dem Rükken ihrer Hand, und dann, in einem plötzlichen Gemütswandel, wurde sie von einer Welle der Melancholie erfaßt. »Ich verabscheue diese Stadt, und ich bin müde. Weißt du, warum Signars barbarische Abgesandte eine Audienz für morgen verlangt haben?«

Mahius zog die Brauen nachdenklich zusammen. Salustra erhob die Hand und sagte, bevor er antworten konnte: »Ich möchte, daß du für einige Augenblicke in mein Gemach kommst. Diese Kinder werden uns nicht vermissen.«

Salustra wollte sich bereits erheben, als ihre Augen von einem anderen Augenpaar eingefangen wurden. Ein junger Mann von etwa siebenundzwanzig oder achtundzwanzig Jahren, vielleicht ein bißchen jünger als sie selbst, blickte sie vom anderen Ende des Tisches eindringlich über den Rand seines Bechers hinweg an. Die Kaiserin hatte ihn nie zuvor gesehen. Als sie ihn näher betrachtete, sah sie einen feingeformten Kopf und empfindsame blaue Augen. Während sie ihn anblickte, senkte er langsam den Becher und gab seine gerade, gutgeformte Nase und einen kräftigen, doch feingeschnittenen Mund frei. Ihre Augen maßen seinen kräftigen Hals, die breiten Schultern, die nackten, kräftigen Arme und die schmalen Hände. Sie studierte ihn mit steigender Erregung, und er erwiderte ihren Blick gebannt und zuversichtlich. Sie sah ihm nochmals ins Gesicht, und er lächelte, indem er respektvoll das Haupt beugte. Sein vornehmes Verhalten unterschied ihn von den Jünglingen aus Lamora.

Mahius hatte das Spiel der Augen gelassen verfolgt. Er sah den jungen Mann, und sein Gesicht verzog sich.

Salustra lehnte sich in ihrem Armsessel zurück. Ein schwaches Lächeln huschte über ihre Lippen. Ihre Brust hob sich unter ihrem rascher gehenden Atem, und sie fühlte sich mit einem Male sehr wohl.

»Das, strahlende Majestät, ist ein Vetter von Cicio, dem König von Dimtri«, nahm Mahius ihre Frage vorweg. »Er hat mich erst heute morgen gebeten, ihm eine Vorsprache bei Euch zu verschaffen. Er ist ein berühmter Dichter und sucht Eure Förderung, da er weiß, daß Ihr die Künste liebt. Sein Name ist Erato.«

Salustra nickte langsam und hielt ihr Auge auf den Dichter geheftet, der nun lächelnd den Becher an seine Lippen hob. Ein großer Rubin an seinem Finger blinkte ihr wie ein kühnes Auge zu. Salustra lächelte. »Er muß zum anschließenden Bankett bleiben, Mahius. Wir sind immer bereit, die Dichtkunst zu fördern, besonders wenn sie einen so edlen und gutaussehenden Fürsprecher hat.«

Salustra stand auf, und die überraschten Gäste erhoben sich zugleich mit ihr. Sie machte eine Geste mit ihrer juwelengeschmückten Hand. »Wir kommen zurück«, sagte sie und ging, gefolgt von Mahius, aus dem Raum. Der junge Dichter blickte ihr lächelnd nach.

VI

Tief unten lag die Stadt. Aus dem gelben Dunst, in den die Straßen gehüllt waren, ragten Türme und Kuppeln empor, die im fahlen Licht des Mondes schimmerten. Es war, als sei Lamora eine Fata Morgana, deren Umrisse hinter dichten Schleiern nur undeutlich zu erkennen waren. Die Luft war schwül, feucht und unbewegt. Die Menschen atmeten schwer, und die Tiere irrten umher, als seien sie von bösen Vorahnungen erfüllt.
Mahius war über die unvermittelte Besprechung erstaunt und betrachtete die Kaiserin prüfend. Aus ihrem Antlitz sprachen Stolz und Kraft, doch als sie sich nun an ihren Ratgeber wandte, war ihre Stimme leise und stockend, als erwache sie aus einem Traum. »Hast du dieses seltsame Gefühl auch schon einmal gehabt, Mahius? Ich bin weder launisch noch verweichlicht, aber mir ist, als laste das Schicksal auf mir. Die Welt wird immer unwirklicher. Ich komme wir wie ein Schatten unter Schatten vor.«
Mahius schwieg einen Augenblick lang, dann antwortete er ruhig: »Dieses Gefühl habe ich schon oft gehabt. Das Leben strömt dahin wie Ebbe und Flut, es kommt aus dem Schattenreich und kehrt zu ihm zurück. Nur die Götter sind ewig und immerwährend.«
Salustra machte eine müde Bewegung mit der Hand.

»Ach was, die Götter! Wer glaubt schon an sie! Wer glaubt schon daran, daß es in dieser grausamen Welt von heute die großen Unbekannten gibt, die von uns Kenntnis nehmen. Die Schwachen, Schwankenden und Feigen mögen solchen Vorstellungen nachhängen; Glaube ist das Kennzeichen der Kleinmütigen. Weil sie selbst nicht fähig sind, das Leben zu meistern, brauchen sie einen übernatürlichen Verbündeten und einen Panzer, mit dem sie sich umgeben, um in dieser bösen Welt bestehen zu können. Für die einen ist dieser Panzer der Glaube; sie verstecken sich hinter den Göttern. Für andere wieder ist der Panzer die Philosophie; gelassen betrachten sie die Kämpfe dieses Lebens, ohne an ihnen teilzunehmen. Dann gibt es Leute, die sich mit Zynismus wappnen; sie glauben an nichts, nicht einmal daran, daß sie an nichts glauben. Andere wiederum versinken in Sentimentalität und betrachten die Welt durch einen Schleier von Tränen. Und dann gibt es noch jene, die sich mit der Geißel selbstauferlegter Pflichten bestrafen; sie glauben, tapfer zu sein, und sind in Wirklichkeit nur unterwürfig. Fast alle aber glauben, ihr Leben durch irgendwelche Plattheiten rechtfertigen zu müssen. Wenn sich die Menschen nicht belügen würden, könnten sie nicht leben.«

Mahius betrachtete sie voll Güte. »Aus Euch spricht die Jugend, Salustra. Wenn ihr einmal älter seid, werdet Ihr nicht mehr so hart urteilen. Ihr werdet das Leben gelassen hinnehmen; ohne Hoffnung, aber auch ohne Furcht. Das kleine Kind und der alte Mensch sind die weisesten Philosophen.«

Salustra zuckte mit den Achseln. »Wir brauchen keinen

Panzer und auch keine Philosophie«, sagte sie bestimmt und fügte lächelnd hinzu: »Wir brauchen die Wahrheit. Aber was ist wahr, und was ist falsch? Was ist tapfer und was feige? Was ist Laster und was Tugend? Wir wissen nur, daß wir heute leben und morgen tot sein werden. Aber woher wir kommen und wohin wir gehen, wissen wir nicht. Wir kommen wie Schatten, gehen wie sie, und dann sind wir vergessen. Ein Mensch, der von Gott spricht, ist nicht mehr als ein Affe, der den Mond anjault.«
Mahius beugte das Haupt und schwieg mit traurigem Gesicht. Salustra hatte sich erhoben und ging ruhelos auf und ab, bis sie unvermittelt stehenblieb und mit fester Stimme zu sprechen begann: »Morgen erscheinen die Botschafter von Althrust zu einer vertraulichen Unterredung bei mir. Ich weiß bereits, was sie wollen. Sie bringen eine Botschaft ihres Herrschers; er hält um meine Hand an. Wäre Atlantis dadurch gerettet, so würde ich sie ihm geben, obwohl mich der Gedanke an eine Verbindung mit diesem Barbaren erschauern läßt. Aber es wäre keine Rettung für uns, denn er wäre dann der Herrscher über beide Reiche.«
Mahius blickte seine Kaiserin voll Verzweiflung an. Sie hob die Hand, als wolle sie ihn am Sprechen hindern. »Er denkt an die Söhne, die er noch nicht hat«, fuhr sie fort. »Atlantis soll ihr Erbe sein. Selbst die fähigsten Männer sind eben nur ein Werkzeug der Natur. Ich bewundere ihn dafür. Es ist unvermeidlich, daß der Mann, der eines Tages auf dem Thron unseres Landes sitzt, Signars Blut in seinen Adern haben wird. Mir macht es nichts aus, ich hege keinen Groll gegen ihn.

Die Sonne geht unter; morgen wird sie von neuem im Osten aufgehen. Das ist der unvermeidliche Ablauf der Natur. Kann ich mich dagegenstemmen?«
Mahius war offensichtlich von dem Gehörten zutiefst verwirrt.
»Er will Atlantis für sich und seine Söhne«, sprach die Kaiserin ruhig weiter. »Sie sollen es haben, aber erst dann, wenn ich tot bin. Solange ich lebe, gehört dieses Reich mir. Aber wie soll ich bis dahin einen Krieg vermeiden, der uns alle auslöschen würde? Ganz einfach, mein Freund! Ich werde Signar meine Schwester Tyrhia zur Frau geben. Ihr ältester Sohn soll Atlantis erben, vorausgesetzt, daß Signar den feierlichen Eid ablegt, die beiden Reiche zu meinen Lebzeiten nicht zu vereinigen.«
Mahius sah sie fragend an. »Ich merke«, sagte sie und klopfte ihm leicht auf den Arm, »du hast etwas zu sagen, teurer Freund und Lehrer. Sprich es aus ohne Furcht!«
Mahius begann mit leiser, aber fester Stimme: »Ich habe meine Spione. Sie berichten mir, daß Signar etwas viel Bedeutenderes wünscht als Atlantis.«
»Und was wäre das?«
Er befeuchtete die Lippen und sagte schlicht: »Euch.«
Salustras Gesicht erstarrte in Unwillen, ehe sie in ein höhnisches Gelächter ausbrach. »Du armer alter Mann!« rief sie. »Bist du schon senil? Er begehrt mich nur, weil ich die Kaiserin von Atlantis bin und weil er durch mich dieses Reich kampflos erobern kann. Ich habe auch meine Spione. Sie berichten mir, wie sich Signar über mich lustig macht und sich an obszönen

Geschichten über mich ergötzt.« Achselzuckend fuhr sie fort: »Ich sage dir, lieber, alter, dummer Freund, daß er nur Atlantis will. Und wenn er die unschuldige, jungfräuliche Tyrhia sieht, wird er mit Begeisterung zugreifen.«

Mahius sah so ungläubig drein, daß Salustra erzürnt fortfuhr: »Ich habe ihn nie gesehen, aber ich verachte ihn. Althrust ist ein wildes, rückständiges Land und Signar sein würdiger Herrscher. Aber Althrust ist auch ein starkes Reich, und ich bin froh, daß Signars Sohn Atlantis in Frieden erben wird.« Sie beugte sich über die Balustrade aus Marmor, und ihr Blick wurde milde. »Mein Land!« sagte sie leise. »Mein herrliches, dahinsiechendes Erbe! Ich werde mit der Gewißheit im Grabe ruhen, daß es mit all seinen Fehlern erhalten bleibt!«

Seufzend fuhr sie fort: »Mein Vater hat mir gesagt, daß eine verfallende Nation einem moralisch und geistig verkommenen Menschen gleicht, der nach immer neuen Eindrücken lechzt. Die einen blicken bewundernd auf fremde Herrscher wie Signar, die anderen sehnen sich nach Demokratie. Welch ein Unsinn! Schon das Wort Demokratie ist ein Widerspruch in sich selbst. Die Menschen werden nicht als Demokraten geboren; die Natur hat sie nicht gleich, sondern ungleich gemacht. Die Republik ist die ungerechteste aller Staatsformen. Ein Herrscher allein ist viel besser als die vielfache Herrschaft von Männern, die während der kurzen Zeit, in der sie an der Macht sind, mit fieberhafter Begierde und ohne alle Skrupel raffen und rauben. In Atlantis sehnt man sich aus purer Langeweile nach der Republik. Zwar beteuert man noch, wie sehr man mich liebt, aber ich spüre bereits den republikanischen Wind, der mir ins Gesicht schlägt, und mit der gleichen Begeisterung, mit der sie mir jetzt zujubeln, wären sie bereit, mein Blut zu vergießen. Signar ist nicht so geduldig wie ich. Er wird mit diesen sogenannten Demokraten kurzen Prozeß machen.«

Sanft, aber eindringlich, als wolle er ihre Meinung ändern, sagte Mahius: »Habt Ihr gesagt, daß Ihr nie heiraten wollt, Salustra?«

Ungeduldig schüttelte sie den Kopf. »Ich kann nicht heiraten, selbst wenn ich wollte. Nähme ich einen Fürsten von Dimtri, Nahi, Madura, Antilla oder Letus zum Manne, dann würden meine Kinder Herrscher von Atlantis werden. Das aber würde Signar nie hinnehmen, denn er begehrt dieses Land. Außerdem: Ich will nicht heiraten; warum sollte ich?«

»Sehnt Ihr Euch denn nicht nach Liebe, Majestät? Wenn wir lieben, nähern wir uns den Göttern. Liebe erklärt alles, macht alles verständlich, ist der Schlüssel zu allem. Liebe ist das Leben, und Ihr wollt auf sie verzichten?«

Salustra lachte aus vollem Halse und klopfte dem alten Mann begütigend auf die Schulter! »Armer Mahius«, sagte sie. »Wen liebst denn du? Ein holdes Sklavenmädchen aus Lusi! Hast du in ihren Armen gefunden, was du an der Brust deiner alten Gattin vergeblich gesucht hast? Gib doch zu: Wenn ein Mann von Liebe spricht, denkt er meist nicht an seine rechtmäßige Frau!« Sie hörte auf zu lachen und fuhr mit eiskalter Stimme fort: »Die Dummen und Sentimentalen behaupten, die Liebe sei die große Macht auf Erden. Ich sage dagegen: Der Haß regiert, der wilde, ungestüme, eigensinnige Haß beherrscht alles. Liebe ist Tod; Haß ist Leben. Ein Volk, das liebt, ist schwachsinnig. Der Haß ist es, der neue Reiche baut; die Liebe, die unsere Sinne schwächt, zerstört sie. Wenn ich könnte, würde ich dem Haß einen Tempel errichten. Nationen, die einander lauthals ihre Liebe verkünden, schärfen im geheimen bereits das Schwert, um sich zu bekriegen. Männer und Frauen, die von Liebe sprechen, verbergen hinter ihren Worten nur ihre Lüste und Begierden.«

Die Augen zu Boden gesenkt, ließ Mahius diesen Ausbruch über sich ergehen, bis sich die Kaiserin anderen Dingen zuwandte. »Übermorgen wird die Nationalversammlung zusammentreten«, sagte sie. »Es wird ein mühseliger Tag. Diese alten, streitsüchtigen, engstirnigen Senatoren! Sie reden vom Vaterland und vom Volk, dem sie dienen, aber sie denken nur an ihre persönlichen Feindschaften und Interessen. Warum können sie nicht aufrichtig sein?«

»Wenn sie aufrichtig wären, könnten sie sich selbst nicht trauen«, sagte Mahius ironisch.

»Mein Vater sagte immer: ›Bist du aufrichtig? Wenn du mit Ja antwortest, bist du eine Lügnerin.‹« Lächelnd fügte die Kaiserin hinzu: »Das Leben wäre unerträglich, wenn alle wirklich aufrichtig wären. Wir brauchen den zartgetönten Schleier der Unaufrichtigkeit, um die harte und nackte Wahrheit zu mildern.«

Aus dem Garten drangen Stimmen und Gelächter em-

por; Sänften trafen ein, um die jungen Gäste abzuholen. Nun erst merkten die beiden, wie schnell die Zeit vergangen war. Salustra blickte zögernd zum Nachthimmel empor. Mahius folgte ihrem Blick, und sie sahen, wie sich eine große Wolke, die wie eine Hand geformt war, vor den Mond schob. Mit angehaltenem Atem verfolgte sie das Schauspiel. Die Wolkenhand stieß empor, ihre Finger krümmten sich, umspannten die silberne Scheibe des Mondes und bedeckten sie schließlich völlig. Ein kalter Windstoß ließ die beiden erschauern, während sie die riesige Schattenhand über die Stadt dahinstreichen sahen.
Salustra versuchte zu lächeln und mit einer heiteren Bemerkung den Bann zu brechen, doch kein Wort kam über ihre Lippen. Schweigend, in Gedanken versunken, kehrten sie in den Palast zurück. Im Wandelgang stand der Kommandant der Garde, ein gutaussehender, energischer junger Mann, von dem das Gerücht behauptete, er habe der Kaiserin in manch einsamer Stunde Gesellschaft und gute Dienste geleistet. Sie streifte ihn mit einem abwesenden Blick, als sei er nicht viel mehr als ein nützliches Möbelstück, und ging gedankenverloren weiter. Im Palast angelangt, kam sie gerade recht, um die jungen Gäste zu verabschieden. Tyrhia war sichtlich ermüdet, und die weißen Blumen in ihrem wirren Haar welkten bereits. Neue Gäste trafen ein; Senatoren und Angehörige der Aristokratie von Lamora. Salustra entbot ihrer Schwester einen flüchtigen Gutenachtkuß und hielt Ausschau nach dem jungen Dichter Erato. Ihre Blicke begegneten sich, während Mahius bat, sich zurückziehen zu dürfen, was ihm von Salustra gewährt

wurde. Etwa fünfzig Männer waren nun im Raum versammelt; darunter einige der Gäste, die bereits zur Geburtstagsfeier gekommen waren.
Kränze von roten Rosen, auf denen noch der Abendtau perlte, wurden den Gästen im Scherz aufgesetzt. Salustra ließ ihren Blick von Gesicht zu Gesicht wandern und las in jedem. Eine Schar vollkommen unbekleideter Mädchen hatte die halbnackten Sklavinnen abgelöst. Sie waren von ungewöhnlicher Anmut und Schönheit, und ihre zarten Hände schienen fast zu zerbrechlich für die schweren Becher, die sie mit Wein zu füllen hatten. Diese gertenschlanken jungen Geschöpfe, deren Haut an Blut und Milch gemahnte, erröteten unter den unmißverständlichen Annäherungsversuchen der lüsternen alten Männer.
Eine gezwungene, unnatürliche Heiterkeit lag über dem Fest, denn keiner der Anwesenden, nicht einmal der zynische Senator Divona, konnte sich dem bedrükkenden Gefühl entziehen, das der stickige Dunst über der Stadt verbreitete. Das plötzliche Aussetzen der elektrischen Anlagen hatte alle erschreckt und ihnen die düsteren Prophezeiungen der Astrologen in Erinnerung gerufen.
Gebannt blickten die Anwesenden auf die Kaiserin, denn wenn sie auch von vielen Gästen gehaßt wurde, so war ihre Autorität doch unbestritten. Als sie sahen, daß Salustra heiter und gelassen war und sich einem neuen Verehrer widmete, faßten sie Mut. Salustra ahnte, was in den Gästen vorging. Sie hatte Erato befohlen, zu ihrer Rechten Platz zu nehmen; zu ihrer Linken saß Pelanius, einer ihrer Gesandten in Althrust. Erato ließ Sa-

lustra nicht aus den Augen, und seine Hand zitterte, wenn er den Becher an die Lippen setzte.
Die Kaiserin hatte ihr Obergewand abgelegt. Wenn man von den Brustplatten aus fein ziseliertem Gold und einem schleierartigen Gespinst, das sich um ihre Hüften schlang, absah, war sie nackt. Ihr Körper glänzte wie Marmor, und das flackernde Licht der Kristallluster ließ den Kopfschmuck mit den zwölf Zacken erstrahlen. Keines der Mädchen im Saal konnte sich mit der Kaiserin messen, die in ihrem majestätischen Glanz ein vollkommenes Bild verführerischer Weiblichkeit bot.
Der schwere Duft köstlicher Essenzen vermischte sich mit dem Geruch von Speisen und Getränken. Das Lachen der Gäste wurde immer lauter. Einige Männer hatten sich auf den Kissen ausgestreckt und betrachteten die vorbeihuschenden Mädchen. Die Kränze waren von ihren schweißbedeckten Stirnen gerutscht, und sie ließen sich von den Sklavinnen mit den wohlriechenden Parfums besprengen.
Salustra hatte bis jetzt kaum einige Worte mit Erato gewechselt, aber sie beugte sich von Zeit zu Zeit zu ihm und lächelte, wenn sie merkte, wie er bei jeder Berührung ihrer nackten Schenkel erbebte.
Der edle Gatus meldete sich mit einem spöttischen Lächeln auf den Mienen zu Wort. »Hört meine Geschichte«, rief er, »ich schwöre euch bei meiner Ehre, daß sie wahr ist!«
Salustra lachte. »Bist du so sicher, daß du eine Ehre hast, Gatus?« fragte sie. »Heute warst du bereit, deine Provinz zu verkaufen, wenn ich mich recht erinnere.«
Gatus' Gesicht verfinsterte sich für einen Augenblick,

dann fuhr er unbekümmert fort: »Was ich erzählen will, habe ich von jemandem gehört, der es wissen muß. Seneco, der alte Gauner von einem Juwelier, hat sich in die junge Frau eines Adeligen aus Lamora verliebt. Natürlich werde ich ihren Namen nicht nennen. Ihr Mann ist zwar sehr verliebt in sie, aber anderwärtig viel beschäftigt. Nein, fragt mich nicht, wer sie ist! Eines Tages kam sie jedenfalls in Senecos Laden, und er zeigte ihr ein hinreißend schönes Knöchelband aus Diamanten. Sie probierte es an ihrem zarten Fuß, und Seneco versicherte, es sei wie für sie geschaffen. Sie mußte ihm aber mit einem tiefen Seufzer gestehen, sie könne es unmöglich kaufen; ihr Mann habe ihr bereits gesagt, sie besitze mehr Schmuck, als sie tragen könne.«

Ein grauhaariger Mann, dem sein Kranz bis auf die Augen gerutscht war, stand auf und rief: »Welche Grausamkeit!« Und Pellanius sagte zu Gatus: »Flüstere mir den Namen der Dame zu, und ich werde ihr sofort den Schmuck kaufen. Junge Frauen sind dazu da, Juwelen zu tragen!«

Pellanius wurde zur Ordnung gerufen und Gatus aufgefordert weiterzuerzählen. »Die arme Frau«, fuhr er fort, »weinte in Senecos Armen und erlaubte ihm, sie zu streicheln. Er gestand ihr seine Liebe und bat sie, ihm zu gestatten, den Schmuck am nächsten Tag, während ihr Mann geschäftlich unterwegs war, in ihr Haus zu bringen. Die Dame zierte sich und sprach von Tugend und Treue, doch Seneco gelang es, sie davon zu überzeugen, daß Diamanten beständiger sind als Tugend.«

Wiederum wurde der Erzähler unterbrochen. »Unsinn«, rief Senator Divona. »Keine Frau ist einen Diamanten wert!« Er hatte sich einst um die Gunst der Kaiserin beworben, war abgewiesen worden und versäumte seither keine Gelegenheit, in ihrer Gegenwart die Frauen zu schmähen. »Ein bißchen Kristallflitter, ein kleiner Türkis vielleicht, aber keine Diamanten! Frauen sind billiger zu haben!«

Salustra lächelte nachsichtig und ließ ihre Hand auf Eratos Schulter gleiten, der sie ergriff und leidenschaftlich küßte. Sie setzte ihren Becher an seine Lippen, ließ ihn trinken und trank sodann selbst daraus. Der junge Mann erbebte vor Seligkeit. Salustra gab Gatus ein Zeichen fortzufahren. »Die junge Frau«, erzählte er weiter, »gestattete dem alten Seneco, sie am nächsten Tag zu besuchen. Er kam mit dem Schmuck in der Hand, trunken vor Leidenschaft und auch ein wenig trunken vom Wein. Eine Stunde später verließ er das Haus – ohne die Knöchelkette und mit gestillter Leidenschaft. Am Abend kehrte der Gatte zurück. Die junge Frau hatte das Schmuckstück natürlich versteckt. Der Ehemann blickte sie jedoch voll Strenge an und fragte, ob Seneco nicht am Nachmittag ein Schmuckstück gebracht habe. Zutiefst erschrocken gab sie den Besuch zu und fragte sich, wie ihr Mann hinter ihr Geheimnis gekommen sei. Schon wollte sie sich ihm zu Füßen werfen und um Gnade flehen, als der Gatte plötzlich lachte und liebevoll sagte: ›Ich habe den Schmuck für dich gekauft und Seneco gebeten, ihn heute nachmittag persönlich zu überbringen.‹«

Schallendes Gelächter folgte der Erzählung, und Salustra lachte fröhlich mit. Sie genoß die Geschichte mehr als alle anderen, denn sie war für sie ein neuer Beweis, daß alle Menschen Betrüger seien. »Diese Frauen!« rief Pellanius. »Es gelingt ohnehin viel zu selten, sie hineinzulegen. Ich wette, die Dame trägt den Schmuck lieber nicht in der Öffentlichkeit!«

Andere Geschichten folgten, und je mehr die Gäste dem Wein zusprachen, desto gewagter wurden sie. Einige Anwesende hatten sich bereits der Sklavinnen bemächtigt, die Mädchen zu sich auf die Kissen gezogen und versucht, sie zu küssen, wogegen sie sich zunächst noch wehrten. Unter allgemeinem Gelächter schüttete ein kräftiges junges Ding dem alten Senator Contani einen Becher Wein über den Kopf. Mit triefendem Gesicht, aus trüben Augen schielend, sah er wie ein alter Eber aus.

»Spießt ihn auf!« schrie Patios, einer der jüngeren Senatoren. »Spießt ihn auf! Dann gibt es morgen Wildschweinbraten!«

Das Fest ging weiter. Ein Sänger mit weibischem Gehaben trat auf und gab ein unzüchtiges Lied zum besten. Nachdem er unter großem Beifall geendet hatte, trat Patios an seine Stelle, wurde aber mit Wein begossen und zog sich, in seinem Stolz verletzt, torkelnd zu einem Springbrunnen zurück, dessen Marmorstatue er leidenschaftlich umarmte.

»Er hält sie für seine Frau!« schrie Divona voll Spott und Verachtung.

»Die Statue ist gefühlvoller als sie«, versuchte ihn Glarus zu übertrumpfen.

Inmitten dieses Treibens näherte sich ein Hauptmann der Wache mit einer Pergamentrolle in der Hand der

Kaiserin. »Ich bitte um Verzeihung, Majestät«, sagte er mit leiser Stimme, »ich bin gebeten worden, diese Botschaft zu überbringen. Sie ist dringend!«

Salustra entrollte das Pergament und unterdrückte einen Schrei. Die Botschaft war von Lustri und lautete: »Wenn Du, holde Salustra, dies gelesen hast, weilt Dein Lustri nicht mehr unter den Lebenden. Trennung von Dir bedeutet für mich Abschied von dieser Welt. Ich habe den besseren Teil gewählt. Ohne Dein Lächeln weiterzuleben wäre schlimmer als der Tod. Die Erinnerung würde mir zur Qual. Ich verlasse Dich nun. Vielleicht wirst Du Deinen letzten freundschaftlichen Gedanken an mich verschwenden.«

»Lustri ist tot, dieser Narr!« rief Salustra in den Saal. Es war, als sei plötzlich ein Schatten auf die Versammlung gefallen. Die Gäste blickten einander verstört an und mieden die Augen der Kaiserin.

Schließlich erhob sich Gatus. Sein Gesicht war kreidebleich, seine Augen funkelten. »Ihr werdet mir erlauben, mich zurückzuziehen, Majestät«, sagte er, und seine Stimme zitterte. »Lustri war mein Schwager!«

Die allgemeine Beklommenheit wuchs; nur Salustra blickte gelassen vor sich hin und ließ Gatus einige Augenblicke vor sich stehen, ehe sie antwortete. »Du kannst gehen, wenn du willst«, sagte sie unbekümmert.

»Ihr werdet ihm doch nicht ein öffentliches Begräbnis verweigern?« fragte Gatus zögernd.

Sie betrachtete ihn mit finsterer Miene. »Warum sollte ich ihm kein öffentliches Begräbnis gewähren? Glaubst du etwa, ich fürchte den Zorn des Pöbels? Ich ziehe offene Feindschaft den hinterhältigen Gerüchten vor. Und jetzt kannst du gehen, Gatus!«

Die Erstarrung, die über dem Fest lag, löste sich allmählich.

»Bei Morgengrauen wirst du mir deine Gedichte ins Ohr flüstern«, murmelte Salustra zu Erato gewandt.

Schon war Lustri vergessen, und die Gäste widmeten sich aufs neue ihren boshaften Klatschgeschichten.

»Hat jemand das Haus gesehen, das Consilini seiner Mätresse im Vorort von Conla baut?« fragte der Senator Sicilo. »Es ist eine Villa von erlesenem Geschmack, und er gibt ein Vermögen dafür aus. Die Statuen sollen von Galo und die Fresken von Stanti stammen. Und wißt ihr, was er mir gesagt hat? Seine Frau sei dagegen, daß seine Mätressen in der Stadt leben, und deshalb müsse er ihnen draußen eine Villa bauen. Dabei soll er Guhlianas bereits überdrüssig sein und eine Nachfolgerin suchen. Vielleicht nimmt er sich Brittulia.«

Lautes Gelächter und obszöne Reden folgten dieser Bemerkung. Brittulia war eine notorische Jungfrau – stadtbekannt für ihre Keuschheit und Tugend. Sie war schön und jung, ungefähr in Salustras Alter, aber man sagte, daß der bloße Anblick eines Mannes in ihr Abscheu errege. Ihr Haus war ein düsteres Verlies, in dem sie allein mit ihren Dienerinnen lebte. Kein Mann durfte ihre Gemächer betreten. Böse Zungen behaupteten, sie esse nur das Fleisch von weiblichen Tieren.

»Ich habe gehört, sie nimmt nur Gemüse zu sich, dessen weibliches Geschlecht bewiesen ist«, lästerte ein Adeliger aus der dritten Provinz.

»Ich habe wieder gehört, daß sie jedes Kleid wegwirft,

mit dem sie auf der Straße zufällig einen Mann gestreift hat«, höhnte Glarus. »Sie duldet nicht einmal Eunuchen um sich. Den Eunuchen, den sie von ihrer Mutter erbte, hat sie sofort verkauft.«

»Sie ist ja selbst ein weiblicher Eunuch«, meinte Divona.

»Wie kannst du das beweisen?« fragte Patios, der seine Kleider abgelegt und sich nackt neben einem ebenfalls unbekleideten Mädchen auf den Kissen ausgestreckt hatte.

»Sie ist eine schöne Frau«, warf Pellanius ein, »und doch erblaßt sie beim Anblick eines männlichen Wesens. Ich habe es selbst gesehen und glaube, daß das mit Keuschheit nichts zu tun hat.«

»Sie ist voller unterdrückter Begierden«, sagte Salustra. »Ich habe sie immer wieder zu meinen Festen eingeladen, aber sie hat mich jedesmal auf den Knien gebeten, nicht auf ihrer Anwesenheit zu bestehen. Als ich ihr einmal scherzend sagte, sie würde das wahre Glück erst in den Armen eines Mannes kennenlernen, fiel sie vor Schreck in Ohnmacht!«

»Die arme Seele«, rief Erato, der alles versuchte, um die Gunst der Kaiserin zu gewinnen. »Sie wird die Glut ihrer Leidenschaften so lange unterdrücken, bis sie sich darin selbst verzehrt!«

Alle fanden höchsten Gefallen daran, die bedauernswerte Jungfrau wegen ihrer Tugendhaftigkeit zu verhöhnen. »Tief in ihrem Innersten sind Frauen wie sie eigentlich erschreckend leidenschaftlich und zügellos. Deshalb trauen sie sich selbst nicht und können ihre Tugend nur in strengster Abgeschiedenheit bewahren.

Verlieren sie einmal ihre Jungfräulichkeit, würden sie an ihren eigenen Trieben zugrunde gehen«, sagte Patios.
»Einmal werde ich sie in den Palast locken«, warf die Kaiserin ein, »und sie mit einem leidenschaftlichen jungen Mann in eine abgeschiedene Kammer sperren. Und dann, wehe euch, ihr Männer von Lamora, ihr werdet euch vor ihr kaum mehr retten können!«
Alle lachten schallend. Die Geschichten über die keusche Brittulia lieferten einen schier unerschöpflichen Gesprächsstoff. »Man sollte ihr niemals eröffnen, auf welche Art und Weise sie gezeugt worden ist. Sie würde ja Selbstmord begehen!« rief einer der Gäste.
»Vielleicht glaubt sie wirklich, sie ist aus der Luft geboren wie Nehlia«, sagte Erato, auf die oberste Göttin seines Landes anspielend.
Salustra zuckte die Achseln. »Es gibt nichts verabscheuungswürdigeres als selbstauferlegte Keuschheit der Frauen«, sagte sie. »Ihre seelische Verkommenheit ist erschreckend!«
Die Gäste tranken weiter, obwohl die nackten Mädchen aufgehört hatten, sie zu bedienen, und neben ihnen saßen oder lagen. Salustra lehnte lässig mit halbgeöffneten Augen an Eratos Seite. Ein Lächeln spielte um ihre Lippen, als sie die Hand hob, worauf die Lichter verlöschten. Der Saal versank in Dunkelheit, man hörte nur noch das sanfte Flüstern der Frauen und den keuchenden Atem der Männer. Die Orgie hatte begonnen, doch Salustra nahm keinen Anteil an ihr. Die Kaiserin hatte sich unbemerkt zurückgezogen, und Erato war ihr gefolgt.

VII

Salustra lag ausgestreckt auf ihrem Ruhebett, obwohl es beinahe Mittag war. Tiefe Schatten umrandeten ihre Augen, und ihr Gesicht war blaß und eingefallen; die Lippen wirkten fast blutleer im grellen Tageslicht. Sie hob lässig die Hand, um anzudeuten, daß sie die Anwesenheit der Hohen Priesterin Jupia wahrgenommen habe.

Jupia war eine ungewöhnlich hochgewachsene, hagere und unweiblich wirkende Frau. Sie trug eine Kopfbedeckung aus scharlachroter Seide, die ihr graues Haar völlig bedeckte und ihr schmales Gesicht mit den stahlgrauen Augen wie ein strenger Rahmen umgab. Die Hände hielt sie in den weiten, goldverbrämten Ärmeln ihres roten Gewandes verborgen. Zwei blaugekleidete Jungfrauen begleiteten sie. Die zeremonielle Verbeugung, die sie vor der Kaiserin machte, hatte etwas Hochmütiges, Widerwilliges an sich, als ob sie sich innerlich gegen diese Ehrerbietung auflehne. Schweigend gab ihr Salustra ein Zeichen, sich zu setzen. Die Priesterin ließ sich neben dem Ruhebett der Kaiserin nieder, während die beiden Jungfrauen unbeweglich hinter ihrem Sessel stehen blieben.

»Ich habe nur fünfzehn Minuten Zeit für dich, Jupia«, sagte die Kaiserin kühl. »Also kommen wir zur Sache!«

Hinter Salustra stand eine Sklavin mit einem großen Fächer, während eine andere ihr golden schimmerndes Haar bürstete und eine dritte ihre Nägel polierte und die Fingerspitzen mit einer duftenden Salbe einrieb. Jupia betrachtete ihre Herrin mit kaum verhohlener Abneigung, und ihr Blick wanderte mißbilligend vom müden Gesicht zum halbnackten Körper der Kaiserin. »Was ich zu sagen habe, Majestät, wird nicht viel Zeit in Anspruch nehmen«, sagte sie mit steifer Höflichkeit. Salustra gähnte laut in gespielter Langeweile. »Ach, dieser Wein gestern abend«, klagte sie. »Die Trauben müssen vom bitteren Atem der Loti vergiftet gewesen sein.«

Sati, die an der Spitze der Götterwelt von Atlantis stand, hatte eine Schar irdischer Liebhaber und Nachkommen: die Tochter Loti, die Königin der Toten, die ihre Sünden nicht bereut hatten; Mayhita, die sanfte Beschützerin der keuschen Frauen und unschuldigen Kinder; Parenalia, die Göttin der irdischen Liebe; Detria, die Göttin der Fruchtbarkeit; Denia, die Patronin der Künste und Wissenschaften, und Iberia, die streitbare Göttin des Krieges. Außerdem gab es drei Totenreiche im Jenseits: Drulla, den Ort der Verdammnis und des Feuers, über den Loti regierte. Sie wohnte in einer Flammenburg, betreut von ihren Handlangern, dem Haß, der Furcht, der Unkeuschheit und dem Verbrechen. Die Sünder, die nicht bereuen wollten, die Feiglinge und Verräter kamen nach ihrem Tod an diesen Ort des Grauens. Das zweite Reich im Jenseits wurde Crystu genannt; es war das Reich der Geister, die ihr Werk auf Erden nicht vollendet hatten, die aber würdig genug waren, auf die ewige Seligkeit im Reiche Litia vorbereitet zu werden. Dort sollten sie für immer im Lichte der Göttin Sati leben, deren Heimstätte die Sonne war. Keiner, der zu den Flammen von Drulla verdammt worden war, durfte jemals auf Erlösung hoffen. Nur wenige kamen sofort nach ihrem Tod nach Litia, wie etwa die Helden, die im Kampf für das Vaterland gefallen waren, die keuschen und reinen Jungfrauen, die Frauen, die ihr Leben im Kindbett gelassen hatten, die kaiserliche Familie und die Hohen Priesterinnen. Alle Gottheiten waren weiblichen Geschlechts; Männer waren niemals göttlich. Auch die Hohe Priesterin war immer eine Frau, und ihr Gefolge bestand immer aus Jungfrauen. Sie herrschte über einen Priesterstand von Männern, die das Gelübde der Keuschheit abgelegt hatten und denen sie untergeordnete Tätigkeiten, wie die Betreuung der Gläubigen, anvertraute.

Jupia lebte in einem düsteren Palast im Schatten des goldenen Tempels der Sati. Wenn sie in der Öffentlichkeit erschien, war ihr Gesicht stets von einem dichten Schleier verhüllt. Sie ließ sich in einer Sänfte tragen; Priester in schwarzen und scharlachroten Gewändern, den Kopf gesenkt und die Arme demütig vor der Brust gefaltet, schritten ihr voran. Jeder Versuch, durch die schweren Vorhänge der Sänfte zu spähen, galt als Todsünde. Jupia bewegte sich in einer Atmosphäre des Aberglaubens und der Furcht. Ihre priesterlichen Symbole waren die Weisheit, dargestellt durch einen Stab, den eine grüne Schlange umwand; die Keuschheit, verkörpert durch die weißen Tauben, die in ihrem Tempel

ungestört umherflogen, und die Unsterblichkeit, symbolisiert durch die ewige Flamme, die am Altar ihres Tempels brannte. Für Salustra war das alles nicht viel mehr als überspannter Hokuspokus. Jupia, die dies wußte, dachte über die Bemerkung der Kaiserin nach und fragte sich, was sie wohl bedeuten möge.
»Es war Wein aus den Trauben meines eigenen Gartens, große Salustra«, sagte die Hohe Priesterin schließlich mit vorwurfsvoller Stimme.
»Dann weiß ich erst recht, daß Loti sie mit ihrem Atem verseucht haben muß«, sagte Salustra trocken. »Blicke nicht so empört, Jupia. Glaubst du wirklich, ich will damit sagen, daß du mich vergiften wolltest?«
Jupias blasse Lippen bewegten sich, als ob sie ein stilles Gebet murmle.
Salustra lächelte ungeduldig. »Betest du für mich, Jupia? Ich bitte dich, tue es nicht! Loti hat schon ihren Anspruch auf mich erhoben, und deine Gebete würden die Flammen der Verdammnis nur noch schüren. Aber jetzt sprich, was willst du von mir?«
»Was ich zu sagen habe, wird nicht viel Zeit in Anspruch nehmen«, sagte Jupia mit schneidender Stimme. »Dein mächtiger Vater war immer bereit, auf mich zu hören, und schenkte meinen Prophezeiungen Glauben. Du solltest seinem Beispiel folgen.«
Salustra schüttelte ungeduldig das Haupt, sagte aber nichts.
»Vor zwei Nächten hatte ich einen fürchterlichen Traum«, fuhr die Priesterin fort. »Es war mehr eine Vision als ein Traum. Die Luft war heiß, stickig und schwül.«

»Es ist tatsächlich sehr heiß in diesen Tagen. Kein Wunder, daß du böse Träume hast!«
Einen Augenblick lang betrachtete Jupia die Kaiserin mit unverhohlenem Haß.
»Außerdem mußt du allein von deinem ewigen Fasten Alpträume bekommen«, fügte die Kaiserin gähnend hinzu.
Jupias magere Hände umklammerten die Ärmel ihres roten Gewandes. »Ich neige nicht zu Alpträumen, Majestät«, sagte sie gereizt. »Mein Gewissen ist rein, mein Leben keusch, mein Denken tugendhaft und mein Bett unbesudelt.«
»Dann müßte also ich an deiner Stelle Alpträume haben«, lächelte Salustra. »Aber ich kann dir versichern, daß ich so ruhig schlafe wie ein neugeborenes Kind an der Mutterbrust!«
Die beiden Frauen wechselten einen scharfen Blick. Salustra lächelte, während die Priesterin steif und schweigend dasaß. Dann faßte Jupia sich und sagte mit monotoner Stimme: »Die Nacht war schwül. Fast wäre ich eingenickt, um im nächsten Augenblick hellwach zu sein. Das Blut erstarrte mir in den Adern.« Sie hielt inne, doch Salustra gab ihr ein Zeichen weiterzusprechen. »In einer strahlenden Wolke sah ich deinen glorreichen Vater, den seligen Kaiser Lazar, vor mir stehen.«
Jupia stockte abermals und warf Salustra einen Blick zu. Die Kaiserin lehnte sich unbekümmert in ihre Kissen zurück und gähnte neuerlich. »Ich werde die Wände seiner Totenkammer überprüfen lassen«, sagte sie trocken.

Jupias Augen blitzten vor Zorn. »Ich sah ihn«, wiederholte sie. »Er trug die zwölfzackige Krone von Atlantis auf seinem erhabenen Haupt, und auf jedem Zacken blitzte ein Stern wie eine Flamme. Sein Gesicht war voller Würde, aber in seinen Augen standen Tränen. Das fahle Licht fiel auf ihn wie auf einen Sterblichen.«
Jupia war blaß, und ihre Stimme zitterte vor Erregung. Salustra verzog das Gesicht und gab ihr wieder ein Zeichen weiterzusprechen.
»Ich höre noch immer seine Stimme. Sie klang so, als ob sie durch eine dicke Mauer zu mir dringen würde, aber ich konnte deutlich jedes Wort verstehen. ›Jupia‹, sagte er, ›ich habe versucht, zu meiner geliebten Tochter Salustra zu sprechen. Sie spürt meine Anwesenheit, sie empfindet den Klang meiner Stimme, sie fühlt die Berührung meiner Hand; ich habe zu ihrer Seele gesprochen, aber sie kann meine Anwesenheit nicht richtig wahrnehmen. Das ist der Grund, warum sie in diesen Tagen so traurig und niedergeschlagen ist.‹«
Salustra richtete sich auf ihrem Ruhebett auf. Das Lächeln war aus ihrem Gesicht gewichen. Sie betrachtete Jupia voll Mißtrauen, doch die Hohe Priesterin ließ sich nicht aus ihrem Gleichmut bringen. »Er kam zu mir, weil er nicht zu dir dringen konnte. Während er sprach, hielt er mir sein Schwert entgegen, das in der Mitte abgebrochen war. Und als ich auf seine Krone blickte, sah ich keine Krone mehr, sondern einen Kranz verwelkter Rosen, aus denen Blutstropfen sickerten. ›Sage Salustra, wie es um Atlantis steht‹, sprach er zu mir. ›Sage ihr, daß dieses Schwert zerbrochen und diese Krone nur mehr ein welker Kranz ist. Sage ihr, daß die

Stunde naht, in der sich die Pforten der Loti öffnen werden, um Atlantis zu verschlingen!‹«

Einen Augenblick lang spiegelte sich Furcht in Salustras Gesicht wider, doch sie sprach kein Wort.

Jupia blickte vor sich hin. »Er sagte, er könne dich retten, aber er könne dir dazu nur einen Rat geben: ›Wenn die Sintflut von Norden kommt, so fliehe nach Westen oder Osten!‹«

Salustra hatte sich schnell wieder gefaßt. Sie warf den Kopf zurück und lachte. »Aber Jupia, glaubst du denn wirklich, du könntest mich mit deinen Alpträumen erschrecken? Erzähle deine Prophezeiungen lieber deinen einfältigen Gläubigen im Tempel, schüchtere sie ein, damit sie dir noch mehr Opfer bringen. Ich wette, nach so einer Geschichte werden sich deine Schatztruhen zum Bersten füllen!«

Empört sprang Jupia auf. Ihr hagerer Körper erbebte wie ein kahler Baum im Sturmwind. Sie hob die Hand zu einer beschwörenden Geste und sagte: »Ich habe dich gewarnt. Ich kann nicht mehr tun als meine Pflicht. Dein Schicksal liegt bei den Göttern!«

Ohne die übliche Verbeugung wandte sie sich unvermittelt ab und verließ den Raum. Die beiden Jungfrauen folgten ihr auf dem Fuß.

Salustra blickte ihr verachtungsvoll nach. »Rasch, bringt wohlriechende Essenzen«, rief sie den Dienerinnen zu, »die alte Hexe hat den Gestank des Todes hinterlassen!«

Die Kaiserin hatte tatsächlich bisweilen das Gefühl gehabt, ihr Vater sei in ihrer Nähe, aber sie hatte diese Empfindung ihrer lebhaften Phantasie und der Erinne-

rung an die Worte zugeschrieben, die er auf seinem Totenbett zu ihr gesprochen hatte. Sie sehnte sich nach seiner Liebe, seiner Stärke und seinem Rat. So sah sie manchmal sein vertrautes Gesicht und seine Gestalt lebhaft vor sich; aber mehr war es nicht. Drulla, Crystu, Litia – waren das nicht alles Phantasiegebilde, der menschlichen Einbildung entsprungen?
Salustra hatte Wichtigeres zu tun, als sich mit dem Schattenreich zu befassen. Eine Stunde, nachdem Jupia sie verlassen hatte, begann die geheime Beratung mit den Botschaftern vom Hofe in Althrust. Sie war gereizt, und selbst ihr vertrauter und erfahrener Berater Mahius vermochte sie diesmal nicht zu erheitern, sondern ließ sich eher von ihrer Niedergeschlagenheit anstecken.
Tellan, der erste Botschafter, war von seinem engsten Ratgeber Zoni begleitet, der für seine listenreiche Klugheit bekannt war. Salustra lächelte, als sie die beiden betrachtete. Ihre Hand spielte mit dem leuchtenden Rubin ihres Halsschmucks. Der Botschafter hielt in den Händen eine goldene Kassette, die er ehrerbietig überreichen wollte.
Salustra beachtete die Kassette kaum. »Der große Signar wird dir kaum befohlen haben, diese Audienz so dringlich zu verlangen, um mir Geschenke zu überreichen, Tellan. Heraus mit der Sprache, was hast du mir zu berichten!«
Tellan blickte Zoni an, der leicht die Augenbrauen hob; dann übergab er der Kaiserin mit einer Verbeugung die Kassette.
»Unser Kaiser bittet Euch, dieses bescheidene Ge-

schenk anzunehmen, obwohl es sich kaum mit Eurem Glanz messen kann.«
»Hübsch gesagt«, bemerkte Salustra leichthin, »ich wette, diese Worte stammen nicht von Signar.«
Sie öffnete die Kassette und entnahm ihr eine Halskette aus kostbaren Steinen, hob sie hoch, wog sie in der Hand und hielt sie gegen das Licht, damit die Juwelen noch besser zur Geltung kamen. Tellan und Zoni wechselten zufriedene Blicke.
»Ich finde keine Worte, um meine Freude über solch ein Geschenk auszudrücken«, sagte sie langsam und fügte spöttisch hinzu: »Was erwartet Signar dafür von mir?«
Ihre Offenheit verwirrte die Botschafter. Tellan verbeugte sich so tief, daß sein Haupt beinahe Salustras goldenen Schuh berührte. »Eure Majestät stellen eine ehrliche Frage«, murmelte er, »und die verdient eine ebenso ehrliche Antwort.« Er erhob sich, stand vor ihr und betrachtete sie voll Bewunderung. »Ihr fragt, was unser Herrscher von Euch will, Majestät? Die Antwort lautet: Er bittet um Eure Hand!«
Salustra war einen Augenblick lang sprachlos, dann entsann sie sich der Ratschläge, die ihr Mahius gegeben hatte, und sagte mit kaltem und verächtlichem Lachen: »Du meinst, er will Atlantis ...«
»Nein, große Kaiserin«, unterbrach sie Zoni voll Eifer.
»Er hat wörtlich zu uns gesagt: ›Ich will die schöne Salustra zur Braut, sie soll meine Frau und die Mutter meiner Kinder werden.‹«
Die Kaiserin lachte höhnisch: »Ich bin nur der Anhang

zu dem Reich, das er begehrt. Wenn ich ihm Atlantis allein anbieten würde, würde er sofort zugreifen, ohne einen Blick an mich zu verschwenden. Aber was würde geschehen, wenn ich ihm durch euch folgende Antwort senden würde: ›Salustra fühlt sich unendlich geschmeichelt und ist überwältigt von der Ehre, die Signar ihr erweisen will, aber sie muß ablehnen.‹ Was wäre dann, Tellan?«

Der Botschafter lächelte, ohne zu antworten. Salustra spielte lächelnd mit Signars Geschenk und fragte weiter: »Was würde geschehen, wenn ich Signar diese Antwort sende? Bedeutet das dann Krieg?«

»Habe ich das gesagt, Majestät?« fragte Tellan zurück.

»Nein, aber du hast es angedeutet. Wir hatten doch ausgemacht, gegenseitig aufrichtig zu sein. Ich weiß seit langem, daß dein Kaiser Atlantis erobern möchte. Er hat uns unseren Atomspalter geraubt und wird nicht zögern, ihn einzusetzen. Er hofft wohl, wir seien zu zivilisiert, um als erste loszuschlagen. Ich könnte aber vielleicht doch das Zeichen zur Zerstörung geben und Millionen Menschen vernichten. Deshalb versucht er, sein Ziel auf friedlichem Wege zu erreichen. Er will mich heiraten; dann bekommt er ein unversehrtes Reich anstatt Ruinen, die er meiden muß wie die Pest, weil sie von tödlichen Strahlen verseucht sind. Um diesen Preis würde er sogar die jungfräuliche Kaiserin in Kauf nehmen!«

Tellans Mundwinkel zuckten. Er blickte Zoni an, dessen Gesicht ebenfalls höchstes Unbehagen ausdrückte. Die Unsicherheit der beiden Männer belustigte Salustra. »Ich sollte euch köpfen lassen«, sagte sie mit boshaftem Lächeln. Mahius, der in Schweigen verharrte, warf den Botschaftern einen begütigenden Blick zu. »Signars Ehrgeiz ist seiner würdig«, fuhr Salustra fort, die sich über die Verwirrung der beiden Männer köstlich unterhielt. »Er ist aus jenem Holz geschnitzt, aus dem man Weltenherrscher macht. Ich würde mir nichts sehnlicher wünschen, als daß einer seiner Söhne eines Tages Atlantis regiert.«

Tellan blickte ungläubig, und Zoni öffnete den Mund vor Staunen. Die Kaiserin lächelte geheimnisvoll. »Ich werde aber nicht heiraten, und darum hört die Botschaft, die ihr eurem Kaiser überbringen sollt. Sagt ihm: Die Kaiserin Salustra lehnt seinen Antrag ab. Sie fühlt sich dieser Ehre nicht würdig. Aber sie bietet ihm statt dessen ihre Schwester, die sanfte und liebliche Tyrhia, als Braut an. Das ist eine Frau, die seiner würdig ist; keusch und jungfräulich, eine Prinzessin, die niemals Schande über ihn bringen wird. Sagt ihm, daß Salustra niemals heiraten wird. Kein Sohn aus ihrem Schoß wird jemals über Atlantis regieren, aber sie wird das Reich für den Sohn von Signar und Tyrhia unversehrt bewahren!«

Die Botschafter blickten einander erstaunt an, während sich Salustra erwartungsvoll in ihrem Thronsessel zurücklehnte.

»Ist das Eure Entscheidung, Majestät?« rief Tellan schließlich aus.

Salustra nickte. »Ich hoffe, Signar wird alles reiflich überlegen. Wenn er ablehnt, bedeutet das Krieg. Ich weiß, daß er seine Legionen mobilisiert und für den Kampf rüstet.«

Zoni hob beschwörend die Hand. »Unser Herrscher«, sagte er voll Nachdruck, »will keinen Krieg mit Atlantis. Ihr wart offenherzig, wir wollen es auch sein. So wie schon sein Vater hat er immer davon geträumt, Althrust mit Atlantis zu vereinigen. Er wußte, daß der Tag kommen würde, an dem die beiden Völker einander in einem tödlichen Kampf gegenüberstehen würden. Er wartete auf diesen Tag. Heute jedoch ist Atlantis längst nicht mehr sein höchstes Ziel. Der Wunsch, die beiden Völker zu vereinigen, steht für ihn nicht mehr an erster Stelle. Jetzt möchte er nur Euch allein erobern.«

Salustra erhob sich ungeduldig. »Das ist unmöglich«, sagte sie. »Wie kannst du behaupten, daß er mich begehrt. Er hat mich ja noch nie gesehen. Und nun seid ihr entlassen!« Sie wollte sich entfernen, aber Tellan hob beschwörend die Hand.

»Er hat viel von Euch gehört«, sagte er, »und diese Berichte haben ihn dazu gebracht, Euch mehr als alles andere zu begehren. Ihr seid für ihn der Inbegriff majestätischer Würde, die Braut, die nur für ihn geschaffen ist!«

»Die Berichte haben gelogen«, sagte Salustra verächtlich. »Hätten sie die Wahrheit gesprochen, hätte er nie nach mir verlangt.« Abermals wollte sie sich zurückziehen, aber Tellans beschwörender Blick hielt sie neuerlich fest. »Ist das Eure endgültige Entscheidung, Majestät?« fragte er. Salustra nickte nur.

»Dann habe ich nur noch eines hinzuzufügen, erhabene Gebieterin«, sagte Tellan. »Heute ist ein Bote mit der Mitteilung bei uns eingetroffen, daß der Kaiser in drei

Tagen nach Lamora kommen wird. Er will Eure Antwort persönlich in Empfang nehmen.«
Für einen Augenblick verlor Salustra die Fassung. Ihr Gesicht verfärbte sich, und ohne ein Wort zu sprechen, eilte sie an den Botschaftern vorbei aus dem Saal. Mahius folgte ihr. »Er ist schon auf dem Weg nach Atlantis, Mahius«, sagte sie. »Das bedeutet Krieg!«

VIII

Die Nationalversammlung bestand aus Senatoren, Bürgern und Mitgliedern des Adels. Sie tagten im großen Sitzungssaal des Justizpalastes, der sich in unmittelbarer Nähe der kaiserlichen Residenz befand. Die riesigen bronzenen Pforten des Palastes waren zu beiden Seiten von turmhohen Säulen aus Marmor flankiert, die von zwei Löwen, den Wappentieren von Atlantis, getragen wurden. Sie waren so naturgetreu dargestellt, daß man sie aus der Ferne für lebendige Tiere von gigantischen Ausmaßen halten konnte. Unter der großen Kuppel im Inneren des Saales prangten die purpurroten Fahnen von Atlantis mit dem Staatswappen: Zwei gekreuzte Schwerter vor einem Löwen. Stramm, in Reih und Glied aufgestellt, in Helm und glänzender Rüstung, hielten die Soldaten der Ehrengarde Wache. Sie waren entlang der Wände des Saales postiert, während ihr Hauptmann, der stattliche Creto, unmittelbar hinter dem kaiserlichen Thron stand.
Zur Rechten der Kaiserin saßen auf gepolsterten Steinbänken die Senatoren, zu ihrer Linken 24 Bürgerliche und Adelige aus den zwölf Provinzen von Atlantis. Dazwischen hatten, auf elfenbeinfarbenen Stühlen, die Abgeordneten der Hauptstadt Lamora Platz genommen.

Sie litten alle mehr unter der Hitze und dem Dunst, als sie zugeben wollten, doch sie versuchten ruhig und gelassen zu bleiben, wie es der Würde ihres Amtes entsprach.
Gatus sagte, er habe in der Nacht ein Beben der Erde verspürt, aber er wurde ausgelacht. Utanlio behauptete, man sollte auf das Rauschen des Meeres hören. Es wäre ein seltsames Grollen zu vernehmen, als ob eine riesige Schlange am Meeresgrund schlummere und plötzlich erwacht sei. Er habe auch gehört, daß die Flut nicht mehr so hoch steige wie üblich und daß das Meer jeden Tag ein wenig zurückweiche. Die Sonne war kaum noch zu sehen; obwohl sie glühender denn je brannte, ahnte man nur die kupferrote Kugel hinter einem Wolkenschleier.
In Erwartung der Kaiserin gingen die Senatoren auf die Terrasse, um etwas Luft zu schöpfen. Dabei blickten sie besorgt zum Himmel und schüttelten nachdenklich die Köpfe. Verschwommene Erinnerungen an längst vergessene Prophezeiungen wurden in ihnen wach.
Die Legende besagte, daß die Göttin Sati, der sittlichen Verkommenheit überdrüssig, eines Tages aus den Wellen des Meeres auftauchen würde, um alles Lebende zu vernichten und zu verschlingen. Contalio erwähnte diese Prophezeiung, wurde aber niedergeschrien und verlacht.
»Ist es denn wirklich möglich, daß der Aberglaube noch immer unter uns weilt?« fragte der Plebejer Marati.
»Es gibt keine Religion ohne Aberglauben«, belehrte ihn Senator Tilus, ein bekannter Philosoph.

»Religion?« rief Senator Vilio empört aus. »Was denn für eine Religion? Wir haben ja nur mehr den Schatten eines Glaubens; der wahre Inhalt der Religion ist doch längst dahin!«

Gatus antwortete spöttisch mit Salustras Lieblingsfrage: »Was ist wahr?«

Alle lachten, doch in diesem Augenblick wurde die Ankunft der Kaiserin gemeldet. Trompeten erklangen und die Abgeordneten beeilten sich, ihre Plätze einzunehmen. Die bronzenen Tore öffneten sich, Salustra erschien in ihrer weißen und purpurnen Staatsrobe, die zwölfzackige Krone von Atlantis auf dem Haupt. Mit majestätischer Würde stieg sie die Stufen zum Thron empor, von Mahius in respektvollem Abstand gefolgt. Bevor sie Platz nahm, betrat ein riesiger Sklave, der nur mit einem ledernen Lendenschurz bekleidet war und goldene Ohrgehänge trug, den Saal. Er stellte ein Opfergefäß vor die Kaiserin und Mahius reichte ihr einen Beutel aus roter Seide, der Erde aus den zwölf Provinzen von Atlantis enthielt. Während die Abgeordneten niederknieten, öffnete Salustra den Beutel und entnahm ihm eine Handvoll Erde, die sie auf die glühenden Kohlen des Opfergefäßes legte. Eine rauchende Flamme schoß senkrecht empor und verlöschte rasch. Die Kaiserin hob die Hand und wiederholte zweimal die Grußformel, die, einer jahrhundertealten Tradition gemäß, die Eröffnung der Nationalversammlung einleitete. Dann erhob sich als erster Redner Mahius und verlangte Vorschläge zur Verringerung des Staatsdefizits. Zanius, der Vertreter der Hauptstadt Lamora, entwickelte daraufhin einen Plan, wie man Steuern vom

Privateinkommen der Gewerbetreibenden einheben könnte.
Salustra hörte aufmerksam zu. »Nein«, sagte sie dann mit fester Stimme. »Das würde dem Mittelstand nur noch mehr ungerechte Lasten aufbürden. Wen sonst würden denn diese Steuern treffen? Doch nicht die ganz Armen, die sie ohnehin nicht bezahlen können, und auch nicht die Reichen der Oberschicht, die von ihrem Vermögen leben und sich nicht an Handel und Gewerbe beteiligen. Wir sind sowieso schon zu einer Nation der Bettler, Sklaven und unermeßlich reichen Patrizier geworden. Dieser Zustand kann nicht länger anhalten, ohne Aufruhr, Unzufriedenheit und allgemeines Chaos zu verursachen.« Der Vorschlag wurde daraufhin abgelehnt.
Ein anderer Adeliger erhob sich und verlangte die Ausrufung des nationalen Notstandes, um das Land vor Hochverrat zu schützen. Agenten der Regierung hätten eine weitverzweigte Verschwörung aufgedeckt, derzufolge die Kaiserin abgesetzt und die Republik ausgerufen werden sollte.
Salustra verzog spöttisch die Lippen. »Ich merke, wie besorgt ihr um meine Person seid«, rief sie und ihre Augen blitzten vor Zorn und Verachtung. »Soviel Treue und Ergebenheit rührt mich zutiefst! Erspart euch eure unterwürfige Heuchelei. Sagt mir doch offen und ehrlich, wie es sich für aufrechte Männer schickt, daß ihr um euer eigenes Wohlergehen bangt. Von mir verlangt ihr, ich solle die Menschenrechte mißachten, die Andersdenkenden unterdrücken, in die Gefängnisse werfen, durch Folter zum Schweigen bringen, ihr Ver-

mögen beschlagnahmen; ja, ich soll sie sogar töten lassen. Was seid ihr doch für einfältige Narren! Wenn Unzufriedenheit wie kochendes Wasser unter der Oberfläche brodelt, dann soll man nicht auch noch den Deckel des Topfes zudrücken, damit alles in die Luft geht. Viel klüger ist es, den Dampf abzulassen. So muß man mit Haß und Unzufriedenheit verfahren! Wenn Menschen ihren Unmut ausdrücken wollen, darf man es ihnen nicht verbieten. Laßt ihnen Redefreiheit, laßt sie ihre Gedanken in Wort und Schrift darlegen, um sich Luft zu machen, dann brauchen sie nicht mehr zu kämpfen. Unterdrückt man aber ihre Redefreiheit, so greifen sie nach den Waffen!«

Sie wandte sich anderen Vorschlägen zu, lehnte einige ab und nahm andere an. Senator Toliti, ein wohlmeinender, aber engstirniger Mann, beklagte, daß das Volk so ungläubig geworden sei. Die Mehrheit gehe nicht einmal mehr zum Gottesdienst, ja man könne sogar auf den Standbildern der Götter obszöne Epigramme lesen. »Laß sie die eiserne Hand der Gesetze spüren, bestrafe diese Gottlosen und zwinge das Volk mit Gewalt, die Götter zu ehren«, forderte er feierlich.

Salustra schüttelte traurig den Kopf. »Ihr wollt also das Volk von Atlantis gegen seinen Willen zur Frömmigkeit bekehren! Ich ahne den Schatten Jupias hinter deinen Vorschlägen, Toliti. Wer weiß, ob nicht ihre Münzen in deinem Beutel klingen. Wenn das Volk von Atlantis nicht mehr die Götter ehrt, wessen Schuld ist das deiner Meinung nach? Ist es die Schuld des Volkes oder ist es die Schuld der Priester, die nicht so handeln wie sie predigen?«

Einige Abgeordnete schlugen vor, schärfere Strafen gegen die steigende Welle der Verbrechen einzuführen. Salustra schwieg eine Weile, dann sagte sie: »Warum suchen wir nicht vorerst nach den Gründen des Lasters, bevor wir so drastische Maßnahmen ergreifen? Es stimmt, daß niemand mehr in diesem Land die Gesetze achtet. Aber wie ist es denn so weit gekommen? Unsere Gerichte sind träge und bestechlich. Geld und Beziehungen beeinflussen die Richter in ihrem Urteil. Versucht einmal nach den Gründen zu forschen, die diesen Zustand hervorgerufen haben. Ist es die Armut, der Einfluß der unbeliebten Fremden, die in Scharen einwandern, die Übervölkerung, die Wohnungsnot in den großen Städten, die Arbeitsunlust, der übertriebene Luxus oder die Dekadenz der Reichen, die all das hervorrufen? Ist das Verbrechen vielleicht ein Ausdruck des leidenschaftlichen Protestes abenteuerlustiger Menschen gegen die graue Eintönigkeit ihrer Existenz? Oder sind es die Arbeitslosigkeit, die mangelhafte Bildung, die niedrige Stufe der Intelligenz, die an den Verbrechen schuld sind? Versucht einmal alle diese Gründe aufzudecken, meine Herren, und berichtet mir in der nächsten Sitzung über das Ergebnis eurer Untersuchungen!«
Die Abgeordneten schwiegen betroffen. Sie kannten alle sehr wohl die Gründe des Verfalls des Reiches. Salustra beugte sich zu Mahius, flüsterte ihm einige Worte zu, erhob sich und stand aufrecht vor den Abgeordneten. »Ich kann euch sehr wohl verraten, edle Herren«, sagte sie, »wie man Atlantis hätte retten können! Man hätte den Reichtum unseres Landes nicht auf einige wenige

Städte konzentrieren, sondern über das ganze Land verteilen sollen! Der Menschen Leib und Seele hätten nicht ausgebeutet werden sollen, um einige wenige noch reicher zu machen, als sie ohnehin schon waren. Wir hätten nicht zulassen sollen, daß unser Land durch den Aberglauben vergiftet wird. Wir hätten die Vermehrung Minderrassiger verhindern und eine gesunde Auslese edelrassiger Menschen betreiben sollen. Aber all dies haben wir zu tun versäumt, und deshalb haben wir versagt! Nun hat die Stunde des Schicksals für uns alle geschlagen. Wißt ihr, meine Herren, daß sich Kaiser Signar von Althrust auf dem Weg nach Atlantis befindet?«

Wären die Mauern des Palastes eingestürzt, so hätten die Abgeordneten nicht bestürzter sein können. Panik breitete sich im Saal aus und alle redeten durcheinander: »Wo waren die Legionen, wo war die Flotte, warum hatte man Signar nicht aufgehalten, ehe seine Schiffe in die Gewässer von Atlantis eingedrungen waren?«

Salustra lächelte voll Bitterkeit und sagte zu Mahius: »Wo bleibt ihre vielgerühmte Gelassenheit und Würde?«

Sie trat einige Schritte vor und hob die Hand. »Meine Herren«, sagte sie voll Verachtung, »ihr habt meine Erwartungen übertroffen. So arg habe ich mir eure Panik nicht ausgemalt.« Einen Augenblick lang hielt sie inne und etwas in ihrem Gesicht ließ die Abgeordneten plötzlich Hoffnung schöpfen. »Ich sagte euch schon, meine Herren«, wiederholte Salustra mit höhnischem Lächeln, »daß die Stunde des Schicksals geschlagen hat, daß Signar sich bereits in Atlantis befindet. Er kommt aber anscheinend mit friedlichen Absichten, wenn auch die Feindschaft mit uns noch immer in seinem Herzen tobt. Seine primitiv ausgerüsteten Segelschiffe sind lautlos wie Gespensterfahrzeuge an unserer mächtigen Flotte vorbeigeglitten, deren Schiffe auf unerklärliche Weise unbeweglich gemacht worden waren. Auch unsere Luftwaffe und unsere Artillerie waren wie gelähmt und haben nicht eingegriffen, ja selbst unser Warnsystem hat in diesem verfluchten Nebel versagt.«

Unter den Abgeordneten herrschte jetzt größte Verwirrung. Mit einer gebieterischen Handbewegung rief sie Salustra noch einmal zur Ordnung. »Zum Glück kommt Signar in friedlicher Mission. Ich kann euch mitteilen, meine Herren, daß er um meine Hand angehalten hat. Es ist also seine Absicht, Atlantis auf friedliche Weise zu erobern.«

Ein Hoffnungsschimmer bemächtigte sich der Abgeordneten. Salustra merkte es, und ihre Verachtung wurde noch größer.

»Ich habe meinem Vater versprochen, daß ich mich bemühen werde, den Untergang von Atlantis zu verhindern. Könnte ich dies durch eine Heirat mit Signar erreichen, wäre ich dazu bereit. Aber selbst wenn ich ihn heiraten sollte, würde er uns als Nation auslöschen und beherrschen.« Sie machte eine feierliche Pause und fuhr dann fort: »Ich werde ihm meine Schwester Tyrhia als Braut anbieten. Nach meinem Tode soll ein Sohn aus dieser Ehe meinen Thron erben, und so wird Atlantis als selbständige Nation bestehen bleiben!«

Verlegene Stille bemächtigte sich der Versammlung.

Nun, da die unmittelbare Gefahr, die Salustra heraufbeschworen hatte, von ihnen gewichen war, schämten sich einige ihrer Feigheit.
»Wenn ich die Macht hätte«, sprach Salustra weiter, »würde ich versuchen, Signar aufzuhalten. Aber unser Land würde unter seinen Füßen wie ein Kartenhaus zusammenbrechen. Er besitzt die Waffe, die es ihm ermöglicht, unser Land in Flammen aufgehen zu lassen. Diese Waffe haben wir ihm selbst ausgeliefert; Verräter, die hier unter uns weilen, haben es getan, weil sie glaubten, sie würden unter Signars neuer Ordnung zu Macht und Würden gelangen. Sie haben sich getäuscht, sie sind nicht nur Verräter, sondern auch Einfaltspinsel!«
Jene, die wie der Senator Divona tatsächlich schuldig waren, reckten die Hälse, als wollten sie die Verräter erspähen und entlarven. Die meisten fühlten sich jedoch erleichtert; sie spürten, wie die Hoffnung, einem frischen Winde gleich, ihre Geister belebte. Aufgeregt flüsterten sie miteinander und kümmerten sich kaum mehr um die einsame Gestalt, die dort oben im Schatten ihres Thrones stand.
Die Kaiserin blickte auf sie herab wie auf eine Schar schnatternder Gänse. »Ihr fragt vielleicht, warum wir Signars Reich nicht einfach mit unserem Atomzertrümmerer vernichten. Was hätten wir davon? Sein Land besteht nur aus kargem und steinigem Boden. Die eisigen Gletscher seiner Berge würden auf uns herabstürzen und Atlantis unter sich begraben. Signar hat nicht unsere Sorgen; er gleicht einem Bettler, der nichts zu verlieren hat. Deshalb setzt er alles aufs Spiel, um ein neues Reich zu gewinnen!«

Zum ersten Male wurden sich die Abgeordneten bewußt, daß auch ein Geschöpf namens Tyrhia existierte. Um so besser! Sie sollte nur als Opferlamm zum Altar gehen, wenn dafür alle anderen verschont blieben. Bei diesem Gedanken blickten sie mit einem neuen Gefühl der Ehrerbietung auf Salustra, ja, sie betrachteten sie geradezu mit Zärtlichkeit.

Sie erwiderte die Blicke mit feierlichem Ernst. »Wir werden unsere Hauptstadt festlich schmücken und Signar empfangen wie einen willkommenen Gast«, sagte sie trocken und sachlich. »Wir wollen uns vor ihm verstellen und so tun, als glaubten wir ihm, daß er mit friedlichen Absichten kommt. So verlangen es die Gesetze der Diplomatie!«

IX

Salustra hatte sich allein in die kaiserlichen Gärten begeben, wo sie nachdenklich auf und ab ging und in der drückenden Schwüle des Nachmittags den köstlichen Schatten der Bäume genoß. Marmorne Standbilder schmückten die Alleen und die prachtvollen Beete; Springbrunnen versprühten wohlriechende Düfte in ihre Alabasterbecken. Das Wasser der künstlichen Seen bewegte sich nur sacht, und weiße Schwäne glitten majestätisch dahin. Wie immer in letzter Zeit war die brennende Sonne in eine dichte Dunstwolke eingehüllt. Aus der Ferne erblickte die Kaiserin ihre Schwester Tyrhia, die mit ihren Gespielinnen Zutlia, Utanlia und Ludia einen glitzernden Ball in die Luft warf und auffing. Die Bewegungen der vier jungen Mädchen waren voll Anmut, ihre Gestalten schlank und biegsam, und ihre leichten Gewänder flatterten bei jeder Bewegung. Salustra blieb im Schatten eines Baumes stehen und betrachtete das Bild mit wohlgefälligem Lächeln.
Jedesmal, wenn sie den Ball verfehlte, verzog Tyrhia ärgerlich das Gesicht und beschuldigte ihre Gefährtinnen, sie hätten schlecht geworfen. Die anderen Mädchen wagten nicht, ihr offen zu widersprechen; sie behandelten die Schwester der Kaiserin mit Ehrerbietung, sobald sie aber wegsah, wechselten sie vielsagende Blicke

untereinander. Salustra bemerkte es und runzelte ärgerlich die Stirn. Was war doch Tyrhia für ein verzogenes Kind! Salustra fragte sich, ob sie Signar zumuten durfte, ihm dieses Mädchen zur Frau zu geben. Würde er dieses kleine, flatterhafte Geschöpf nicht vernichten? Oder, so überlegte Salustra, wird nicht am Ende sie ihn um den Finger wickeln, wie es schon so oft überlegenen und klugen Männern mit schwachen, oberflächlichen Frauen passiert ist? Daran, daß Signar nicht einen Augenblick zögern würde, die Hand nach Tyrhia auszustrecken, zweifelte Salustra nicht. In Gedanken versunken, versuchte sie sich Signars künftige Söhne vorzustellen. Würden sie den Ehrgeiz und die Machtgier ihres Vaters erben oder so charakterschwach und flatterhaft werden wie ihre Mutter?
In diesem Augenblick wurden die spielenden Mädchen der Anwesenheit Salustras gewahr. Tyrhia drehte sich rasch um und lief ihrer Schwester mit einem Ausruf der Überraschung entgegen. Die Kaiserin lächelte zerstreut und legte ihren Arm um das Mädchen. Sie betrachtete das reizende Gesicht, strich mit leichter Hand über die unordentlichen blonden Locken und legte die Hand auf die weiße Stirne. »Du bist erhitzt, Kleine«, sagte sie, »du solltest dich ausruhen bei dieser Hitze und nicht umhertollen!«
»Irgend etwas muß ich doch tun«, antwortete Tyrhia etwas aufsässig.
»Du hast doch deine Vögel, deine Bücher und deine Musik«, ermahnte sie Salustra.
»Bücher«, rief Tyrhia, »Bücher sind langweilig. Ich weiß, du sagst immer, ich soll lesen, Salustra, aber wenn

du mir auch noch soviel erklärst, ich verstehe diese Bücher nicht. Sie bringen mich nur zum Gähnen. Ich kann nicht begreifen, was an ihnen so interessant sein soll. Außerdem mögen die Männer keine klugen Frauen!«
Salustra lachte laut. »Woher hast du denn diese Weisheit her, mein Kind? Was weißt du über Männer?«
Tyrhia blickte die Kaiserin verschmitzt von der Seite an: »Es gibt genug Männer hier im Palast! Sie warten nur auf den kleinsten Wink, wie Hunde, die nach einem Knochen lechzen.«
Salustra blickte sie nachsichtig an. »Trotzdem: Woher hast du deine Kenntnisse. Stellen dir die Männer bereits nach?« Mit ernster Stimme fuhr sie fort: »Heute Abend, Tyrhia, erwarte ich dich in meinen Gemächern. Sei pünktlich, denn ich habe dir etwas Wichtiges mitzuteilen.«
Nun wurde sie der drei Mädchen gewahr, die sich respektvoll in einiger Entfernung gehalten hatten. Sie streckte ihnen die Hand entgegen, die sie ehrerbietig küßten, verweilte einige Augenblicke bei ihnen und stellte ihnen Fragen, die sie eifrig beantworteten. Zum Abschied tätschelte sie ihnen die rosigen Wangen, legte ihnen liebevoll die Hand auf die Schultern und entfernte sich schließlich langsam. Plötzlich fühlte sich Salustra müde und abgespannt und unendlich gealtert. Als Tyrhia ihr nachlaufen wollte, winkte sie ab und ging, tief in Gedanken versunken, zurück in den Palast. Voll Bitterkeit dachte sie daran, daß sie, im Gegensatz zu Tyrhia, nie wirklich jung gewesen war.

X

Die Keuschheit Brittulias, der Tochter des Philosophen Zahti, kam nicht von ungefähr. Zahti hatte nur für kurze Zeit seine strenge Askese gebrochen, um die tugendhafte Tochter Pletis, des Konsuls der Vierten Provinz, zu heiraten. Bald nach der Hochzeit zog sich Zahti wieder in die vier kahlen Wände seines Arbeitszimmers zurück, um ganz seinem Werk zu leben. Gerüchte besagten, er und seine Gattin hätten sechs Monate nach der Trauung beschlossen, vollkommene eheliche Enthaltsamkeit zu üben. Ob diese Gerüchte nun stimmten oder nicht – Tatsache war, daß Brittulia ihre einzige Tochter blieb und daß es ihre Mutter niemals für notwendig hielt, den erfahrenen Arzt Nulah zu Rate zu ziehen, der von allen vermögenden Frauen der Stadt aufgesucht wurde, wenn es sich darum handelte, unerwünschte Schwangerschaften zu verhüten.

Zahtis Gattin starb nach vier Jahren ehelicher Enthaltsamkeit und man behauptete, sie sei aus Verzweiflung über ihr Los in geistiger Umnachtung verschieden. Ihrer einzigen Tochter vermachte sie ein beträchtliches Vermögen. Zahti brachte Brittulia wenig Zuneigung entgegen. Sie bekam ihren Vater nur selten zu Gesicht, und wann immer er ihr begegnete, legte er ihr gegenüber die gleiche Abneigung an den Tag, die sie später gegenüber Männern zu empfinden schien. Nach Zahtis Tod wurde das junge Mädchen in die Obhut einer Schwester ihres Vaters gegeben. Die war eine strenge altjüngferliche Person, die Brittulia vor der Welt abschirmte, so daß das arme Mädchen nicht einmal männliche Lehrer, geschweige denn Spielgefährten haben durfte. Sie wurde so sehr behütet und vor jedem männlichen Blick verborgen, daß sogar die Bediensteten und Sklaven ihres Haushaltes ausschließlich weiblichen Geschlechts sein mußten.

Brittulia, die nunmehr annähernd so alt wie Salustra war, galt als schöne Frau, doch sie war von jener strengen, kühlen Schönheit von Jungfrauen, denen niemals die volle Blüte der Weiblichkeit zuteil geworden war. Ihre vornehme, schlanke Gestalt zog die Blicke der Männer an, und mancher hätte sie liebend gerne aus ihrer Einsamkeit befreit. Wie viele alternde Jungfrauen hatte sie sich der Religion ergeben. Sie war eine fromme Anbeterin der Göttin der schönen Künste und Wissenschaften und verkehrte viel mit der Hohenpriesterin Jupia, die ihrerseits an Brittulias reichlichen Spenden ihre helle Freude hatte. Als Angehörige der höheren Stände hatte Brittulia die Pflicht, alljährlich den kaiserlichen Palast aufzusuchen, um ihrer Herrscherin zu huldigen. Sie kam dieser Pflicht mit größtem Widerwillen nach und beeilte sich jedesmal, den Palast so schnell wie möglich wieder zu verlassen, um der lasterhaften Atmosphäre des Hofes und der Kaiserin zu entkommen.

»Diese Frau wird sich noch einmal selbst zerfleischen, wenn sie ihre Triebe weiterhin so unterdrückt«, spottete Salustra, wann immer die Rede auf Brittulia kam.

So war es kein Wunder, daß die Jungfrau außer sich vor Entsetzen war, als ihr der Kommandant der Garde die Nachricht überbrachte, die Kaiserin wolle ihr noch vor Sonnenuntergang einen Besuch abstatten. Allein das Erscheinen des stattlichen Creto, der ihr diese Botschaft in fast barschem Tone übermittelte, genügte, um Brittulia in höchste Verwirrung zu stürzen. Wie alle Menschen, die abgeschieden von der Welt leben, litt sie unter einer übersteigerten Phantasie und so wurde sie von schrecklichsten Vermutungen befallen. Wollte man sie zum Selbstmord zwingen, ihr Vermögen beschlagnahmen oder von ihr verlangen, an einer Orgie teilzunehmen? Die endlosen Stunden bis zu Salustras Ankunft verbrachte sie in ihrer Kammer und betete inbrünstig zu den Göttern, sie mögen ihr zu Hilfe kommen.
Als die Kaiserin, von einem kleinen Gefolge begleitet, endlich erschien, hatte sich Brittulias Erregung in starre Verzweiflung gewandelt, so daß sie ruhig und gefaßt erschien. Sie küßte der Kaiserin die Hand, während ihre Augen ängstlich und vergeblich in Salustras Gesicht nach den Gründen des unerwarteten Besuches forschten. Sie sah aber nichts als eine blasse und ernste Kaiserin, die sich mit kaum verborgener Neugierde in dem Hause umsah, das sie noch nie betreten hatte. »Du hast ein schönes Heim, Brittulia«, sagte die Kaiserin. »Warum hast du mich noch nie eingeladen, es zu besichtigen?«
»Ich bin entzückt, daß Eure Majestät endlich den Weg zu mir gefunden haben«, lautete die Antwort.
»Sei doch ehrlich, Brittulia«, fiel ihr die Kaiserin ins Wort. »Dich hätte ich am wenigsten in Verdacht gehabt, ein Opfer der weitverbreiteten Krankheit der Heuchelei

zu sein. Sag mir doch ganz offen, daß du, sobald ich dir den Rücken gekehrt habe, die Sessel reinigen und das Zimmer ausräuchern lassen wirst. Sag mir doch, daß mein Atem für dich verpestet ist, daß dich mein Lächeln entehrt und daß dir meine Anwesenheit zutiefst verhaßt ist. Wenn du mir das alles sagst, werde ich dich nicht geringer schätzen. Im Gegenteil, ich werde deine Aufrichtigkeit preisen!«

Brittulia erzitterte, aber schwieg, während sich Salustra bequem in ihrem Sessel zurücklehnte und fortfuhr: »Ich sage dir, die nackte Wahrheit ist tausend aufgeputzte Lügen wert.«

Die Kaiserin betrachtete ihre Gastgeberin mit halbgeschlossenen Augen, doch selbst in dieser Pose der Lässigkeit vermochte sie die Kraft ihrer Persönlichkeit nicht zu verbergen. Brittulia war sich dieser Kraft bewußt und ihre bösen Ahnungen verstärkten sich.

Salustra beugte sich vor, umklammerte die Armlehnen des Sessels und sagte: »Ich könnte stundenlang bei dir sitzen, Brittulia, und nichtssagende Höflichkeiten mit dir tauschen, aber dazu fehlt mir die Zeit. Also sage ich geradeheraus, daß ich deine Dienste brauche.«

Brittulia starrte die Kaiserin sprachlos an. Ihr Gesicht verfärbte sich; ihre Befürchtungen sollten sich also bewahrheiten.

Salustra betrachtete sie, verzog die Lippen, zeigte aber keinerlei Erregung. »Mit Ausnahme meines Kanzlers Mahius gibt es niemanden hier in Lamora, dem ich vertrauen kann. Du bist die einzige; deine Tugend bewahrt dich vor Verrat. Schwöre mir, daß du kein Wort von dem erzählst, was ich dir jetzt anvertraue!«

Brittulia legte ihre zitternde Hand auf ihre Brust. »Erlauchte Majestät, selbst der Tod würde mir kein Wort entreißen«, antwortete sie im Ton tiefsten Ernstes. Salustra betrachtete sie mit zusammengekniffenen Augen. »Ich komme zur Sache. Es ist meine Absicht, meine Schwester Tyrhia mit Signar, dem Kaiser von Althrust zu vermählen, der gegenwärtig vor den Toren unserer Hauptstadt steht.«
Brittulia konnte kaum einen Schrei des Entsetzens unterdrücken.
»Tyrhia«, fuhr die Kaiserin in ihrer schroffen Art fort, »ist noch ein Kind. Ich habe sie vor der Welt abgeschirmt, damit sie nicht verdorben wird. Es gibt Hunderte von Frauen in dieser Stadt, deren Obhut ich sie anvertrauen könnte. Ich wäre in der Lage, sie mit der Blüte unserer adeligen jungen Damen zu umgeben, doch das will ich nicht. Signar wird von seiner Braut absolute Unberührtheit und Jungfräulichkeit verlangen. Sie muß sich seiner in jeder Hinsicht würdig erweisen. Tyrhia ist keusch und unschuldig. Ihr hübsches Köpfchen hat nicht viel für Bildung übrig, aber das ist jetzt nicht meine größte Sorge. Ich möchte, daß sie von einer Frau untadeligen Rufes betreut und behütet wird. Sie soll ständig um sie sein, als ihre Lehrerin, ihre Vertraute und mütterliche Freundin.« Sie maß Brittulia mit einem durchdringenden Blick und sagte dann: »Diese Frau bist du, Brittulia!«
Die Jungfrau versuchte ein kaum hörbares Stöhnen zu unterdrücken.
»Du hast bis morgen Zeit, dich zu besinnen«, sagte die Kaiserin. »Dann mußt du im Palast erscheinen und mir

deine Entscheidung mitteilen. Ich hoffe, du wirst zustimmen.«
Brittulia fühlte sich dem scharfen Blick der Kaiserin wehrlos ausgeliefert. »Muß ich dann im Palast leben, edle Salustra?« fragte sie. »Und für wie lange?«
»Nur so lange, bis meine Schwester verlobt ist. Du wirst mit diesem Kind, das schon den Körper und die Sinne einer erwachsenen Frau besitzt, jede Stunde des Tages verbringen. Du wirst niemanden in ihre Nähe kommen lassen, weder Mann noch Frau. Ich möchte, daß sie das Leben der Hauptstadt und die Welt kennenlernt, aber nicht so, wie ich sie kennengelernt habe, sondern so, wie du sie siehst. Deshalb soll sie genauso abgeschieden leben wie du.«
»Und wenn ich ablehnen sollte?« flüsterte Brittulia in tiefer Bestürzung.
Salustra zuckte mit den Achseln und hob die Arme. »Du bist ein freier Mensch, Brittulia!«
Die Jungfrau schluckte und benetzte ihre ausgetrockneten Lippen mit der Zunge. Ihre nach Liebe hungernde Seele tat plötzlich einen Blick in eine ihr bisher verschlossen gewesene Welt, die sie nun, unter dem Vorwand, es geschehe für das Vaterland, getrost betreten durfte. Salustra fühlte, was im Inneren dieser Frau vorging. Sie gab Creto einen Wink und er reichte ihr eine kleine, mit Edelsteinen besetzte Schatulle, der sie ein mit Opalen besetztes Halsband entnahm. Sie betrachtete es einige Augenblicke lang, dann warf sie es lässig in Brittulias Schoß. »Es soll dich nicht verpflichten«, sagte sie. »Du kannst es als ein Omen der neuen Bahnen betrachten, in die dein Leben vielleicht gelenkt werden wird.«

Brittulia errötete. Sie legte das Halsband um und blickte die Kaiserin an, als erwarte sie deren Urteil.
»Es steht dir vorzüglich«, sagte Salustra ein wenig spöttisch. »Die Opale sind so rein wie deine Seele, aber ihr matter Schimmer verbirgt ein heimlich loderndes Feuer. Wer weiß, ob sie nicht auch in dieser Hinsicht dir ähneln?«
»Ihr seid zu gütig, Majestät«, sagte Brittulia, die vor Aufregung zitterte.
Salustra lächelte. »Ich hoffe, du wirst meinem Wunsch Folge leisten. Die Entscheidung liegt aber bei dir allein. Habe ich dir nicht schon gesagt, daß du ein freier Mensch bist?« Sie blickte sie wohlwollend an. »Ich habe oft gehört, wie mein Vater den weisen Philosphen Zahti pries. Er sprach voll Bewunderung von ihm und schätzte ihn als Logiker und Metaphysiker. Kann ich seine berühmte Bibliothek sehen?«
Brittulia verneigte sich steif. »Es ist eine große Ehre für mich«, erwiderte sie. In der Bibliothek, während sie die Bücher des berühmten Philosophen erläuterte, gelang es ihr, einigermaßen wieder ihre Fassung zu erlangen. Sie schien mit der Philosophie ebenso vertraut zu sein wie ihr Vater und konnte endlos von Syllogismen, Deduktionen und Induktionen plappern, aber obwohl sie, gleich einem Papagei, alles auswendig konnte, war es nur angelerntes Wissen, Begriffe, die sie unzählige Male gehört hatte und wiederholte, ohne ihren Sinn wirklich zu erfassen.
»Mein Vater«, sagte Brittulia, »träumte von Vollkommenheit. Er glaubte, man könne jedes wahre Argument

auf einen gültigen Syllogismus reduzieren; kann man es nicht, so ist das Argument nicht wahr.«
»Es gibt kaum naivere Menschen auf der Welt als die Gelehrten«, erwiderte Salustra. »Ich war nahe daran zu sagen, als die Weisen, doch Weise sind keine Pedanten. Vielleicht bewahrt sie ihre Weisheit davor.«
Brittulia war verwirrt. »Mein Vater sagte, nichts auf der Welt sei kostbarer als die Weisheit und nichts erstrebenswerter als die Wahrheit.«
Die Kaiserin lächelte. »Er hat sein Leben auf der Suche nach einem leeren Wahn verbracht. Wahrheit bedeutet eine unwandelbare Tatsache. Es gibt aber keine unwandelbare, ewige Wahrheit, ebensowenig wie es eine unwandelbare Tatsache gibt. Was heute wahr ist, kann sich morgen als falsch erweisen und umgekehrt. Der wahrhaft weise Mann ist derjenige, der heute von der Wahrheit spricht, aber dabei ganz genau weiß, daß diese Wahrheit nicht auch in Zukunft gültig sein muß. Ein Philosoph ist aber selten ein Weiser.«
Unwillkürlich hatte Salustra ihrer Neigung zu philosophieren freien Lauf gelassen und war eigentlich länger geblieben, als sie es vorgehabt hatte, doch sie fühlte eine unerklärliche Zuneigung zu dieser Frau, die so verschieden von ihr zu sein schien.
Brittulia war sprachlos. Ein Philosoph sollte kein Weiser sein – war das nicht unerhört? War nicht ihr eigener Vater einer der weisesten Männer gewesen? Hatte dies nicht die ganze Welt anerkannt?
»Philosophen spielen mit Vermutungen, Theorien und Phantasien«, fuhr die Kaiserin fort. »Sie verbringen ihr Leben mit versponnenen Hypothesen, streiten unterein-

ander über abstrakte Theorien und machen sich lächerlich. Sie tragen nichts zum Glück der Menschheit bei. Sie raten uns, ein beschauliches Dasein zu führen, doch das ist nichts anderes als ein totes Dasein, denn das Leben ist weder ruhig noch beschaulich, und wer ein solches Leben führt, der lebt nicht in der Wirklichkeit.
Manche Philosophen lehren uns, die Menschen zu lieben. Sie sagen: ›Liebe deinen Nächsten!‹ Bah, man braucht seinen Nächsten nur zu kennen und schon vergeht einem die Lust, ihn zu lieben. Philosophen sind Schwächlinge. Wenn einer nicht zum Leben taugt, keine Freude am Dasein hat, wird er Philosoph. Er befaßt sich mit toten Dingen. Ich selbst glaube an den Verstand. Wir müssen uns durch unsere Vernunft von den Tieren unterscheiden. Ich glaube an eine Vernunft, die sich mit dem praktischen Leben beschäftigt und die menschlichen Probleme erforscht. Sie soll uns lehren, wie wir den höchsten Genuß aus dem Leben ziehen können, wie wir es uns am bequemsten einrichten können, wie wir Kummer und Schmerz vermeiden. Der Philosoph beschäftigt sich aber nicht mit dem Leben, er ist ein langweiliger Beobachter, an dem die Wirklichkeit vorüberzieht, ohne daß er einen Anteil an den Vorzügen hat, die von den Lebenstüchtigen und Kräftigen genossen werden.«
Brittulia war über diese Gotteslästerung entsetzt. »Aber Philosophen haben doch ihr Leben für die Wahrheit geopfert«, rief sie empört.
»Diese Männer waren keine Philosophen«, erwiderte die Kaiserin. »Sie haben Taten vollbracht.«

Brittulia war zutiefst beleidigt, aber sie wagte kaum ihre Gedanken auszusprechen.

»Ein echter Philosoph ist ein Schmarotzer«, fuhr die Kaiserin fort. »Er verbringt sein Leben mit dem Versuch, die Teile eines Puzzles zusammenzusetzen. Manche sprechen von Gut und Böse, besonders die Gläubigen. Als ob es so etwas wie Gut und Böse wirklich gäbe! Nichts ist ewig, nichts ist von Dauer, auch die Tugend nicht, und nicht die Götter. Philosophie ist nichts anderes als eine unfruchtbare Spielerei!«

»Majestät müssen mir vergeben, wenn ich widerspreche«, sagte Brittulia nun mit fanatischem Eifer in der Stimme. »Die Tugend ist unwandelbar. Das ist eine Tatsache. Tugend ist das Leben, das Laster aber ist der Tod.«

»Und worin besteht die Tugend?« fragte Salustra. »Doch nicht in einer unfruchtbaren, nutzlosen und nur mit äußerster Anstrengung bewahrten Keuschheit?«

Brittulia zögerte einen Augenblick, dann sagte sie: »Tugend, das ist Demut, Buße, Jungfräulichkeit, Barmherzigkeit, Ehrbarkeit und Rechtschaffenheit!«

Salustra lachte. »Wie sehr bist du von der Moral einer längst vergangenen Zeit besessen, Brittulia! Weißt du denn nicht, daß die Tugend, die du eben beschrieben hast, nichts anderes ist als ein Druckmittel, dessen sich die Starken und Mächtigen bedienen, um die Schwachen zu unterwerfen? Es gibt nur wenige Mächtige, die Schwachen sind die Mehrheit. Die Mächtigen haben die Tugend erfunden, um sich ihre Überlegenheit zu erhalten. Sie brauchen sie nicht für sich selbst. Sie zwingen sie den Leichtgläubigen und Unwissenden auf, um ihnen al-

les, was sie noch an Mut, Verstand und Ehrgeiz besitzen, zu nehmen.«
Wohlwollend legte sie die Hand auf Brittulias Schulter und lächelte, als die Jungfrau bei dieser Berührung erschauerte, als ob sich ihr eine giftige Schlange genähert habe.
»Du bist doch stark, Brittulia. Du bist viel zu stark, um die Tugend nötig zu haben, du bist zu edelmütig, um Demut zu üben, zu rechtschaffen, um dich vor deinem Gewissen zu fürchten, zu rein, um dich mit Selbstvorwürfen zu quälen. Nur die Schwachen, die Unwissenden und die Unterdrückten haben es notwendig, tugendhaft zu sein.«
Sie gingen in den Park hinaus, der den kaiserlichen Gärten, ohne sie an Größe zu erreichen, an Schönheit nichts nachstand. Salustra, die eine Leidenschaft für Rosen hatte, war entzückt, eine derartige Vielfalt ihrer prachtvollsten und seltensten Sorten zu sehen. Brittulia, die das Lob mit Besitzerstolz erfüllte, brach eine besonders schöne Rose und reichte sie Salustra. Die Kaiserin sog in vollen Zügen den herrlichen Duft ein und sagte: »Ich danke dir. Das nenne ich Tugend!«
Tränen der Erleichterung füllten Brittulias Augen, als die Kaiserin sich endlich verabschiedete. Sie ging noch einmal in den Garten hinaus; auf dem Kies lag die Rose, die der Hand der Kaiserin entglitten war. Brittulia erzitterte, als ob sie die Gegenwart einer giftigen Schlange verspüre.
»Loti war hier, die Göttin der Hölle!« sagte sie laut und dachte: Ihr Blick war bedrohlich; sie hat mich zwar angelächelt, aber hinter diesem Lächeln verbargen sich Gift

und Galle. Sie sagt, ich sei ein freier Mensch. Heute bin ich es vielleicht noch, aber was kann morgen geschehen? Sie fuhr mit der Hand an ihren Hals. Ihre Finger schlossen sich um das Halsband und verkrampften sich einen Augenblick lang, als wollte sie sich das Geschenk der Kaiserin vom Leibe reißen. Sie ging zum Spiegel, betrachtete sich und sah eine blasse, schlanke Frau mit schmalen Lippen und kleinen Brüsten, etwas zu hager vielleicht, aber nicht ohne Reiz mit ihren großen blauen Augen und dem dichten kupferroten Haar. Sie hatte einen langen weißen Hals und die fahl schimmernden Opale bildeten eine harmonische Einheit mit ihrer alabasterfarbenen Haut. Noch einmal griff ihre Hand nach den Steinen, aber diesmal war ihre Berührung zärtlich und sanft.

Traurige Gedanken befielen sie. Würde sie Salustras Wunsch nachgeben, so bedeutete das, in einer Welt zu leben, die ihr zutiefst verhaßt war, in einer gottlosen und lasterhaften Welt der Unzucht und der lockeren Sitten, die sie beim bloßen Gedanken erschauern ließ, und doch regte sich in ihrem Herzen eine geheimnisvolle und erschreckende Lust, diese Welt kennenzulernen.

Sie war jedoch viel zu gehemmt, um diese natürlichen Regungen wahrzunehmen, war besessen von dem Gedanken an ihre Tugend und wußte, daß Tyrhia noch unschuldig war und es ihre höchste Pflicht sein wird, diese Unschuld zu bewahren, während sie das Mädchen durch die Gefahren dieser lasterhaften Stadt geleitete. War das nicht eine Aufgabe, die einer tugendhaften Jungfrau würdig war? Niemals sollte ein so unschuldiges Mädchen den lasterhaften Höflingen anvertraut werden, so lange sie, Brittulia, es davor bewahren konnte. Schon allein der Gedanke daran erfüllte sie mit Grauen, und sie begann den morgigen Tag herbeizusehnen. Das Antlitz der Kaiserin tauchte in ihrer Erinnerung auf. Sie sah das müde, abgehärmte Gesicht vor sich, sie erinnerte sich an den Ausdruck unendlicher Traurigkeit hinter dem ironischen Lächeln. Brittulia verspürte eine seltsame Regung des Mitgefühls in sich, als ob ihr kaltes Herz plötzlich tauen würde, und die so lange aufgestauten Gefühle durchbrechen wollten. So hatte sie noch nie in ihrem Leben empfunden. Die Kaiserin, in ihrer weisen Voraussicht, hatte die Tugend als das erkannt, was sie wirklich war – eine wandelbare Gabe.

XI

Tyrhia fand die Kaiserin und den Kanzler Mahius in Salustras halbverdunkeltem Gemach. Eine leichte Brise wehte vom Meer, und man hörte das unaufhörliche Rauschen der Wellen, die am felsigen Strand zerschellten.
Salustra lächelte ihrer Schwester ermunternd zu und versuchte, sie für sich zu gewinnen. »Hast du überhaupt eine Ahnung, weshalb ich dich habe kommen lassen?« fragte sie.
»Nicht die geringste Ahnung«, antwortete das Mädchen und verriet damit, wie sehr sie von allen Staatsgeschäften ferngehalten wurde. Ein gewisses Unbehagen schien sich aber nun ihrer zu bemächtigen und ihre Augen flackerten unsicher.
Salustra griff mit beiden Händen nach der Hand ihrer Schwester und hielt sie fest: »Ich habe dir schon in deiner Kindheit gesagt, Tyrhia, daß wir nicht für uns selbst leben dürfen, sondern für unser Vaterland da sind. Ich habe dir gesagt, daß ich dich, wenn es die Politik erfordert, dem zur Frau geben muß, der deiner ebenbürtig ist.« Sie machte eine feierliche Pause, ehe sie hinzufügte: »Ich habe diesen Mann gefunden!«
Tyrhia stand wie erstarrt vor der Kaiserin und ihre Gesichtsmuskeln verkrampften sich: »Und was ist,

wenn ich ablehnen würde? Wenn ich nicht so will wie du?«

Salustra lachte unwillkürlich auf. »Ablehnen, du? Armes Kind, wer bist du denn, daß du etwas ablehnen kannst, was ich für dich entschieden habe? Aber du hast mich ja noch gar nicht gefragt, wen ich für dich bestimmt habe.«

Ihr Ausdruck war so sanft und zärtlich, daß Tyrhia plötzlich von einer wilden, verzweifelten Hoffnung befallen wurde. Sie wußte, daß dem wachsamen Auge der Kaiserin kaum etwas entging. War es möglich, daß die Schwester ihr Geheimnis ahnte?

»In zwei Tagen wird Kaiser Signar in Lamora eintreffen«, sagte Salustra. »Ihm will ich dich vermählen. Aber was hast du denn, Mädchen?«

Tyrhia war aufgesprungen. Ihr Gesicht war kreidebleich, sie streckte ihre zitternden Hände Salustras entgegen und rief: »Nein, nein Salustra, nicht ihn! Ich kann Lamora nicht verlassen, ich kann nicht in der kalten Wildnis leben! Bitte, schicke mich nicht allein, ohne eine Menschenseele fort. Wie kannst du mich diesem Barbaren ausliefern? Oh, Salustra, wenn du mich jemals geliebt hast...«

Salustra betrachtete sie ungerührt und wandte sich an Mahius. »Dieses Kind liebt jemanden in Lamora«, sagte sie kühl.

Tyrhia stand wie versteinert da.

»Wer ist es, den du liebst?« fragte die Kaiserin.

Tyrhia schluchzte, ihre zarte Gestalt bog sich unter der Last ihres Kummers und sie verbarg ihr Gesicht in den Händen. Salustra wartete, unberührt und gleichgültig.

Nach einiger Zeit hörte Tyrhia zu weinen auf. »Also heraus mit der Sprache, wen liebst du?«
Tyrhia schluckte heftig. »Er ist mir ebenbürtig, Salustra. Er ist königlichen Blutes, ein Vetter des Königs von Dimtri. Er würde mich nicht entehren, es ist Erato, der Dichter.«
Mahius, der bisher als unbeteiligter Dritter das Gespräch angehört hatte, konnte kaum einen Schrei des Entsetzens unterdrücken. Er sah Salustra an. Das Muttermal auf ihrer Wange war flammend rot geworden, aber ihr Mund blieb zusammengepreßt wie ein schmaler Strich.
Tyrhia schreckte zurück, ihre Hände sanken in den Schoß, wimmernd kniete sie vor Salustra.
Einige Augenblicke herrschte vollkommene Stille im Gemach. Dann sagte Mahius ernst: »Große Kaiserin, sei barmherzig mit diesem Kinde, das so wie du eine Tochter des großen Lazar ist.«
Salustra legte ihre Hand auf Tyrhias Schulter und schüttelte sie. »Hör mit deinem Gejammer auf, einfältiges Ding!« sagte sie grob, ergriff ihre schmalen Handgelenke und fuhr fort: »Schau mich jetzt an und sage mir: Hat dieser Mann jemals zu dir von Liebe gesprochen?«
Die Hand des Mädchens fiel kraftlos herab. »Nicht ein Wort«, sagte Tyrhia mit gebrochener Stimme. »Er weiß nicht einmal, daß ich ihn liebe.«
Salustra stieß das Mädchen verächtlich von sich. Tyrhia fiel auf den Boden, schluchzend und völlig vernichtet. »Würde ich auch nur einen Augenblick vermuten, daß er sich mit dieser kleinen Närrin eingelassen hat, würde ich ihn ertränken und vierteilen lassen.« Salustra begann im Zimmer auf und ab zu gehen. Mahius stand schwei-

gend abseits. Endlich blieb die Kaiserin vor ihrer Schwester stehen und berührte sie geringschätzig mit dem Fuß. »Höre mit deinem albernen Wimmern auf«, sagte sie herrisch. »Was weißt du denn von der Liebe? Und merke dir eines, Tyrhia! Solltest du jemals diesem Mann etwas von deiner Liebe enthüllen, lasse ich ihn sofort vom Hofe entfernen. Hast du mich verstanden?«
Das Mädchen blieb auf den Knien liegen. Ihre goldblonden Locken fielen unordentlich in ihr Gesicht. Sie nickte nur schwach mit dem Kopf, dann erhob sie sich, noch immer Tränen in den Augen, die aber plötzlich aufleuchteten, als habe sie sich zu einem Entschluß durchgerungen.

XII

Am Tage vor Signars Ankunft schwirrte Lamora von Gerüchten. Viele Menschen wandten ihren besorgten Blick dem Palast zu, als suchten sie dort den Schuldigen, der für das Unheil verantwortlich sei. Die Hitze war unerträglich. Der Himmel glühte dunkelrot und die See war unruhig, während die Gipfel der hohen Berge in einen gelblichen Dunstschleier gehüllt waren. Die drückende Hitze, der dichte Nebel und der Ausfall der Stromversorgung beunruhigten die Menschen. Ziellos trieben sie sich in den Straßen herum, stießen rücksichtslos aneinander und beachteten kaum die Rufe der Straßenverkäufer und das Jammern der Bettler. Die Sklaven bahnten sich mit den Sänften ihrer Herrschaften, die lässig zurückgelehnt im Inneren saßen, mühsam einen Weg durch die Menge. Menschenmassen drängten sich in allen Gassen, darunter die großen, bärenstarken Männer aus Althrust mit ihrem kühnen Barbarenblick und ihrem geschmeidigen Gang, die kleinen gedrungenen Gestalten der Menschen aus Antila, Letus, Nahi und Modura mit dunklem, gekräuselten Haar und Gesichtern, aus denen Verschlagenheit sprach, und hie und da die blonden, hünenhaften Männer aus Gonelid, einer arktischen Provinz unter der Herrschaft von Althrust.

Die Märkte waren mit Früchten aller Art überschwemmt: Pfirsiche, Pflaumen, saftige Trauben, Orangen, Äpfel und alle Sorten von Melonen prangten auf den Ständen und zogen Schwärme von Fliegen an. In anderen Läden wurden kleine handgeknüpfte Teppiche, billiger Schmuck und allerlei Kram, sowie Sandalen, Messer und goldverzierte Gürtel verkauft. Einige Straßenhändler boten billigen Wein und dazu Kuchen und allerlei Leckerbissen feil. An offenen Feuern wurde Fleisch gebraten. Es gab auch Händler mit Puppen und Spielzeug, doch die größte Anziehungskraft schien ein Straßenverkäufer auszuüben, der ein Wundermittel zur Steigerung der Manneskraft anbot. Überall, wohin man blickte, Lärm, Staub und ein heilloses Durcheinander, in dem magere Hunde mit ausgemergelten Leibern umherstreunten.

Obwohl es in Atlantis zahlreiche Wohlfahrtseinrichtungen gab, sah man Scharen von Bettlern, einige davon blind und verkrüppelt, deren Schreie sich mit den Rufen der Straßenverkäufer vermengten. Einige von ihnen hatten sich eben erbost auf ein blasses, schüchternes Mädchen gestürzt, das versuchte, Sträuße von Feldblumen zu verkaufen; sie wurde beschimpft, weil sie nicht auch bettelte.

All dieser Lärm drang aber kaum durch die dicken Mauern des kaiserlichen Palastes. Gerüchte besagten, daß die Herrscherin schlecht gelaunt sei und sich weigere, Besuche zu empfangen. Abgesandte des Adels kamen und gingen, bekamen aber nur die Palastwachen zu Gesicht. Selbst Kanzler Mahius hatte sich vergeblich um eine Audienz bemüht.

Bei Sonnenuntergang, als sich die Menge langsam heimwärts bewegte, öffnete sich das Westtor des Palastes, das die Kaiserin nur selten benützte, und eine dicht verhängte Sänfte, begleitet von einer Leibwache, erschien. Sie wurde im Laufschritt zu der Pforte des Tempels der Göttin Sati getragen. Das mächtige Tempelgebäude wurde von einer Kuppel gekrönt, die auf Säulen ruhte, in die Szenen aus der Geschichte von Atlantis gemeißelt waren. Zwei riesige Löwen aus Marmor bewachten die Pforten des Tempels. Die beiden Tiere waren so groß, daß allein auf ihren Köpfen sechs Männer Platz gefunden hätten.

In der Mitte des Tempels stand in einem großen Saal der Altar der Göttin Sati, auf dem, bewacht von blaugekleideten und regungslos verharrenden Vestalinnen, die ewige Flamme brannte.

Die Halle war so groß, daß die Menschen unter der riesigen Kuppel fast zwergenhaft klein erschienen. Blauer Rauch stieg vom Altar empor und Weihrauchduft erfüllte die Luft.

Die bronzenen Pforten des Tempels öffneten sich, Salustra trat ein und blieb zunächst regungslos stehen. Sie sah sich um. Der Tempel war, mit Ausnahme der Vestalinnen, die am Altare wachten, leer. Nach langem Zögern näherte sich die Kaiserin der Mitte der Halle, ehrerbietig begrüßt von den jungen Priesterinnen.

Vor dem Altar kniete Salustra nieder. Ihr purpurner Mantel glitt von ihren Schultern und es sah aus, als kniee sie inmitten einer Blutlache. Die Jungfrauen standen unbeweglich, die Hände gleich Lilien vor der Brust gefaltet und den Blick zu Boden gesenkt. Ihre

Gesichter waren weiß wie Alabaster. Der Altar erglühte im Schein der ewigen Flamme und der Rauch stieg kerzengerade zur Kuppel empor.
Salustra verharrte unbeweglich auf den Knien. Warum bin ich gekommen, fragte sie sich. Sie glaubte nicht an Götter, betete nie zu ihnen. War sie hier, weil ihr Herz so schwer war und sie in ihrem namenlosen Kummer keine andere Stätte des Trostes fand? Hoffte sie, hier Ruhe und Frieden zu finden?
Sie seufzte mit einem Anflug von Selbstironie. Fast könnte ich sagen, meine Sünden erdrücken mich, dachte sie. Ich bin mir aber keiner Schuld bewußt. Warum bin ich also hier?
Sie hielt einen Augenblick den Atem an. Vor Leid fühlte sie beinahe ihre Brust zerspringen. Sie krampfte die Hände zusammen, bohrte ihre Nägel tief ins Fleisch und war von innerer Abscheu und Selbstverachtung erfüllt. Ein bitterer Geschmack lag ihr im Mund, und ihr Herz hämmerte wie wild, als sie den Blick flehend zum Altar hob: Ach könnte ich mich doch über alles erheben, sagte sie zu sich, über Leidenschaften, Lügen und Heuchelei, aber ich bin wie alle Menschen eine Gefangene meiner Triebe und muß unter ihnen leiden!
Sie fühlte sich müde, trostlos, verzweifelt und sehnte sich nach Frieden und Vergessen. Konnte der Tod Erlösung bringen? Noch nie war jemand aus dem Jenseits zurückgekommen, wenn auch Jupia von Lazars Gegenwart sprach.
Salustra wies diese Vorstellung zurück, sie war reine Erfindung. Keine Stimme rief sie aus dem Jenseits, keine liebende Hand gab ihr ein Zeichen, nicht ein ein-

ziges Echo kam aus jener unbekannten Welt. War das Geheimnis des Todes so gewaltig, daß es kein Sterblicher durchdringen durfte? Waren die Götter jenseits jedes menschlichen Verständnisses oder gab es hier gar nichts, gab es nur die Leere und das Nichts? Alle Religionen und Riten, alle Priester und Tempel vermögen uns keine Antwort auf diese Fragen zu geben, dachte Salustra voll Bitterkeit. Ist die Religion nur eine Fabel, an die sich der Mensch in seiner Todesangst klammert? Glauben wir nur, weil wir glauben wollen, und ist Religion letzten Endes nichts anderes als der Wunsch, daß der Tod nicht das Ende des Lebens bedeuten möge?
Salustra wurde von ihren Gefühlen geradezu überwältigt und war erstaunt, daß sie sich dazu hinreißen hatte lassen. Ich bin dumm, dachte sie, während sie zugleich von tiefer Verzweiflung erfaßt wurde. Die Götter, dachte sie. Welche Götter?
Ihr Körper fiel in sich zusammen, die Hände hingen schlaff herunter. Während sie so kniete, fühlte sie sich plötzlich beobachtet. Sie spürte, daß jemand den Raum betreten hatte, hob den Blick und gewahrte, daß Jupia neben ihr stand.
Das wallende Gewand und der hohe Kopfschmuck ließen die Priesterin noch größer als gewöhnlich erscheinen. Ihr Gesicht war geradezu geisterhaft fahl im Schein der Flamme, die auf dem Altar flackerte. Jupia verbeugte sich tief und sagte mit tonloser Stimme: »Es ist eine Seltenheit, Eure Majestät im Tempel anzutreffen.«
Salustra antwortete, indem sie die Achseln zuckte: »Ja, das stimmt!«

»Dem Tempel der Sati widerfährt große Ehre«, fuhr Jupia fort, und diesmal klang unverhohlener Hohn aus ihrer Stimme.
Salustras Augen blitzten spöttisch. »Vielleicht wird sich Sati erkenntlich erweisen, indem sie uns Erfolg für den morgigen Tag beschert. Kaiser Signar wird morgen um diese Zeit in Lamora eintreffen.«
Damit eilte sie an der Priesterin vorbei, ohne sie eines weiteren Blickes zu würdigen. Jupia sah ihr voll Verachtung nach.
Am bronzenen Tor des Tempels angelangt, wandte sich Salustra noch einmal um. Jupia stand regungslos vor dem Altar, das Gesicht nach oben gewandt und die Arme im Gebet ausgestreckt.
Sie sieht aus wie der leibhaftige Tod, dachte Salustra mit leisem Schauer.
Bald darauf war sie wieder in ihrem Gemach und trat auf die Loggia hinaus, um die nebelumflorte Stadt zu betrachten. Mit einem Seufzer wandte sie sich schließlich um und sah, daß sie nicht mehr allein war. Der Dichter Erato, ihr bevorzugter Gefährte seit jener ersten Nacht, die sie miteinander verbracht hatten, stand neben ihr. Sie reichte ihm lächelnd die Hand und betrachtete mit Wohlgefallen seine Gestalt, die breiten Schultern, die schmalen Hüften und die edlen Züge seines schönen Gesichtes. Dann lehnte sie den Kopf an seine Schulter und ihr Haar berührte seine Lippen. So standen sie lange und blickten schweigend auf die Stadt zu ihren Füßen.
»Ist dein Land auch so schön wie Atlantis?« brach Salustra schließlich das Schweigen.

»Nein«, antwortete Erato, »denn es kann sich nicht rühmen, dich zur Herrscherin zu haben.«
Sie streichelte sanft seine Wange: »Sprich nicht wie ein Höfling, Erato. Es gibt genug Schmeichler an diesem Hof. Versuche nicht, mit ihnen zu wetteifern!«
»Mir fehlen einfach die Worte, meine Bewunderung für dich auszudrücken«, fuhr er fort. »Heute versuchte ich, ein Gedicht über dich zu schreiben, aber meine Feder versagte. Worte sind zu schwach für meine Gefühle.«
»Welch ein schrecklicher Gedanke, dich deiner dichterischen Inspiration beraubt zu haben«, sagte sie in ehrlichem Entsetzen. »Und was habe ich dir dafür gegeben? Nichts!«
Er sank vor ihr in die Knie, berührte den Saum ihres Kleides mit den Lippen und sagte verzückt: »Du bist meine Seele!«
»Dann mögen dir die Götter helfen«, antwortete sie.
Er erhob sich und küßte sie leidenschaftlich auf den Mund. Sie lehnte sich in seine Arme und schloß die Augen. Dann machte sie eine leichte Bewegung, um sich aus der Umarmung zu befreien, und er ließ sie los, worauf sie seine Hand gegen ihre Wange preßte und sagte: »Du bist so jung, Erato.«
»Nur ein ganz klein wenig jünger als du, Salustra!«
Sie lächelte. »Ich bin Jahrtausende älter als du. Nur die Seele zählt, und meine Seele ist alt und traurig von Geburt an!«
Er küßte eine Haarlocke auf ihrer Stirn und seine blauen Augen leuchteten verzückt. »Dann bist du die Göttin Sati. Du hast mir meine Seele geschenkt.«
»Du bist ein Idealist, Erato. Dichter sind nur wirkliche

Dichter, wenn sie jung und verliebt sind. Dann ist die Welt voll Sonnenschein und Seligkeit für sie.«

Erato ließ ihre Hand los, blickte sie aber unverwandt an.

»Es wäre besser für dich, jung zu sterben«, fuhr die Kaiserin fort. »Wenn Jugend und Schönheit vorbei sind, kommt der Tod mit dem goldenen Becher des ewigen Vergessens.«

Erato blickte sie besorgt an. »Du bist so traurig heute abend, Salustra.«

»Nein, ich habe nur aus dem Leben gelernt und die Frucht dieses Lernens ist Kummer. Der Mensch ist vor die Wahl gestellt, entweder ahnungslos zu sein und dabei glücklich oder wissend und traurig. Ist er ahnungslos, so ist sein Leben voller Freuden, er kann es genießen, und er ergötzt sich an Sonnenschein, Speise und Trank und an den Zärtlichkeiten einer Frau. Aber der wissende Mensch kann nicht glücklich sein. Er kann sich nicht mit der Befriedigung seiner Sinnenlust zufrieden geben, er kann nicht verstehen, warum ihm das Wissen um die letzten Dinge gegeben worden ist, das Wissen um das Leid der Welt und daß er sterben muß, ohne etwas dagegen getan zu haben, er sieht ein, daß das ganze Leben ein großer Betrug ist. Wie sollte er dabei glücklich werden?«

»Ist denn Glück nicht mit Weisheit vereinbar?« fragte Erato mit sanftem Lächeln.

»Sicherlich, nur sollte man das Wort Glück aus unserer Sprache streichen und durch das Wort Ahnungslosigkeit ersetzen. Dann würde man nicht mehr sagen: Siehe, das ist ein glücklicher Mensch, sondern: Dies ist ein ahnungsloser Mensch!« Salustra tat einen Seufzer »Möchtest du dich denn ewig der Trübsal und der Trauer hingeben, Salustra?« fragte Erato. »Wer seine Mitmenschen zum Lachen bringt und sei es auch mit den derbsten Späßen, ist tausendmal mehr wert, als diejenigen, die erhabene Tragödien schreiben und uns damit zum Weinen bringen!«

Erato senkte, nachdem er geendet hatte, den Blick. Salustra wurde von Mitleid für ihn ergriffen, vom Mitleid einer Mutter für ihr Kind, das sie zum ersten Male über das Übel der Welt aufgeklärt hat. Endlich hob er den Kopf und sagte: »Du bist dir deiner Sache so sicher, Salustra, du bist geradezu unerschütterlich in deinem Pessimismus. Ich würde sterben, wenn ich so fest davon überzeugt wäre, daß es auf Erden nichts als Leid, Unheil und Ungerechtigkeit gibt. Hast du denn keinen Trost, nichts, das dich in deiner Verzweiflung aufrecht erhält?«

»Mut«, antwortete sie. »Mut ist die einzige wahre Tugend in dieser niederträchtigen Welt. Mut ist es, was den Weisen von den niedrigen, albernen Geschöpfen unterscheidet. Dem Leben unerschrocken entgegenzutreten, stets heiter, mit einem Lächeln jedem Mißgeschick zu trotzen, auf nichts zu hoffen und nichts zu fürchten, indem man über alles lacht, das ist wirklich etwas, was nur eine große Seele zustande bringt.«

»Dann«, sagte Erato, »heißt deine Philosophie: Mut. Meine heißt Schönheit, und ich glaube, sie sind einander ebenbürtig.«

Er ergriff ihre Hände und küßte sie mit neu erwachter Leidenschaft. »Wie könnte ich denn an etwas anderes

als an die Schönheit glauben, in einer Welt, deren größte Zierde du bist?«
Ihre Augen verschleierten sich. »Küsse mich«, sagte sie lächelnd, »küsse mich, wenn du Mut hast!«

XIII

Obwohl sie nicht mehr als ein paar hundert Mann waren, landeten sie wie die Eroberer. Achtlos zertrampelten sie die Blumen, die man ihnen zu Ehren gestreut hatte, und lässig erwiderten sie die begeisterten Jubelschreie der Kolonie von Althrustern, die vollzählig zu ihrer Begrüßung erschienen war. Beim Anblick ihres Herrschers schienen diese Menschen in einen wahren Freudentaumel zu geraten, und der Hafen hallte von ihren Hochrufen wieder. Die Menschenmenge glich einem aufgescheuchten Bienenschwarm; alles drängte nach vorne, um einen Blick von Signar und seinen Mannen zu erhaschen.

Auch Salustras Blick wandte sich dem Kaiser und seinem Gefolge von Barbaren zu. Tyrhia, die an ihrer Seite stand, hielt den Arm ihrer Schwester fest umklammert. Hinter Salustra standen verlegen und neugierig zugleich die Senatoren und Stadtväter mit ihren Frauen.

Endlich erspähte die Kaiserin die Gestalt des Mannes, nach dem sie gesucht hatte. Signar war eine stattliche Erscheinung, die alle überragte. Auf dem Kopf trug er einen Helm mit dem Adler von Althrust. Als er schließlich vor Salustra stand, ihre Hand ergriff und sie küßte, empfand sie die ungeheure Kraft, die von ihm ausging. Er hob das Haupt und blickte ihr ins Gesicht. Eine unerklärliche Erregung befiel sie beim Anblick seines wettergebräunten Gesichtes. Seine athletische Gestalt war in ein leuchtendes Gewand gehüllt, dessen Saum in leuchtenden Farben bestickt war. Goldene Reifen umspannten seine Arme und an seinen Fingern glitzerten Ringe mit kostbaren Steinen.

Das ist er also, der Eroberer von Atlantis, dachte Salustra, und als sie in seine dunklen Augen blickte, entdeckte sie in ihnen einen Geist, der ebenso unbeugsam schien wie der ihre. Seine buschigen schwarzen Augenbrauen waren fast zusammengewachsen, was seinen Zügen einen gebieterischen Ausdruck verlieh. Er hielt ihrem Blick stand, und nun hörte sie zum ersten Male seine Stimme, die überraschend weich klang, als er sagte: »Deine Bilder haben die Wahrheit gesprochen, Salustra!«

Sie erwiderte mit sanftem Lächeln: »Aber deine Bilder sind dir nicht gerecht geworden, Signar!« Sie gab ihm noch einmal die Hand und ein leichter Schauer durchzuckte sie, wie sie ihn noch nie zuvor empfunden hatte. »Atlantis heißt dich willkommen. Mehr kann ich im Augenblick nicht sagen.«

Signar musterte unbekümmert ihre Gestalt und schien mit Wohlgefallen die Rundungen wahrzunehmen, die sich unter ihrem purpurnen Gewand abzeichneten.

Salustra errötete leicht und wandte sich ab, indem sie ihre Schwester bei der Hand nahm, um sie dem Kaiser vorzustellen.

Tyrhia zuckte erschreckt zusammen, als er sich über ihre Hand beugte, doch Signar schien es nicht zu bemerken; nur das Gesicht der Kaiserin verfinsterte sich.

Als sich der Zug der Gäste schließlich in Richtung auf den kaiserlichen Palast in Bewegung setzte, brach die Menge neuerlich in Jubel aus. Signar hob grüßend die Hand, während er die Ehrengarde abschritt. Die Kaiserin schien seltsam zerstreut. Dem kaiserlichen Paar folgten in gemessenem Abstand die Mitglieder des Adels und die Würdenträger des Reiches. Am Ende des Zuges marschierte ein Trupp von Signars Leibwächtern. Ihre Helme schimmerten golden und ihre rauhen Gesichter spiegelten die Verachtung wider, die sie für die verweichlichten Bewohner von Atlantis empfanden. Sie hatten die lange Seereise auf ihren primitiven Dampfschiffen zurückgelegt, deren Treibstoff sie in mühsamer Arbeit dem kargen Boden ihres Landes entrissen hatten. Die Flotte, die Signars Flaggschiff, die Postia, begleitet hatte, bestand aus fünf kleineren Schiffen; sie alle verwendeten den Treibstoff, den man in Atlantis bereits vor Jahrhunderten durch die Kernkraft ersetzt hatte.

Signar war auf der Fahrt von Dunst und Nebel überrascht worden und hätte beinahe sein Ziel nicht erreicht. »Grauer Himmel war während der langen Reise unser Begleiter«, sagte er zu Salustra. »Ich habe keine Sonne gesehen, bis ich in dein strahlendes Antlitz blikken durfte.«

Salustra war von seiner Redegewandtheit beeindruckt, ging aber auf die Schmeichelei nicht ein, sondern fragte stattdessen: »Was hältst du von diesem Nebel und den Wolken?«

Sein Gesicht wurde ernst. »Es ist eine seltsame Erscheinung. Die Luft erwärmte sich plötzlich, sogar die

Schneeflocken schmolzen, obwohl keine Sonne zu sehen war. Unsere Wissenschaftler wissen nicht, wie sie dieses Phänomen deuten sollen, aber wozu sind Wissenschaftler schon gut, wenn nicht dazu, die Dinge noch mehr zu verwirren.«

Sie blickte ihm scharf ins Gesicht. »Weißt du, daß unsere Wissenschaftler einen Zusammenhang zwischen dem Nebel und dem Ausfall unseres Sonnenenergie-Systems sehen?«

»Das war mir nicht bekannt«, erwiderte Signar freimütig. »Aber ich habe mir gleich gedacht, daß eure hochentwickelte Technik darunter leiden muß.« Sie konnte weder Triumph noch Schadenfreude in seinen Zügen entdecken.

»Und das hat dich bewogen, diese Reise zu unternehmen?«

»Du unterschätzt dich«, antwortete er mit einer Verbeugung. »Du allein bist eine Reise wert!«

Sie warf ihm einen spöttischen Blick zu. »In diesem dichten Nebel könnte es leicht geschehen, daß der Atomzertrümmerer versagt, und dann kannst du nicht beweisen, wie wenig dir das menschliche Leben wert ist.«

Er zuckte die Achseln. »Wer will bestimmen, wieviel ein Menschenleben wirklich wert ist? Die Dinosaurier waren auch Lebewesen, und deine Ahnen haben sie mit ihren schrecklichen Waffen ausgerottet. Wer sagt mir, daß das Leben eines Herrschers, Würdenträgers oder Kaufmannes wertvoller ist als das Leben eines Dinosauriers?«

»Wie kannst du das Leben eines Menschen mit dem

eines Tieres vergleichen?« fragte sie und ihre Stimme klang schärfer als zuvor.
»Warum nicht? Du bist jedenfalls gescheitert, weil du nicht bereit warst, deine Macht zu deinem eigenen Schutz einzusetzen. Wäret ihr weniger zartfühlend und rücksichtsvoll, hätten wir nicht so rasch handeln können. Als die Götter zuließen, daß euer Energiesystem zusammenbrach, haben sie uns sicher einen Wink damit geben wollen.«
Salustra war über soviel Offenheit verblüfft. »Ein Herrscher darf den Willen seines Volkes nicht mißachten«, sagte sie schließlich.
Er klatschte zustimmend in die Hände. »Du hast vollkommen recht! Dein Volk besteht aber aus Feiglingen und Verrätern. Deine Leute wollen nur ernährt, versorgt und unterhalten werden. Von der Wiege bis zum Grabe sollen sich andere um sie kümmern. Das ist ein Wohlfahrtsstaat für Schmarotzer, die nur darauf warten, die Früchte von anderer Leute Arbeit zu genießen.«
Salustra lächelte, erwiderte nichts, dachte aber bei sich: Wie gut er uns doch kennt!

XIV

»Was hältst du von ihm, Mahius?«
Der alte Mann schwieg, breitete nur die Arme aus, und sein Gesicht nahm einen traurigen Ausdruck an.
Salustra klatschte lebhaft in die Hände. »Wenigstens ist er ein Mann!«
»Größeres Lob könnte ihm wohl kaum widerfahren«, meinte Mahius.
Salustra brach in schallendes Gelächter aus. »Ich wette, daß er jetzt seine Minister versammelt hat, um mit ihnen über meinen Entschluß zu beraten. Warte nur bis heute abend, Mahius!«
Hell erleuchtet zeichnete sich der kaiserliche Palast gegen den dunklen Himmel ab. Wie immer in letzter Zeit war der Mond von dichten Wolken verhüllt, vom Meer kam ein drohendes Rauschen, das fast wie ein Grollen klang, und der Wind blies bald kühl, bald siedend heiß, als ob er aus der Wüste käme.
Tische, bedeckt mit den erlesensten Speisen, waren im großen Festsaal des Palastes aufgestellt. Ein Heer von Sklaven bewegte sich lautlos durch die Schar der Gäste, um ihnen jeden Wunsch von den Lippen abzulesen. In der Mitte des Saales war eine große Bühne aufgestellt, auf der Schauspieler und Musikanten darauf warteten, die Gäste zu unterhalten.

Aus allen Teilen des Landes war die Blüte des Adels herbeigeeilt, um an dem Fest teilzunehmen. Musik, Gelächter und ausgelassene Fröhlichkeit herrschten im Saal. Weiche Ruhebetten und elfenbeinerne Stühle standen für die Gäste bereit, die es sich nach Belieben bequem machten.

An Salustras Tisch hatte Signar mit seinem Kanzler und seinen engsten Vertrauten Platz genommen. Die übrigen Ehrengäste am Tisch der Kaiserin stellten die Elite Lamoras dar; die Spitzen der Gesellschaft, des Geistes, der Künste und der Wissenschaften waren versammelt, darunter Senator Divona, der für seinen scharfen Witz bekannt war, Jesico, ein Sammler von erlesenen Kunstwerken, Zutlian, der eine Schar von Mätressen unterhielt und doch so tugendhaft aussah, die Priesterin Jupia, deren Sklavinnen von sagenhafter Schönheit waren und mancherlei Künste beherrschten, Poltrius, dessen gewagte literarische Werke die Lebemänner ergötzten, Ludian, dessen ausschweifende Lebensart berüchtigt war und der, wenn ihn der Wein animiert hatte, die köstlichsten schlüpfrigen Geschichten erzählte. Ferner einige der bekanntesten Philosophen der verschiedenen Schulen, wie Jonis, der Idealist, Sodoti, der Realist, und sein erbitterter Feind, Everus, der Materialist, der behauptete, der Mensch sei nichts weiter als eine lebende Maschine, Talius, dessen Philosophie darin bestand, das männliche Wesen zu verherrlichen, während er selbst von schwächlicher Gestalt war, Zetan, der weiseste und gütigste der Philosophen, Lodiso, der immer neue Thesen vom idealen Staat aufstellte, und Morti, von dem man sagte, er lache über alles, besonders über sich

selbst. Schließlich Toliti, der Musiker, Galo, der Bildhauer, dessen Statuen von legendärer Anmut waren und Stanti, der Maler, der naturgetreue Fresken, manchmal auch pornographischen Charakters, schuf.
Zur Rechten der Kaiserin saß Signar, zu ihrer Linken hatte Tyrhia Platz genommen, deren Haar ein prachtvolles Diamantdiadem schmückte. Hinter Tyrhias Sessel stand Mahius, dessen hagere Gestalt in eine weiße Robe gehüllt war. Salustra trug ein schimmerndes, silbernes Gewand; Signars Geschenk, das kostbare Kollier, das er ihr hatte überreichen lassen, schmückte ihren Hals; dazu trug sie ihre eigene goldene Kette. Die Kaiserin machte einen seltsam abwesenden Eindruck. Auch Erato, der neben Signar Platz genommen hatte, schien zerstreut. Ab und zu suchten seine Blicke über das Glas hinweg die Augen der geliebten Kaiserin, und seine schlanken Finger trommelten unruhig auf der Tischplatte. An seiner Hand glitzerte ein großer, gelblicher Stein an dem Ring, den ihm Salustra geschenkt hatte. Neben Signars kraftvoller Persönlichkeit wirkte der Dichter wie ein unreifer Jüngling. Er fühlte sich auch sichtlich unbehaglich. Kaum hatte er Signar erblickt, hatte er auch schon eine unüberwindliche Abneigung gegen ihn gefaßt, und der Kaiser seinerseits machte keinen Hehl daraus, daß er den jungen Dichter verachtete.
»Bei uns in Althrust gibt es nicht viele Dichter«, bemerkte Signar zu Salustra. »Die wenigen, die wir haben, besingen unsere glorreiche Vergangenheit und die kriegerischen Taten unseres Volkes.«
Erato mengte sich ein. »Ein blutiger Krieg gleicht doch

immer dem anderen! Nur die äußeren Umstände wechseln. Ein wahrer Dichter kann deshalb nur von der Schönheit und Erhabenheit der menschlichen Seele singen.«

Signar lächelte geringschätzig. »Erhabene Seelen? Man merkt, daß du wenig Menschenkenntnis besitzt. Menschen sind Bestien und unterscheiden sich von wilden Tieren nur dadurch, daß sie klüger und listiger sind.«

»Dann glaubst du also nicht an die Seele, erhabener Kaiser?« fragte Erato und lächelte sanft.

Salustra blickte die beiden Männer an und hörte belustigt zu. Teils gefiel es ihr, teils war sie unangenehm berührt, daß Signar Eratos Idealismus verspottete.

»Seele!« sagte Signar und spielte mit seinem Becher. »Was ist das schon und was verstehst du unter Seele, junger Träumer? Ich, für meinen Teil, gebe offen zu, nie einer Seele begegnet zu sein. Ich habe mich bis jetzt immer nur mit Körper und Verstand des Menschen befaßt und die sind mir schon kompliziert genug. Aber ich bin immer bereit, etwas Neues zu lernen. Also erkläre mir einmal, aus welchem Stoff die Seele besteht und wie sie beschaffen ist. Wie sieht so eine Seele aus?«

Erato sah ihn unerschrocken an. »Kein Mensch hat jemals die Seele gesehen, mit Ausnahme jener, die reinen Herzens oder sehr weise sind.«

Signar brach in schallendes Gelächter aus. »Die, die reinen Herzens sind?« fragte er spöttisch und äffte Eratos sanfte Stimme nach. »Wer sind denn diese Reinen und Weisen? Das sind verhungerte und verkümmerte Gestalten, die keinen Funken Lebenskraft besitzen. Weise Männer, wer sind die schon? Nichts als Narren, die daherschwatzen und Papier und Tinte verschwenden.«

Salustra glaubte ihre eigenen Worte zu hören, denn genau so hatte sie einst zu Erato gesprochen.

Die schmale Hand des Dichters umklammerte krampfhaft die Tischplatte, während die anderen Beifall klatschten.

Signar zuckte nur verächtlich die Achseln. Er streckte sich behaglich auf dem Ruhebett aus, und die Muskeln seines mächtigen Körpers zeichneten sich deutlich unter seiner Toga ab. Seine Lippen streiften Salustras nackte Schulter, und seine Finger schlossen sich fest um ihr Handgelenk.

Salustra versuchte vergebens ihre Hand zu befreien, aber sein Griff wurde noch fester. Sie lehnte sich über den Tisch und versuchte, dem Gespräch der anderen Gäste zu folgen. Der Philosoph Lodiso war gerade dabei, in den leuchtendsten Farben seine Vorstellungen von einem Paradies auf Erden zu schildern.

»Fortpflanzung sollte eine nationale Aufgabe sein und keine persönliche Angelegenheit«, sagte er. »Nur Kinder von edelster Rasse dürften gezeugt werden, und gleich nach der Geburt sollte man sie der Mutter wegnehmen, und der Staat sollte sich um ihre Erziehung kümmern. Ein Mann sollte nicht an eine einzige Frau gebunden sein und umgekehrt; ständiger Geschlechtsverkehr zwischen einem bestimmten Mann und einer bestimmten Frau sollte verboten sein.«

Signar rückte näher an die Kaiserin heran. »Das würde uns nicht gefallen, Salustra, meinst du nicht auch?« flüsterte er. Seine Lippen berührten ihre Wange und er legte den Arm um ihre Hüfte, als ob er von ihr Besitz ergreifen wolle. Erato sah, wie Salustra unwillig den Mund verzog und ihre Augen voll Zorn blitzten, doch Signars Finger schlossen sich noch fester um ihre Hand, um sie dann plötzlich loszulassen und gelangweilt mit seinem Becher zu spielen. Erato benützte diesen Augenblick, um sich über den Tisch zu beugen und so zu tun, als ob sein Glas zufällig den Becher des Kaisers berühre, so daß dieser umfiel und der Wein sich über Signars Gewand ergoß.

Der Kaiser sprang auf und blickte den Dichter zornig an. Erato täuschte Verwirrung und Zerknirschung vor.

»Ich bitte tausendmal um Vergebung, Majestät«, rief er und versuchte mit einem Zipfel seines Gewandes den Wein von Signars Hand wegzuwischen. Der Kaiser stieß ihn aber zurück und schüttete ihm den Rest des Weines ins Gesicht. Gelassen wischte sich Erato die Flüssigkeit von seiner Wange.

»Du ungeschickter Narr!« Die Stimme des Kaisers übertönte die Musik, und zur Kaiserin gewandt, fuhr er fort: »Wie kommt dieser unmündige Knabe an deinen Tisch?«

Die Gäste erstarrten in eisigem Schweigen, die Musik verstummte und hunderte Augenpaare starrten gebannt auf die kaiserliche Tafel. Salustra sah Erato an, der ihren Blick erwiderte und in ihren Augen trotz Strenge so etwas wie Dankbarkeit und Erheiterung las.

»Erato«, sagte sie vorwurfsvoll, »dein Benehmen ist unverzeihlich. Du wirst in der großen Halle draußen meine Befehle erwarten!«

Der Dichter verneigte sich und verließ den Saal gemessenen Schrittes. Er mußte nicht lange warten. Ein Sklave kam in den Vorraum und überreichte ihm eine Pergamentrolle, die er mit zitternder Hand öffnete. Er mußte seine Augen anstrengen, um bei dem flackernden Licht der Lampen die Botschaft der Kaiserin lesen zu können.

»Du unbeherrschter Jüngling«, schrieb ihm Salustra, »erwarte mich vor Morgengrauen an der großen Stiege im Park. Ich werde kommen, um dir deine Strafe zu erteilen.«

XV

Eratos plötzlicher Abgang von der kaiserlichen Tafel hatte betretenes Schweigen unter den Gästen ausgelöst. »Das anmaßende Benehmen dieses Barbaren behagt mir ganz und gar nicht«, flüsterte Senator Toliti seinem Tischnachbarn Divona zu. »Ihr guten Götter, er benimmt sich ja, als hätte er Atlantis bereits erobert.«

Divona lächelte, zuckte mit den Achseln und breitete vielsagend die Arme aus. »Du sprichst von erobern«, flüsterte er ebenso leise zurück. »Sieh dir einmal die Kaiserin an. Sie lächelt ihm zu, als ob er bereits ihr Verlobter sei. Mahius blickt dagegen so düster drein, als sehe er seinem eigenen Begräbnis zu.«

»Laß den alten Griesgram; er fürchtet sich ja vor seinem eigenen Schatten.«

Contani, ein fetter, alter Wüstling, der seine Schlauheit geschickt hinter einem gutmütigen, pausbäckigen Gesicht verbarg, lehnte sich zu ihnen hinüber und sagte leise: »Ich frage mich, wie lange es noch dauern wird, bis sie uns abgeschlachtet haben wie die Lämmer. Mir gefällt diese ganze Sache nicht. Diese Barbaren nehmen sich immer mehr heraus. Ich habe zwei von diesen ungehobelten Gesellen, sogenannte Generale, bei mir im Haus. Gestern hat mir einer von ihnen eine kostbare Vase zerschlagen, ein Erbstück meines Vaters.

»Schlechte Zeiten stehen uns bevor«, sagte Toliti feierlich.
Contani stöhnte und schüttelte seinen großen Kopf. »So ist es. Nie hätte ich gedacht, daß unser glorreiches Vaterland eines Tages gezwungen sein würde, diese Barbaren zu begrüßen. Seht doch einmal diese Wilden an, wie sie ganze Hammelkeulen auf einen Bissen verschlingen und riesige Krüge voll Wein mit einem Zug leeren!«
Divona lächelte vielsagend. »Bedenkt, sie sind unsere Gäste!« flüsterte er.
Laute Musik und Gelächter unterbrachen ihr Gespräch. Signar trank nach Herzenslust, obwohl er offensichtlich verstimmt war. Er übersah Salustra mit Absicht und widmete seine Aufmerksamkeit einer jungen Kurtisane aus seinem Gefolge, die bei jedem Zeichen seiner Gunst förmlich in die Knie sank. Der Rest seiner Begleitung folgte dem Beispiel ihres Herrn und kümmerte sich kaum um die Gastgeber. Sie benahmen sich unhöflich und überheblich, unterhielten sich lautstark, ohne auf die Musik zu achten und machten sich offen über das Gehaben ihrer verweichlichten Gastgeber lustig. Salustra lächelte nachsichtig wie eine Mutter, die sich über ihre ungezogenen Kinder amüsiert. Ihre Landsleute beobachteten das Benehmen ihrer Herrscherin und nahmen sich ein Beispiel an ihr. Sie versuchten, Haltung zu bewahren. Das starre Lächeln, das sie aufgesetzt hatte, wich während des ganzen Abends keinen Augenblick von Salustras Gesicht. Sie aß und trank wenig; ab und zu sprach sie sanft und eindringlich auf Tyrhia ein oder lachte über die Bemerkungen

eines Gastes. Sie ging darüber hinweg, daß Signar seine Aufmerksamkeit einer Frau schenkte, die nichts anderes war als eine kleine Marketenderin.
An ihrer Tafel hatten zwei weltfremde, verträumte Philosophen in höchst abstrakter, akademischer Art eine Diskussion über ein Thema entfacht, das nichts mit den allgegenwärtigen Realitäten zu tun hatte. »Ich kann mit dir einfach nicht übereinstimmen, daß Wahrheit etwas rein Subjektives ist«, sagte Yonis, ein humorloser Verfasser endloser philosophischer Traktate. »Ich sage, daß Wahrheit objektiv ist und daß sie für den Menschen eine greifbare, reale Tatsache darstellt, die nicht einmal der abgebrühteste Zyniker leugnen kann.«
»Es gibt keine Wahrheit«, erwiderte Morto lächelnd. »Krieg, Aufruhr und Gewalt, alle diese Übel rühren von der Tatsache her, daß manche Menschen davon überzeugt sind, es gebe eine objektive Wahrheit. Wenn wir zugeben, daß Wahrheit subjektiv ist, dann können wir der Welt gegenüber Toleranz und Verständnis beweisen. Eine Welt, die imstande ist, über sich selbst zu lachen, ist die wahre Welt. Der Mensch nimmt sich selbst viel zu ernst. Er hält sich für den Mittelpunkt des Universums und von diesem Irrtum ausgehend, hat er sich eine Welt aufgebaut, die auf Falschheit, Lüge und Heuchelei beruht. Zu dieser Lüge gehört, daß der Mensch davon überzeugt ist, er werde ewig leben. Er plagt sich und schleppt sich mühselig durchs Leben in der Hoffnung, daß ihn eine bessere Zukunft erwartet, anstatt sich darauf zu beschränken, das Leben einfach zu genießen, bevor er wieder in das Nichts zurückfällt, aus dem er gekommen ist.«

Plötzlich mengte sich Signar in das Gespräch ein. »Du redest zu viel«, sagte er, nachdem er Morto einige Zeit aufmerksam beobachtet hatte. »Du solltest deinen eigenen Rat befolgen und über dich selbst lachen.«
Der Philosoph sah ihn gelassen an und erwiderte lächelnd: »Wenn die Göttin Sati mir einen Wunsch gewähren sollte, so würde ich sie bitten, mir die Gabe zu schenken, über mich selbst zu lachen.«
Signar klatschte Beifall, doch nun meldete sich Yonis zu Wort. »Wir haben über die Wahrheit gesprochen und Wahrheit ist etwas sehr Ernstes. Man kann ihr nicht mit Lachen beikommen. Des Menschen Aufgabe ist es, nach der Wahrheit zu suchen.«
»Und warum sollte man das?« fragte Signar unverblümt. Yonis war etwas verwirrt, aber er ließ sich nicht beirren. »Warum? Ist denn die Suche nach Wahrheit nicht das Erstrebenswerteste in der Welt?«
»Wir leben nicht ewig«, sagte Signar. »Wozu soll man sich deshalb ein Wissen aneignen, das man nur mit ins Grab nehmen kann. Warum sollen wir nicht versuchen, ganz einfach glücklich zu sein?«
»Aber das Glück liegt doch einzig und allein im Wissen«, sagte Yonis voll Überzeugung. »Durch das Wissen kommt mehr Vollkommenheit und Schönheit in unser Leben. Die Tiere sind zwar glücklich, aber sie jagen bloß ihren Trieben nach, ohne an die Zukunft zu denken. Wer möchte so leben wie ein Tier?«
Signar klatschte verächtlich in die Hände. »Macht nur so weiter! Zerpflückt die Probleme! Wir werden sie für euch lösen!«
Nun mengte sich auch Salustra in das Gespräch.

»Langweilst du dich schon?« fragte sie ihren Gast. Einen Augenblick lang trafen sich ihre Blicke, dann lachte Signar hell auf und antwortete: »Wer könnte sich an deiner Seite langweilen? Du bist eine Quelle der Schönheit, und ich würde mich mit der größten Freude an dir laben, während die anderen schwatzen.«
Sie hob das Glas und trank ihm lächelnd zu. »Du solltest deine Zeit für wertvollere Dinge verwenden, als Schmeicheleien zu sagen.«
»Nein, Gebieterin, du tust der Wahrheit Unrecht, wenn du sie mit Schmeichelei verwechselst.«
»Du unterschätzt meine Klugheit, Signar«, antwortete sie mit samtweicher Stimme.
In diesem Augenblick ertönte ein heller Trompetenstoß, und der berühmte Tänzer Ostasi betrat den Raum, ein wunderschöner Jüngling, der mädchenhaft zarte Züge mit Jugend und Kraft vereinte. Er war völlig unbekleidet und sein kurzes, lockiges Haar umrahmte sein Gesicht wie einen Heiligenschein. Leidenschaft, frohe Sinnlichkeit und Anmut erhellten seine durchgeistigten Züge. Die Musik, die seinen Tanz begleitete, war sanft und leise, aber von einer eindringlichen Sinnlichkeit, die das Blut der Zuhörer in Wallung brachte. Ein blaßviolettes Licht fiel auf den Tänzer und gab seiner Erscheinung etwas Unwirkliches, Märchenhaftes. Der Saal war verdunkelt, die Musik wurde immer leiser, und der Tänzer bewegte sich im violetten Licht, als ob er über dem Erdboden schwebe. Die Zuschauer schwiegen; außer dem Rauschen des Meeres und dem Wind, der die Blätter der Bäume im Park bewegte, war kein Laut zu hören.

Dann wurde die Musik immer schneller und lebhafter, und eine Tänzerin betrat den Saal. Auch sie war vollkommen unbekleidet, doch fiel ihr das lange, glänzende Haar bis auf die Hüften. Der Jüngling war bei ihrem Erscheinen wie angewurzelt in der Mitte des Saales stehengeblieben, als habe ihn die Bewunderung für so viel Schönheit überwältigt. Das Mädchen umkreiste ihn mit schwebenden Bewegungen; sie glich einem zarten Rosenblatt im Winde. Freude, kindliche Unschuld, gepaart mit sinnlicher Leidenschaft spiegelten sich in ihrem Gesicht.

Die Musik wurde zunehmend schneller und, gleich einer Statue, die zum Leben erwacht, begann der Jüngling wieder zu tanzen und verfolgte geschmeidig das Mädchen, das sich ihm zu entziehen versuchte.

Salustra blickte lächelnd auf Tyrhia, doch die junge Prinzessin hatte nur Augen für Brittulia, die in stummer Verzweiflung ihre Hand drückte.

Der Tanz wurde immer wilder, ausgelassener und leidenschaftlicher, wobei die Tänzer abwechselnd in blaues, rotes und golden schimmerndes Licht getaucht waren. Endlich schien das Mädchen zu erschlaffen; bereit sich zu ergeben, sank es in die Arme des Tänzers. In diesem Augenblick erlosch das Licht und die Musik verstummte. Ein fernes Donnergrollen wurde vernehmbar und der Palast erbebte. Lähmende Stille folgte, einen Augenblick lang waren die Gäste wie erstarrt vor Schreck, dann brach das Chaos aus.

Salustra wollte nach Tyrhias Hand greifen, doch das Mädchen wich zurück. In diesem Augenblick entfuhr der Kaiserin ein unterdrückter Schrei. Ein würgender

Griff nahm sie gefangen, und während sie versuchte, sich freizukämpfen, wurde ihr das silberne Gewand beinahe vom Leib gerissen. Sie war gegen die Brust eines Mannes gesunken, und ihr Schrei wurde in einem leidenschaftlichen Kuß erstickt. Halb ohnmächtig lag sie in tiefem Schock und spürte die heißen und gierigen Lippen des Mannes, die ihren Hals, ihre Schulter und ihre Brust mit Küssen bedeckten. So plötzlich, wie sie überfallen worden war, wurde sie losgelassen. Es wurde hell im Saal, sie versuchte mit zitternder Hand ihre zerrissenen Kleider wieder in Ordnung zu bringen und warf einen zornigen Blick auf Signar, der gelassen neben ihr auf dem Ruhebett lag und lächelte. Das kostbare Halsband, Signars Geschenk, lag zerrissen auf dem Boden. Der Kaiser hob es auf und musterte Salustra spöttisch. »Welch ein Unglück, wenn es verlorengegangen wäre«, sagte er leise. Er wollte es ihr wieder um den Hals legen, doch sie nahm es ihm aus der Hand. »Ja«, erwiderte sie, »gewiß wäre es ein Unglück. Es ist ja der Kaufpreis für ein Kaiserreich!«
Das Fest ging weiter, als ob nichts geschehen sei. Weitere Künstler produzierten sich, darunter Lelia, die berühmteste Sängerin des Landes, und Torili, ein begnadeter Musiker. Ihre Darbietungen wurden aber kaum mehr beachtet. Der Wein und der Tanz hatten dazu geführt, daß die Gäste nur mehr daran dachten, ihre Sinnenlust zu befriedigen. Männer und Frauen schienen im dämmrigen Licht ineinander zu verschmelzen. Plötzlich gellte ein herzzerreißender Schrei durch den Saal. Siton, der hünenhafte Oberbefehlshaber Signars, versuchte Brittulia zu umarmen.

Salustra streckte gebieterisch die Rechte aus, um sie im gleichen Augenblick hilflos sinken zu lassen. Ihr Blick wandte sich Signar zu, der, das Kinn in die flache Hand gestützt, die Szene amüsiert beobachtete.
»Geht man in Althrust so mit Frauen um?« fragte Salustra mit kaum unterdrücktem Zorn. Signar heuchelte Erstaunen. »Mißfällt dir dieser Umgang?« fragte er.
Salustra errötete tief. »Befiehl diesem Wilden dort, die Frau in Ruhe zu lassen!«
»Also mißfällt es dir«, wiederholte er lächelnd.
Sie starrte ihn an und sagte: »Es sollte auch dir mißfallen!«
»Siton!« Signar warf seinem General einen strengen Blick zu. Sofort ließ der Riese seine Beute los und richtete sich auf. Signar machte eine kurze Bewegung mit der Hand, und der Mann zog sich folgsam zurück und verschwand in der Dunkelheit.
Salustra erhob sich und die Gäste folgten ihrem Beispiel. Nur Signar blieb mit belustigter Miene sitzen, als wohne er der Aufführung einer Komödie bei. Salustra starrte ihn an, doch er erwiderte mit spöttisch funkelnden Augen gelassen ihren Blick. Die Kaiserin hob die Hand und sagte: »Der Empfang für unseren Ehrengast ist beendet. Es ist erlaubt, sich zurückzuziehen.«

XVI

Signar stand auf der Terrasse seiner Gastgemächer. Eine leichte Brise wehte vom Meer und spielte mit seinem Haar. Hier in Atlantis hatte er endlich gefunden, wonach er sich immer gesehnt hatte: Schönheit, Luxus, verfeinerte Lebensart. Er dachte an Althrust, an die düstere Landschaft seiner Heimat und schämte sich insgeheim. Man müßte die Vitalität des jungen Volkes von Althrust mit der alten Kultur des sterbenden Atlantis vereinen, dachte er. Beide Länder werden dabei gewinnen, und so könnte ein mächtiges Reich entstehen. Er träumte von der Verschmelzung des barbarischen Volkes von Althrust mit der dekadenten Zivilisation von Atlantis, aus der er eine neue Welt erschaffen könnte, eine Welt voll Kraft, Schönheit und Würde.

Zugleich dachte er an Salustra und lächelte beglückt. Ihr Mut und ihre Klugheit hatten seine Bewunderung erweckt, und ihre Schönheit beflügelte seine Phantasie. So träumte er vor sich hin und begann auf der Terrasse auf und ab zu gehen. Trotz seiner mächtigen Gestalt waren seine Bewegungen leicht und gelenkig. Man sah ihm seine vierzig Jahre nicht an; in diesem Alter sahen die dekadenten Bewohner von Atlantis als Folge ihres ausschweifenden Lebenswandels beinahe schon wie Greise aus.

Plötzlich blieb Signar stehen. Am Ende der Terrasse führte eine breite Marmortreppe in den Garten. Dort, am Fuße der Stufen, erblickte er eine helle Gestalt, die aus der Dunkelheit des Palastes gekommen war. Im fahlen Licht sah er, daß es eine Frau war und wußte instinktiv, daß es Salustra sein mußte. Sie trug ein durchsichtiges weißes Gewand, und ihr langes offenes Haar reichte ihr beinahe bis zu den Knien. Sie schien zu zögern. Dann näherte sie sich den Stufen und lehnte sich an eine Säule. Signar konnte ihr Profil sehen. Der kühle Wind, der die Hitze des Tages abgelöst hatte, wehte durch ihr Haar. Sie ahnte nicht, daß sie beobachtet wurde und verharrte mit gebeugtem Kopf in tiefster Niedergeschlagenheit. Endlich hob sie den Blick zum Himmel empor und ihre Lippen bewegten sich. »O, du grausame Göttin Sati, wenn es dich gibt, so erhöre mein Gebet! Dir allein wage ich zu gestehen, daß ich in tödlicher Angst lebe. Diese Nacht saß ich unter meinem Volke und schaute lächelnd meinem Untergang zu. Ich habe viele meiner Landsleute gehaßt, aber jetzt sehe ich, daß sie mir ritterlich zur Seite stehen, und das hat mein Herz gerührt, denn ich bin ihre Kaiserin.«
Sie stöhnte laut und blickte unverwandt zum Himmel. »Du großer Unbekannter, wer immer du auch sein mögest, erhöre mein Gebet! Es ist meine erste Bitte an dich! Hilf mir, Atlantis zu retten!«
Sie schwieg einige Augenblicke, dann sagte sie mit bitterem Lachen: »Bin ich denn so tief gesunken, daß ich zu einem unbekannten Wesen beten muß, dessen Existenz niemals bewiesen worden ist?«
Sie preßte die Hände zusammen, und ihre Nasenflügel

bebten. »Nein, wie immer liegt meine Stärke in Atlantis allein, und ich bin die Stütze meines Landes. Wir brauchen niemandes Hilfe!«
Signar hatte lächelnd zugehört. Er beugte sich nach vorne, doch Salustra machte eine Bewegung, worauf er sich zurückzog, um nicht gesehen zu werden.
Aus der Dunkelheit tauchte nun die Gestalt eines jungen Mannes auf. Signar erkannte Erato und stieß einen leisen Fluch aus. Der junge Dichter fiel vor der Kaiserin auf die Knie und bedeckte ihre Hände mit Küssen. Sie beugte sich zu ihm und berührte seine Stirn mit ihren Lippen.
»Ach, Salustra, sage mir, daß du mir nicht zürnst!«
Während sie nur leise seufzte, nahm er seinen Mut zusammen und umarmte sie. Signar erstarrte und seine Hand griff instinktiv nach dem Schwert, doch ehe er noch einen Schritt getan hatte, war das Paar im Dunkeln verschwunden.
Signar wartete einen Augenblick, dann eilte er ihnen lautlos nach. Von Baum zu Baum springend, strengte er seine Augen an, um sie zu erspähen. Schließlich sah er Salustra, auf einer Marmorbank sitzend. Vor ihr kniete Erato und beschwor sie: »Fliehe mit mir nach Dimtri. Dort wird dich mein Vetter, der König, in allen Ehren empfangen.«
Salustra strich dem jungen Mann durch das wirre Haar. »Weißt du denn, was geschehen würde, wenn mir dein König Zuflucht gibt? Signar würde sein kleines Land mit einem Faustschlag vernichten!«
Erato senkte das Haupt.
»Sei nicht so niedergeschlagen«, fuhr sie leichthin fort.

»Noch ist nicht alles verloren. Selbst das stärkste Schiff strandet ohne seinen Steuermann.«
Leicht fröstelnd erhob sie sich. Es tagte schon. Durch den Morgennebel zeichneten sich die Türme und Kuppeln der Hauptstadt ab. Lamora erwachte im Morgengrauen.
Die beiden gingen eng umschlungen dem Palast zu, als Salustra sagte: »Wegen Signar brauchst du dir keine Sorgen zu machen. Seine Tage sind gezählt!«
Hinter dichtem Gebüsch verborgen, hatte der Kaiser jedes Wort gehört.

XVII

Die Kaiserin hatte im großen Zeremoniensaal auf ihrem Thron Platz genommen. Sie trug die Staatsrobe, die sie nur bei feierlichen Anlässen anzulegen pflegte. Neben ihr saß Tyrhia, die noch von den Ereignissen der letzten Nacht angegriffen schien, und hinter dem Thron der Kaiserin stand weißhaarig und tiefgebeugt Mahius.
Die Sitzung war noch nicht eröffnet und Salustra unterhielt sich noch leise mit ihrer Schwester und dem Kanzler. Man wartete auf Signar. Endlich erklang ein Fanfarenstoß, die bronzenen Tore des Saales wurden aufgerissen, und der Kaiser von Althrust erschien in Begleitung seines Kanzlers Ganto und seines Oberbefehlshabers Siton. Er trat auf die Kaiserin zu, und ohne das Knie zu beugen, küßte er ihre Hand.
Salustra sah ihn für einige Augenblicke schweigend an, ehe sie sagte: »Wir wollen keine Zeit an sinnlosen und unnötigen Zeremonien verschwenden. Laß uns offen miteinander reden.« Sie nahm eine Pergamentrolle in die Hand und schien sie aufmerksam zu studieren. »Ich habe hier einen Heiratsantrag von dir.«
Signar verbeugte sich stumm, aber in seinen Augen glänzte schalkhafte Freude. Salustra rollte das Schriftstück wieder zusammen und reichte es ihrem Kanzler. Dann lehnte sie sich in ihrem Thron zurück und sagte:

»Es wäre überflüssig zu erklären, wie dankbar ich für diese überraschende Ehre bin.« Lässig fügte sie hinzu: »Ich bin einfach überwältigt.«

Signars Lächeln wurde immer breiter. »Mit anderen Worten, Majestät, du lehnst meinen Antrag ab.«

»Ich bin nicht würdig, deine Kaiserin zu werden. Ich bin auch nicht mehr jung. Dreißig Erdenjahre haben mich gezeichnet; das Leben ist nicht spurlos an mir vorübergegangen. Es gibt schönere und bessere Frauen als mich!«

»Wir haben uns doch versprochen, die Wahrheit zu sagen«, unterbrach sie Signar mit sanfter Stimme. Er trat an den Thron heran, setzte den Fuß auf die erste Stufe, stützte seinen Ellbogen auf das Knie und betrachtete Salustra, die unter seinem durchdringenden Blick errötete.

»Ich sage dir ganz aufrichtig, warum ich ablehne.« Damit ergriff Salustra Tyrhias Hand, und die beiden Frauen erhoben sich. Tyrhias goldblondes, schimmerndes Haar war kunstvoll frisiert und mit Perlenschnüren geschmückt. Es umrahmte ihren blendend weißen Nacken und ihre Schultern; die hellen Wimpern verdeckten zum Teil ihre porzellanblauen Augen; das züchtig hochgeschlossene Gewand ließ die Rundungen ihres jungfräulichen Busens erahnen.

»Ich gebe dir meine Schwester, die Prinzessin Tyrhia, zur Braut!« sagte Salustra. Signar wandte langsam den Kopf und begann Tyrhia mit sachlicher Neugier zu mustern, als ob er eine Sklavin auf einem öffentlichen Marktplatz betrachte. Seine Blicke wanderten von ihrem hübschen, zarten Gesicht zu Hals und Busen; er

kniff die Augen zusammen, um sie möglichst eingehend studieren zu können.
Tyrhia zuckte verwirrt zusammen. Das Muttermal auf der Wange der Kaiserin verfärbte sich dunkelrot, aber sie behielt ihre Fassung.
»Und was wird die Braut als Mitgift mitbringen?« fragte Signar spöttisch.
»Sie bringt dir das Reich Atlantis als Erbgut für ihre Kinder.«
»Als Erbgut?« fragte er zweifelnd.
»Ich werde Atlantis deinem Sohn vererben. Mehr kannst du von mir nicht verlangen.«
Signar preßte die Hände zusammen und sagte lächelnd, indem er sich verneigte: »Herrin, ich habe dich verstanden. Du fürchtest, ich könnte Atlantis meinem Reich einverleiben und deshalb verweigerst du mir deine Hand.«
Salustras Lippen öffneten sich, aber Signars spöttischer Blick verschlug ihr die Rede.
Er betrachtete Tyrhia aufmerksam und fragte: »Was geschieht, wenn ich dein Angebot ablehnen sollte, Majestät?«
Salustra zuckte nur kurz mit den Achseln und schwieg.
Signar schritt langsam die Stufen des Throns empor und ergriff Tyrhias zitternde Hand. Salustra zuckte leicht zusammen, zeigte aber sonst keinerlei Erregung.
»Ich nehme die Prinzessin Tyrhia zur Braut!« sagte er leise.
Die drückende Stille und Niedergeschlagenheit der Anwesenden löste sich jetzt in Freude und Erleichterung auf. Alle lachten und schwatzten durcheinander.

Mahius lehnte an Salustras Thron und sah wie durch einen Nebel, daß Signar Tyrhias blasse Wange küßte, während Salustra höflich lächelte. Er hörte, daß sie einige Worte murmelte, die er nicht verstand; zur gleichen Zeit ergriff Ganto seine Hand und drückte sie kräftig. Signar bot Tyrhia seinen Arm und führte sie, gefolgt von seinem Kanzler und seinem Oberbefehlshaber, aus dem Saal. Nun war Mahius mit Salustra allein.

Die Kaiserin sank in ihren Thron zurück. Sie stützte die Stirn auf ihre Hand und schloß die Augen. Mahius kniete vor ihr nieder und küßte ihre schlaff herabhängende Hand.

»Du hast gewonnen, Majestät«, sagte er.

Sie winkte ab. »Ich traue ihm nicht«, murmelte sie. »Er ist viel zu durchtrieben. Ich versuche die ganze Zeit, seine dunklen Gedankengänge zu verfolgen. Ich werde mich nie sicher vor ihm fühlen; selbst dann nicht, wenn er Tyrhia geheiratet hat.«

»Aber er hat doch die Hand der Prinzessin angenommen«, sagte Mahius. »Hast du das nicht gewollt? Indem er sie zur Frau nimmt, hat er deine Bedingungen akzeptiert. Du hast also doch gewonnen.«

Sie sah ihm fest in die Augen; ihr Gesicht war sehr blaß und ernst.

»Nein«, sagte sie, »ich habe verloren.«

XVIII

Die Feiern aus Anlaß der Verlobung Signars mit Tyrhia erfolgten mit einem Prunk, wie ihn Atlantis nie zuvor erlebt hatte. Der Palast war Tag und Nacht von einer unübersehbaren Menge belagert; die Menschen drängten sich stundenlang, um einen flüchtigen Blick auf das Brautpaar zu werfen. Inmitten der allgemeinen Aufregung, Geschäftigkeit und Fröhlichkeit standen sich im Palast ein Mann und eine Frau gegenüber, lächelten huldvoll, grüßten nach allen Seiten und behielten ihre Gedanken für sich.

Am dritten Tage nach der Verlobung wurde Mahius zur Kaiserin befohlen. Es war ein trüber Tag. Das Meer war stahlgrau und rauschte drohend. Die Gipfel der Berge waren in blutrote Wolken gehüllt, und die Stadt versank in drückendem Nebel, der immer dichter wurde. Mahius traf Salustra allein in ihrem Arbeitszimmer an. Sie winkte ihn schweigend zu sich. Eine riesige Landkarte war auf ihrem Schreibtisch ausgebreitet. Nie hatte sie ihn so sehr an ihren Vater erinnert, als in diesem Augenblick, da sie ganz in die Staatsgeschäfte vertieft schien. Ihre Hand war fest und zitterte nicht; sie wirkte vollkommen beherrscht. Der Kanzler blieb vor ihrem Schreibtisch stehen, und sie wich etwas zur Seite, damit er die Karte besser betrachten könne.

»Mahius«, sagte sie, »kannst du mir sagen, wieviele Einwohner, die aus Althrust kommen, in unserer Hauptstadt leben, einschließlich ihrer Kinder, die in Atlantis geboren sind?«

»Die Bevölkerung von Lamora zählt sieben Millionen«, sagte der Kanzler ernst. »Davon sind eine Million Menschen, die aus Althrust stammen, einschließlich ihrer Nachkommen, die hier zur Welt gekommen sind.«
Sie stieß die Karte von sich. »So, jetzt ernten wir also die Früchte unserer unvernünftigen Einwanderungspolitik. Eins zu sieben! Besteht dieses Verhältnis auch in den anderen Teilen des Landes?«
»Nein. In den westlichen und südlichen Provinzen ist die Bevölkerung noch rein atlantischer Abstammung. Nur an der Ostküste und in den Großstädten besteht dieses gefährliche Verhältnis. Für das gesamte Land würde ich sagen, daß ein Verhältnis von neun zu eins gilt.«
»Also zehn Prozent«, wiederholte sie. Die Kaiserin erhob sich und ging lebhaft im Zimmer auf und ab, während sie vor sich hinmurmelte.
»Werden sie uns die Treue halten, diese Bestien, die wie hungrige Wölfe, ausgemergelt und elend, aus Althrust geflüchtet sind, um den Überfluß unseres Landes zu genießen, das sie nährt, ihnen ein Dach über den Kopf gegeben hat und ihnen zum ersten Mal in ihrem Leben ein menschenwürdiges Dasein ermöglicht?«
»Majestät, was kümmert es euch, ob sie treu ergeben sind oder nicht«, rief Mahius erstaunt. »Nur im Krieg braucht ihr treue Untertanen. Wir leben doch im Frieden! Ist Signar nicht der Bräutigam deiner Schwester?«

Salustra starrte den alten Mann ungläubig an und brach in lautes Gelächter aus. Sie trat auf ihn zu und klopfte ihm leicht auf die Schulter. »Du einfältiger alter Narr! Weißt du denn nicht, daß Signar seine Pläne niemals aufgeben wird? Aber das Glück ist auf der Seite der Listenreichen. Ich habe meine Pläne!«
Sie beugte sich über den Tisch und ließ ihre langen, schmalen Finger über die Karte gleiten. Sie zeichnete die nördlichen Grenzen von Atlantis nach. »Schicke sofort chiffrierte Befehle an unsere nördlichen Grenzwachen«, sagte sie mit gedämpfter Stimme. »Laß unsere Truppen in Kampfbereitschaft versetzen, aber ohne jegliches Aufsehen. Rufe unsere Flotte aus den ausländischen Häfen zurück. Sie soll vor unseren Küsten kreuzen.«
Mahius zuckte nur mit den Achseln. »Du vergißt, daß die normalen Verbindungen unterbrochen sind und die Schiffahrt zum Stillstand gebracht worden ist.« Er blickte auf die Karte, auf der die Verteilung der Truppen von Atlantis eingezeichnet war. »Wir können aber Kuriere aussenden, zumindest zu den näherliegenden Grenzposten.«
»Aber auch unter diesen Streitkräften«, sagte sie, »gibt es viele Soldaten ausländischer Abstammung und ihre Loyalität ist fraglich.«
Der Kanzler zuckte erneut mit den Achseln. »Wir haben keine andere Wahl, Majestät!«
Einer plötzlichen Eingebung folgend, sagte die Kaiserin: »Wir können Spitzel ausschicken, die das Land bereisen und die Stimmung des Volkes erforschen. Sie können die Unzufriedenen belauschen, Verschwörun-

gen aufdecken und herausfinden, ob die in Atlantis geborenen Nachkommen der Althruster wirklich treu ergeben sind.«

Tief besorgt blickte Mahius auf, sagte aber nichts.

»Und laß uns die Wachen vor dem Palast verstärken«, fuhr Salustra fort. Sie stand aufrecht, mit steinernem Gesicht, und ihr Blick verriet finstere Entschlossenheit. Mahius legte ihr die Hand auf die Schulter. »Und was ist mit dem Senat? Du weißt doch, daß du ohne seine Zustimmung nichts unternehmen kannst.«

»In dieser Sache entscheide ich allein, ohne Senat. So trifft die Verantwortung nur mich, und ich werde selbst dafür büßen, wenn die Sache schief gehen sollte. Indessen wollen wir unseren lieben Bruder so behandeln, daß er sich in Sicherheit wiegt und dann, wenn er völlig waffenlos dasteht...«

»Du würdest doch nicht einen Gast ermorden lassen?« fragte Mahius voll Entsetzen.

Salustra legte beschwichtigend ihren Finger auf seine Lippen. »Still, du alter Narr! Wer weiß denn, von wievielen Feinden wir umgeben sind?«

Bevor der Tag zu Ende ging, setzte die Kaiserin ihre Pläne in die Tat um. Truppen marschierten zur nördlichen Grenze, Schiffe wurden heimgeholt, verschlüsselte Botschaften abgesandt. Alle Personen, die den Palast betraten, wurden durchsucht und die Ehrenwache für Signar verdoppelt, angeblich um den Kaiser besser zu beschützen.

XIX

Es wurde Abend. Durch einen Spalt in den Wolken blinkte ein Stern herab.

In düsterer Stimmung betrat Salustra einen kleinen Innenhof des kaiserlichen Palastes, der einen herrlichen Blick auf das Meer bot. Tyrhia, Signar und Brittulia hatten sich dort versammelt. Die Prinzessin stand vor einem Vogelkäfig und ihr helles Lachen durchbrach die Stille. Die Luft war warm und duftend. Tyrhia versuchte einen Finger durch die Stangen des Käfigs zu schieben und unterhielt sich köstlich über das erschrockene Geflatter des kleinen Vogels, der vor ihr zu flüchten versuchte. Brittulia saß abseits in einer Ecke und war damit beschäftigt, Tyrhias zerrissene Perlenkette zu knüpfen.

Salustra näherte sich ihrer Schwester und zog die Stirn in Falten. »Du schreckst die arme Kreatur zu Tode, Tyrhia«, sagte sie streng. »Hast du nichts besseres zu tun, als arme, gefangene Geschöpfe zu quälen?«

Tyrhias Augen blitzten zornig auf, und ihre Lippen verzogen sich schmollend. Brittulia hob nur leicht den Kopf und widmete sich ihrer Arbeit.

»Es ist sehr leicht, die Schwachen einzusperren und die Hilflosen zu quälen«, sagte die Kaiserin kalt. Sie sah zu Signar hinüber, der sie aufmerksam betrachtete und lächelte. Ein kalter Schauer lief ihr über den Rücken; seine Kraft, sein Blick und seine Gelassenheit verwirrten sie. Er beobachtete sie scharf. In diesem Augenblick, während sie den Duft der Blumen einsogen und das Zwitschern der gefangenen Vögel hörten, sahen sie sich tief in die Augen und erkannten einander zum ersten Male in ihrer wahren Gestalt.

Zu ihrer eigenen Überraschung begann Salustra vor Erregung zu zittern. Instinktiv legte sie die Hand an den Hals und berührte die kostbare Kette, die sie von ihrem Vater geerbt hatte.

Signar bemerkte den glänzenden Schmuck. »Ein prachtvoller Stein», sagte er leise.

»Ich habe ihn von meinem Vater«, antwortete sie zerstreut.

»Mein Vater sprach oft von ihm«, sagte er wiederum leise. »Der große Kaiser Lazar lebt weiter in seiner Tochter.«

»Er hat Atlantis sehr geliebt«, antwortete sie.

»Und ich liebe Althrust ebenso«, sagte er, und seine Stimme wurde schroff.

Salustra blickte auf das Meer. Hinter seinen Wellen, weit weg, dachte sie, liegen jetzt die Hoffnungen von Atlantis. Die neuausgerüsteten Schiffe nähern sich der Küste und Legionen von Soldaten marschieren nach Norden. Sie werden bald an der Grenze sein. Sie rückte etwas von Tyrhia und Brittulia ab, um ungestört mit Signar sprechen zu können. »Was denkst du über mein zerrissenes Reich?« fragte sie ihn.

»Es gibt auch heute kein größeres«, gab er zur Antwort.

Sie berührte leicht seinen nackten Arm. »Du findest nicht, daß Althrust größer und mächtiger ist?«
»Ich bin kein Narr, Kaiserin.«
»Wird es nicht ein prächtiges Erbe für deinen Sohn?«
»Du bist viel zu großzügig, Herrin«, sagte er spöttisch.
»Aber was wird aus deinem Sohn? Willst du ihm nichts hinterlassen?«
»Ich werde keinen Sohn haben, denn ich werde niemals heiraten«, sagte sie scharf.
Er lächelte neuerlich mit jener Überlegenheit, die sie so an ihm haßte. »Du willst also dein Leben ohne Liebe verbringen?«
»Sind denn Heirat und Liebe nicht voneinander zu trennen?« fragte sie gelassen. »Außerdem habe ich nie geliebt.«
»Nie geliebt?« fragte er ungläubig.
»Du verwechselst wohl Leidenschaft mit Liebe«, sagte sie mit leisem Lächeln.
»Ist das nicht ein und dasselbe? Nur die Dummköpfe und die Poeten, was manchmal auch ein und dasselbe ist, glauben an die Liebe. Sie flüchten vor der Wirklichkeit und versuchen Sinnlichkeit als Liebe zu tarnen.«
Während dieses Gespräches gingen sie im Hof auf und ab und blieben vor einem Käfig stehen, in dem ein großer schwarzer Vogel mit leuchtend rotem Kamm saß. Signar steckte einen Finger durch die Gitterstäbe und pfiff leise, um den Vogel aufzuscheuchen. Das Tier sah ihn mit wildem, starrem Blick an, stürzte sich plötzlich auf den Finger und biß tief in das Fleisch.
Der Kaiser schrie vor Ärger und Schmerz auf und zog die Hand zurück. Blut quoll hervor und einige Tropfen

fielen auf Salustras weißes Gewand. Sie schreckte unwillkürlich zurück; Signar bemerkte ihre Bewegung und sagte spöttisch: »Nimm dich in acht, Salustra! Mein Blut kommt über dich, das ist ein böses Omen.«
Sie erschauerte gegen ihren Willen.

Tyrhia und Brittulia waren herbeigeeilt. Die Prinzessin schrie laut auf und schloß die Augen, Brittulia dagegen trocknete das Blut mit ihrem Taschentuch und besah die Wunde gelassen. »Es ist nicht schlimm«, sagte sie dann. »Es wird bald heilen.«

Der Vogel im Käfig flatterte aufgeregt. Signar drohte ihm lachend mit dem Finger und sagte zu Salustra: »Siehst du, wie sich ein gefangenes Geschöpf verteidigt, wenn es angegriffen wird!«

»Was sollte es auch tun«, murmelte sie und fügte, zu Signar und Tyrhia gewandt, hinzu: »Ich nehme an, ihr wollt euch noch ungestört über eure Hochzeitsfeierlichkeiten unterhalten.«

»So ist es, Majestät«, antwortete Signar mit tiefer Verbeugung.

Mit einem kurzen Kopfnicken verabschiedete sich Salustra und kehrte in ihr Gemach zurück. Dort legte sie den Umhang ab und warf ihn auf ein Sofa. Als ihr Blick auf die eingetrockneten Blutstropfen fiel, verdüsterte sich ihre Miene. »Ein böses Omen«, sagte sie zu sich selbst. »Wenn er nur wüßte, wie recht er hat!«

XX

In den Gemächern des Palastes, die ihm seine Gastgeberin eingeräumt hatte, hielt Signar Rat mit dem Oberbefehlshaber Siton, dem Kanzler Ganto und einigen Vertrauten. Ganto hatte gerade seine Ausführungen beendet, und der Kaiser saß schweigend, das Kinn in die Hand gestützt.

»Ich hatte sie schon längst im Verdacht, daß sie ein Komplott schmiedet«, sagte er nachdenklich. »Aber ich hätte nicht gedacht, daß sie es so unverfroren macht. Das ist ihre weibliche Schwäche. Sie ist zwar mutig, aber äußerst naiv. Wir haben ihr Land mit Verrätern durchsetzt, und es ist ihr bis jetzt nichts davon zu Ohren gekommen. Mit unseren unterlegenen Streitkräften sind wir aber derzeit nicht in der Lage zu handeln. Wir müssen warten, bis der Augenblick günstig ist, um loszuschlagen. Bis dahin wird es notwendig sein, jeden ihrer Schritte zu überwachen.«

Er wandte sich an Siton: »Hat sie nicht einen Vertrauten, einen politischen Berater, den man bestechen könnte?«

»Vielleicht Mahius«, sagte der General zögernd.

»Dieser Narr ist für Bestechung zu alt«, sagte Signar wegwerfend.

Der Kanzler Ganto meldete sich zu Wort. »Herr, mit

dem Senator Divona haben wir schon nützliche Geschäfte gemacht. Das erste Mal sind wir an ihn herangetreten, als wir erfuhren, daß sie ihm sein Vermögen konfiszierte, das er auf unredliche Weise erworben hatte.«

Signar lächelte befriedigt. »Nachdem wir also seinen Charakter zur Genüge kennen, müssen wir uns nur noch nach seinem Preis erkundigen.«

Er stand auf und begann im Zimmer auf und ab zu gehen. »Wir müssen dafür sorgen, daß ihre Einheiten zu den Legionen überlaufen, die in der Mehrheit aus gebürtigen Althrustern bestehen.» Sein Gesicht verfinsterte sich, als er fortfuhr: »Wir müssen die Kaiserin sorgfältig überwachen, damit sie sich nicht das Leben nimmt, wenn sie merkt, daß sie gescheitert ist!« Er lachte, aber sein Lachen klang bitter, als er schloß: »Ich bin eigentlich etwas gekränkt, daß sie meine Intelligenz so unterschätzt hat. Aber ich habe noch viel mit ihr vor.«

Siton näherte sich dem Kaiser und sagte mit wildem Blick: »Herr, worauf wartest du noch? Warum zögerst du so lange? Du weißt doch, daß der schon halb gewonnen hat, der als erster zuschlägt. Erkläre dich offen als Eroberer von Atlantis und töte diese Frau. Solange sie lebt, ist sie der Mittelpunkt, um den sich das Volk von Atlantis schart.«

Signar zog die Stirn in Falten und blickte auf das graue Meer hinaus. »Sie ermorden?« sagte er nachdenklich. »Nein, ich will lieber abwarten. Wenn ich Atlantis in der Hand habe, werde ich schon mit ihr fertig. Wir müssen jetzt abwarten, wie ihre Legionen zu unserem

Angebot stehen werden, mehr Lohn, weniger Arbeit und früheren Ruhestand zu erhalten, und wir werden sehen, ob es unserer Flotte gelingen wird, ihre Seestreitkräfte einzukreisen. In einigen Tagen wissen wir alles.«

»Herr«, sagte Siton mit grimmiger Entschlossenheit und voll Schadenfreude, »überlasse mir dieses Weib. Ich verzichte auf jede andere Belohnung, wenn ich sie besitzen könnte. Versprich mir, daß du mir Salustra als Beute überläßt.«

Ganto mengte sich mit finsterer Miene ein. »Herr, habe ich dir nicht treu gedient wie zuvor deinem Vater? Ich bitte dich, überlasse sie mir. Dieser Siton ist ein Wilder. Er wird sie in der ersten Nacht zu Tode würgen.«

Signar machte dem Streit ein jähes Ende. »Denkt daran, daß die Frau königlichen Geblüts ist.« Dann legte er die Hand auf Sitons Schulter und schüttelte sie leicht. »Sei nicht betrübt, ich überlasse dir die kleine Tyrhia. Sie ist sanft und zart, sie soll dir gehören!«

XXI

In Atlantis Verräter zu finden, war nicht schwer. Divona zum Beispiel war eine leichte Beute. Er war durchtrieben, aber klug und von angenehmem Äußeren, obwohl sich sein lasterhafter Lebenswandel in seinen Zügen widerspiegelte. Er gefiel sich in der Rolle eines eleganten und erfahrenen Lebemannes. Weil Salustra sein Vermögen beschlagnahmt hatte, haßte er sie. Toliti, der sittenstrenge Senator, verabscheute dagegen die Kaiserin wegen ihrer lockeren Sitten. Er selbst war kränklich und fand keinen Geschmack an Festmählern und Orgien. Deshalb hielt er es für die höchste Pflicht eines tugendhaften Mannes, Salustra zu verachten. Es gab aber auch andere Verräter am Hof, wie etwa die alte Jungfrau und sittenstrenge Priesterin Jupia, die auf die schöne junge Kaiserin voll Neid blickte, weil sie all das genießen konnte, was sich Jupia versagte.

Da war auch Gatus, der von Rachegefühlen gegen Salustra erfüllt war, seitdem sich sein Schwager, der junge Lustri, aus unglücklicher Liebe zur Kaiserin das Leben genommen hatte. Senator Sicilo, der selbstgefällige Dogmatiker, hatte Salustra nie verzeihen können, daß sie ihn vor aller Welt lächerlich gemacht hatte. Und da waren noch die Senatoren Zutlian, Ludian, Consilini und viele andere, die einfach aus Habgier, Feigheit und

Ehrgeiz bereit waren, das sinkende Schiff zu verlassen, ohne sich um den Steuermann zu kümmern, der sie bisher durch alle Stürme geleitet hatte.
Nach vierundzwanzig Stunden des Bangens hatte Salustra noch immer keine Nachricht von ihrer Flotte und ihren Legionen. Die Befehle, die hinausgingen, wurden entweder überhaupt nicht oder bestenfalls ausweichend beantwortet.
»Was ist geschehen, Mahius?« fragte sie den Kanzler. Der alte Mann versuchte sie und sich selbst zu beruhigen. »Ihr dürft nicht vergessen, Majestät, daß wir nicht offen handeln dürfen, und so sind alle Antworten entsprechend verschleiert.«
Trotzdem war sie von der Vorahnung erfüllt, daß Verrat im Spiel sein müßte. Von Unruhe und dem Wunsche getrieben, nicht untätig herumzusitzen, ließ sie Creto, den Hauptmann der Garde, kommen und befahl ihm: »Du hast die Palastwachen verdoppelt, Creto, verdreifache sie!«
Er verneigte sich tief, und ihr Gesichtsausdruck wurde milder.
»Du liebst mich doch, Creto, nicht wahr?«
»Ihr wißt es, Herrin«, antwortete er.
»Außer der Ehrengarde befehligst du noch eine Truppe von fünfhundert Männern. Sind sie mir treu ergeben?«
»Majestät, sie sind bereit, für euch zu sterben!«
Sie blickte Mahius an und sagte dann: »Zu dir habe ich Vertrauen, Creto!«
Mit gedämpfter Stimme erklärte sie dem Hauptmann sodann, wie Signar und seine Männer überwältigt werden sollten. »Niemand am Hof, außer Mahius und dir

ist eingeweiht«, fügte sie hinzu.
Creto warf einen besorgten Blick auf Mahius und sagte: »Was ist mit dem Senat? Er hat das Vorrecht, sich deinen Befehlen zu widersetzen, Majestät. Was soll geschehen, wenn er von diesem Recht Gebrauch macht?«
»Ich hatte keine Zeit, den Senat zu befragen«, antwortete Salustra. »Wenn alles vorbei ist, werde ich die Senatoren informieren. Sie hätten nur geschwatzt, die Sache vertagt und inzwischen wäre Signar gewarnt worden.«
Der Hauptmann war niedergeschlagen. »Du weißt, daß es in Atlantis kaum Geheimnisse gibt. Und wenn die Senatoren erfahren, was du vorhast, was durchaus schon geschehen sein kann, werden sie deine Befehle zunichte machen. Woher weißt du überhaupt, daß sie es nicht schon längst getan haben?«
Mahius nickte zustimmend. »Das fürchte ich auch.«
Salustra blickte Creto zornig an. »Und wenn ich es dir befehle, wirst du diese Feiglinge und Verräter hinrichten?«
Er verneigte sich gehorsam.
»Und wenn du mich selbst verraten solltest, Creto, so wird mein letzter Befehl an dich sein, dir selbst das Messer in die Brust zu stoßen.«
»Es gibt nichts, was ich nicht für dich tun würde, Herrin!« antwortete er leidenschaftlich.
Tatsächlich gab es in Atlantis keine Geheimnisse. Zuerst hatten der Senat und dann die Barbaren von Salustras Plänen erfahren.
Ganto war es, der Signar über den Konflikt zwischen der Kaiserin und dem Senat informierte.

»Der Senat«, berichtete der Kanzler, »ist empört. Sogar jene Senatoren, die früher auf Salustras Seite standen, verurteilten ihren Verstoß gegen die Verfassung. Sie haben nicht nur gegen ihre Befehle gestimmt, sondern auch eine geheime Sitzung einberufen, bei der einstimmig das Todesurteil gegen sie beschlossen wurde.«
»Diese Hyänen«, rief Signar voll Verachtung. »Was kümmert sie die Verfassung! Sie haben anderes im Sinn. Die Löwin liegt verwundet, und sie stürzen sich auf sie, um sie zu zerfleischen. Diese Leute widern mich an! Es wäre gut, sie alle zu vernichten, wenn die Stunde kommt!«
Signars Berater sahen einander verblüfft an. »Dieses Weib hat ihn verhext«, flüsterte Ganto dem Oberbefehlshaber Siton ins Ohr.
»Also sie haben ihren Tod beschlossen«, sagte Signar laut zu sich selbst, während er auf und ab ging. »Tun sie das, um meine Gunst zu gewinnen?«
»Zum Teil, mein Gebieter«, antwortete Siton. »Aber vergiß nicht, daß hier eine konstitutionelle Monarchie herrscht. Salustras Befehle gelten als verfassungswidrig und werden vom Senat als Verrat angesehen. Ein Wort von dir genügt, und die Kaiserin kann hingerichtet werden!«
Signar runzelte die Stirn. »Lassen wir sie nur von den Senatoren verurteilen, wenn sie es so wollen. Ihr Blut soll nicht über mich kommen.« Plötzlich erhellte sich sein Gesicht. »Und was ist mit den Legionen? Du hast gesagt, Ganto, daß sie die Grenze verlassen haben und ihre Schiffe sich mit meiner Flotte vereinigen?«
»Ja, so berichtete Divona. Inzwischen ist ihre Armee

von unseren Spitzeln zersetzt, und wir erwarten von Stunde zu Stunde, daß sich die Legionen erheben.«
»Die Löwin liegt in der Falle«, sagte Signar. »Ihr Untergang ist vorbestimmt, weil sie das lebende Gewissen ihres verräterischen Volkes ist. Ihre Leute hassen sie, weil sie ihre verderbten Seelen zur Tapferkeit zwingen will.«
Er leerte einen Becher Wein, und vorübergehend besserte sich seine Laune, doch bald verfiel er wieder in düsteres Grübeln.
Die Botschafter Zoni und Tellan wurden gemeldet. Sie berichteten über die Erfolge ihres Komplotts. »Atlantis ist unser, Gebieter!« rief Tellan. »Du kannst losschlagen, sobald du willst.«
Signar bemühte sich, seine Verachtung für die Verräter von Atlantis zu verbergen. »Was ist mit diesem Creto, von dem ich gehört habe, er sei der Liebhaber der Kaiserin gewesen?«
»Er war tatsächlich ihr Geliebter. Und es stimmt, daß er ihr treu ergeben ist, aber wir haben die Garde bestochen. Sie wird sich gegen ihn auflehnen.«
Zoni zog eine Pergamentrolle hervor. »Alle an ihrem Hof sind schon auf unserer Seite, mit Ausnahme des greisen Kanzlers, dieses Creto und dieses unbedeutenden Dichters Erato.«
Signar stieß einen Fluch aus. »Er muß sterben. Mahius ist ein harmloser alter Mann. Wir können ihn verschonen. Ich möchte so wenig Blut vergießen wie möglich. Ich brauche den guten Willen des Volkes, wenn ich Atlantis regieren will.«
»Und was geschieht mit der Kaiserin?« fragte Tellan.

»Willst du sie dem Senat überlassen?«
In diesem Augenblick trat ein Soldat der Wache ein. »Die Kaiserin!« meldete er feierlich.
Schön wie eine Göttin stand sie vor dem purpurroten Vorhang. Ihre lächelnden Augen wandten sich den Anwesenden zu, die ihre Überraschung kaum zu verbergen wußten. »Komme ich ungelegen?« fragte sie mit sanfter Stimme.
»Der Glanz deiner Schönheit erfreut uns viel zu selten. Um so willkommener ist er uns!« sagte der Kaiser verbindlich.
Sie warf einen vielsagenden Blick auf seine Berater, und er entließ sie mit einem Wink. Lange blickten sie einander schweigend in die Augen. Dann näherte sie sich ihm und berührte leicht seinen Arm. »Die Staatsgeschäfte lassen uns Tag und Nacht nicht ruhen. Ich wünschte manchmal, ich wäre ein einfaches Sklavenmädchen!«
»Du bist eine große Kaiserin«, sagte er und war unwillkürlich bewegt.
»Größe«, murmelte sie, »was ist das schon? Der flüchtige Gruß auf den Lippen einer sterbenden Nation. Ruhm ist ebenso vergänglich wie der Nebel. Er kommt über Nacht und verflüchtigt sich ebenso rasch!«
Er wußte, daß sie nicht gekommen war, um mit ihm zu philosophieren, aber er konnte es sich ruhig leisten, hier zu sitzen und mit ihr zu plaudern. »Worin besteht deiner Meinung nach der wahre Ruhm?« fragte er ernst.
Sie spielte gedankenvoll mit ihrer Kette. »Krieg und Eroberung, was ist das schon? Die Krieger und Eroberer besiegeln ihre Namen mit Blut, und der rote Fluß

des Vergessens löscht sie wieder für immer aus. Ein Dichter aber oder ein Bildhauer schaffen Werke, die sie für alle Zeiten unsterblich machen, auch wenn sich das Schicksal der Menschheit wendet.«

»Du hast sicher recht«, antwortete Signar, »aber der Tod verschlingt uns alle und dann werden wir in eine andere Form gegossen wie Metall. Heute bin ich ich. Aber was wird morgen aus mir? Wird es mich kümmern, ob ich jemals ein bedeutender Dichter, ein König, ein Bauer oder ein Sklave war? Wäre ich ein großer Bildhauer oder Dichter gewesen und ich käme noch einmal auf die Welt, würde ich meine vergangenen Werke wiedererkennen? Du siehst, daß auch bleibender Ruhm keinen Wert hat.«

Salustra hätte nie zuvor gedacht, daß sich dieser Mensch, den sie für oberflächlich gehalten hatte, ernsthafte Gedanken über die Wiedergeburt machen würde. Er war also kein Barbar, wie sie ursprünglich geglaubt hatte. Sie war erstaunt, wie gerne sie sich mit ihm unterhielt, obwohl sie ihm sein Benehmen am Abend des Gastmahles noch nicht verziehen hatte. Sie schrieb es seiner Trunkenheit zu.

»Mit ihrem Genie bauen die Künstler ein Gebäude der Phantasie auf, an dessen Schönheit wir uns erfreuen und dabei die Sorgen des grauen Alltags und die Häßlichkeit vergessen. Darin besteht der Ruhm, der Dichter, Musiker und Maler unsterblich macht.«

Nach einer kleinen Pause fuhr sie fort: »Ich tat dir unrecht. Ich habe dich für einen Barbaren ohne Geist und Bildung gehalten. Aber jetzt sehe ich, daß du ein weiser Mann bist, oder das, was ich für einen weisen Mann halte, weil deine Ansichten mit den meinen übereinstimmen.«

Ihr Lachen klang jetzt froh und unbeschwert.

Signar beugte sich über ihre Hand und küßte sie. »Deine gute Meinung ist mir mehr wert als das schönste Gesicht der Welt!«

Salustras blasse Wangen erröteten. »Ich kam, um dich zu fragen, ob du mich auf einen Rundgang durch die Stadt begleiten willst. Es gibt viele Sehenswürdigkeiten in Lamora, die in deinem Land vielleicht noch nicht bekannt sind: Der Tempel der Sati, die Sonnenenergiewerke, der Tempel der Schönheit, der Palast aller Wissenschaften ...«

»Mit dem Tempel der Schönheit meinst du wohl eure Verjüngungskammer. Warum schickst du nicht einmal den alten Mahius hin?«

»Er sagt, er hat es einmal erlebt und möchte nie wieder dorthin zurückkehren«, sagte sie lachend.

Während Signar ihre Hand drückte, durchfuhr es beide wie ein Blitz. Ihre Augen trafen sich, und Salustras Herz begann heftig zu schlagen. Er neigte sich abermals zu ihr, und ihre Lippen vereinigten sich zu einem langen, leidenschaftlichen Kuß. Salustra erbebte voll Schrecken und Lust. Er muß sterben, dachte sie bei sich.

Sie muß sterben, dachte Signar.

XXII

Tyrhia war gerade aus dem Bad gestiegen, und ihre Haut färbte sich rosig unter den geübten Händen der Sklavinnen, die sie massierten. Neben ihr stand Brittulia und hielt Gewänder im Arm, die sie ihrer Herrin vorzeigte. Tyrhia war so sehr mit der Wahl ihrer Kleidung beschäftigt, daß sie die eintretende Kaiserin kaum beachtete.

»Du Schlafmütze«, sagte Salustra scherzend, »die Sonne steht schon im Zenit und du machst erst die Augen auf.«

Tyrhia zuckte nur gleichgültig mit den Achseln. Sie schrie ungeduldig auf, als eine Sklavin beim Frisieren zu unsanft mit einer ihrer Locken umging und schlug dem Mädchen heftig ins Gesicht.

Salustra runzelte die Stirn und warf einen Blick auf Brittulia, die nur die Brauen hob und schwieg.

Die Kaiserin ging auf die Jungfrau zu, legte ihr freundlich die Hand auf die Schulter und fragte: »Wie gefällt es dir hier im Palast, Brittulia?«

»Es ist nicht anders, als ich es erwartet habe, Majestät!«

Salustra betrachtete sie nachdenklich. »Möchtest du, daß ich dich entlasse?«

Das Gesicht der Kaiserin war blaß und abgespannt; sie sah völlig erschöpft aus. Sittenstrenge Jungfrauen sind

selten mitfühlend, doch Brittulia war ausnahmsweise tief bewegt. Sie ergriff die Hand der Kaiserin und küßte sie. »Ich stehe dir zu Diensten, Majestät!« sagte sie und war von ihrer eigenen Antwort überrascht.
»Es würde mich freuen, wenn du bliebest, aber ich will dich zu nichts zwingen«, sagte Salustra. Dann wandte sie sich an ihre Schwester.
»Tyrhia, ich will heute deinem Verlobten die Sehenswürdigkeiten der Stadt zeigen. Es ist mein Wunsch, daß du uns begleitest.«
Während sich Tyrhia in trotziges Schweigen hüllte, erinnerte sich Salustra plötzlich der Mutter des Mädchens, der hübschen, leichtsinnigen und untreuen Lahia, Lazars zweiter Frau. Es schien ihr, als würde sie leibhaftig vor ihr stehen. Noch nie war ihr die Ähnlichkeit zwischen Mutter und Tochter so stark aufgefallen wie in diesem Augenblick.
»Ich bleibe zu Hause«, sagte das Mädchen schmollend.
Salustra lächelte spöttisch. »Gefällt dir Signar nicht, meine Kleine?«
»Ich fürchte mich vor ihm! » rief Tyrhia.« Er hat so kalte Augen, sieht mich immer verächtlich an und behandelt mich nicht besser als eine Sklavin. Er ist ein Untier!«
»Um so besser, dann bist du eben mit einem Untier verlobt«, sagte Salustra ungerührt.
Sie kam zu dem Schluß, daß Tyrhias Anwesenheit sie bei ihrem Rundgang mit Signar nur stören würde und sagte: »Also gut, wenn es dir keine Freude macht, mit uns zu kommen, dann kannst du hierbleiben!«
Sobald Salustra gegangen war, brach Tyrhia in zornige

Tränen aus. Brittulia versuchte, sie zu trösten, doch sie stieß die Jungfrau von sich und widmete sich erneut ihrer Toilette. Als sie endlich fertig war, begab sie sich, von Brittulia und zwei Sklavinnen begleitet, in die kaiserlichen Gärten. Sie ging absichtlich einige Schritte voraus, um ihrer Begleiterin zu entgehen, deren Anwesenheit sie in letzter Zeit immer lästiger empfand.
Plötzlich blieb sie stehen und stieß einen unterdrückten Schrei der freudigen Überraschung aus. Sie hatte in der Ferne Erato erblickt, der auf einer Marmorbank neben einem Springbrunnen saß.Er beobachtete mit starrem Blick den steigenden Wasserstrahl, lauschte seinem Plätschern und schien äußerst niedergeschlagen. Tyrhias Brust hob und senkte sich erregt, und ihr Herz klopfte heftig. Sie wandte sich an ihre Hofdame und befahl ihr schroff: »Entferne dich mit den Sklavinnen, Brittulia!«
Brittulia zögerte. »Ich würde lieber bei dir bleiben, Prinzessin. Deine Schwester würde sicher nicht wünschen, daß ich dich allein lasse.«
»Du wagst es, mir zu widersprechen?« Tyrhia stampfte zornig mit dem Fuß auf.
Die Hofdame hob beschwichtigend die Hand, rief die Sklavinnen zu sich und kehrte widerwillig in den Palast zurück.
Tyrhia wartete, bis sie sich entfernt hatten. Dann näherte sie sich behutsam dem Dichter, der aufsprang und sich verbeugte.
Tyrhia lächelte zärtlich, trat an ihn heran und legte ihm die Hand auf die Schulter. »Du siehst heute so niedergeschlagen aus, Erato«, sagte sie sanft.

»Ich bin es nicht mehr, Prinzessin«, antwortete er. Tyrhia setzte sich auf die Bank und lud ihn ein, neben ihr Platz zu nehmen. Sie bemerkte, wie blaß sein Gesicht und wie umschattet seine Augen waren. Er sah aus, als ob er nächtelang nicht geschlafen hätte. »Bist du verliebt, Erato?« fragte sie ahnungslos.

Er lächelte nachsichtig, als habe er es mit einem Kind zu tun.

»Wer weiß, Prinzessin?« sagte er und betrachtete sie aufmerksam, weil er bemüht war, in ihrem Gesicht eine Ähnlichkeit mit Salustra zu entdecken. Etwas in ihrer Kopfhaltung und in der Linie ihres Nackens erinnerte ihn entfernt an seine Geliebte. Er war so verzweifelt, daß er sich in seiner unglücklichen Liebe an jeden Hoffnungsschimmer klammerte, und seine Züge erhellten sich plötzlich.

»Ich bin auch verliebt«, flüsterte sie.

»Dein Bräutigam ist ein mächtiger Fürst«, sagte er, aber Tyrhia rief zornig aus: »Ich verabscheue ihn. Er sieht wie ein gieriger Wolf aus, mit seinen kalten Augen und seinen gefletschten Zähnen. Ich würde lieber einen Sklaven zum Mann nehmen als ihn. Mich schaudert, wenn er mich anfaßt.«

Da er selbst verliebt war, hatte Erato Mitleid mit dem reizenden Mädchen. Er nahm ihre Hand und küßte sie zärtlich. Von ihrer eigenen Leidenschaft verblendet, war Tyrhia jetzt überzeugt, daß Erato ihre Gefühle erwiderte. »Warum kann ihn nicht Salustra heiraten? Ich sehe doch, wie er sie jedesmal mit den Augen verschlingt; sie ist es, die er haben will.«

Eratos Gesicht verfinsterte sich wieder und er schlug

den Blick zu Boden, aber Tyrhia merkte davon nichts. Sie lehnte vielmehr ihren Kopf an seine Schulter und fragte flüsternd: »Erato, liebst du mich?« Sie war so liebesbedürftig und anziehend, daß der junge Dichter unwillkürlich seinen Arm um sie legte und sie wie ein Kind liebkoste. »Ich liebe dich«, rief sie und bot ihm ihre weichen Lippen an.

Erato ließ sie plötzlich los und errötete. »Was sagst du da, Mädchen?« fragte er mit zitternder Stimme.

Tyrhias Augen weiteten sich. »Ich sagte, daß ich dich liebe, Erato. Ist das so überraschend für dich? Hast du es noch nicht gewußt?«

Erato starrte sie verständnislos an, dann lächelte er und sagte mit sanfter Stimme: »Du süßes, kleines Mädchen, du weißt ja noch gar nicht, was Liebe ist!«

Ihre Augen blitzten zornig auf, und sie sagte in schneidendem Ton, der an Salustras Stimme erinnerte: »Du Narr, ich weiß nicht, warum; ich weiß nur, daß ich dich liebe!«

Erato war leicht zu rühren. Er legte den Arm um sie, zog sie an sich, und sie legte ihre Arme um seinen Hals. Ihre Umarmung und das Leuchten ihrer Augen erfreuten ihn. »Wie kann ich denn anders, als dich lieben, Tyrhia«, sagte er und berührte ihre goldblonden Haare mit den Lippen, so wie man eine kleine Schwester küßt. »Du bist so süß und rein wie der Glanz der Sonne.«

Sie klammerte sich leidenschaftlich an ihn und schluchzte ein wenig vor Freude. Zärtlich küßte er ihre Tränen weg und war voll Mitgefühl; zur gleichen Zeit erheiterte ihn diese plötzliche Zuneigung, die er für eine flüchtige Laune hielt und nicht ernst nahm.

»Salustra ist schuld an allem. Sie hat das alles ausgeheckt«, rief Tyrhia zornig. »Ich soll diesen Barbaren heiraten. Aber du wirst mich doch retten, Erato?«
»Wie soll ich dich denn retten, du liebes Kind? Soll ich dich etwa nach Dimtri entführen? Die Löwen von Atlantis würden mein kleines Land wie einen Happen verschlingen. Aber kannst du die Kaiserin nicht überreden, dir diese Heirat zu ersparen?«
Tyrhias kleines, zartes Gesicht verhärtete sich und in diesem Augenblick entdeckte er die Ähnlichkeit mit ihrer Schwester, die er so liebte. »Ach, sie ist eiskalt und grausam«, sagte das Mädchen voll Bitterkeit. »Sie würde mich nur verspotten.« Abermals wandte sie sich flehend an Erato. »Gibt es denn keinen Platz auf der Welt, wohin wir flüchten könnten?«
Voll Mitgefühl schüttelte Erato das Haupt. »Ich fürchte, nein, süße Tyrhia. Signar und Salustra würden uns überall hin folgen. Die einzige Hoffnung wäre, die Kaiserin um Aufschub zu bitten.«
»Sie wird mich nie freigeben. Aber horch, jetzt kommt diese vertrocknete Jungfer von einer Brittulia!« Sie blickte ihrer Hofdame trotzig entgegen.
Erato erhob sich, als er merkte, daß ihn Brittulia mißbilligend betrachtete. Tyrhia drückte fest seine Hand und flüsterte ihm etwas ins Ohr. Was für ein einfältiges Kind, dachte er.

XXIII

»Laster ist meist nichts weiter als ein Übermaß an Tugend«, sagte Salustra zu Signar, als sie den Tempel der Göttin Sati betraten. »Die Menschen sind maßlos in ihrer Sucht tugendhaft zu sein, und übertriebene Tugend schlägt meist in das Gegenteil um. Hier, Signar, siehst du den Tempel der Rechtschaffenheit oder besser gesagt der unterdrückten Tugend!«

»Wir haben nichts dergleichen in unserem Land«, sagte der Kaiser und sah sich voll Bewunderung in der riesigen Tempelhalle um. Decke und Wände waren aus purem, mit Perlen und Rubinen verziertem Gold.

»Mein Vater hat ein Vermögen für diesen Tempel aufgewandt«, sagte Salustra. »Er hat gewußt, daß Gottesfurcht und Glaube dem Menschen angeboren sind, und er wollte diesen Tugenden einen prächtigen Rahmen geben, so wie ihn sich die Menschen erträumen.«

Sie sprachen leise und dennoch hallten ihre Stimmen im riesengroßen Raum. Die ewige Flamme am Altar warf einen gelblichen Schein. Salustra hob den Blick und ihr Gesicht verfinsterte sich, denn in diesem Augenblick wurde ihr die tiefe Kluft bewußt, die sie von Signar trennte.

»Ihr seid doch nicht schon müde, Majestät?« fragte er besorgt.

»Nein, ich bin nie müde«, antwortete sie und spielte verlegen mit der Halskette.
»Die große Göttin Sati kann nicht so schön gewesen sein wie du«, sagte er leise.
»Ich habe die Sitten deines Landes verkannt«, erwiderte sie. »Ich sehe, daß gefällige Schmeicheleien bei euch durchaus üblich sind.«
»Unter Freunden sagen wir nur die Wahrheit«, sagte er sehr ernst. »Vielleicht ist diese Sitte in deinem Land unbekannt.«
»Man muß mit der Wahrheit zurückhaltend umgehen«, meinte sie. »Aber unbekannt ist sie nicht in Atlantis!« Ihr Gesicht rötete sich vor Zorn. »Unser Land ist nicht so tief gefallen, wie es unsere Feinde gerne hätten.«
Eine Zeitlang schwiegen beide.
Ich liebe sie, dachte Signar, und deshalb darf sie nicht sterben.
Ich liebe ihn, dachte Salustra, aber er muß sterben, sonst...
Schließlich wandte sie sich um und zeigte auf ein benachbartes Gebäude. »Das ist unsere berühmte Schule der Weisheit, ein der Philosophie geweihter Tempel, in dem unsere Denker ihre Kämpfe auf dem Schlachtfeld der Theorie austragen. Hier verkündet Talius, der schwächliche Vertreter von Männlichkeit und Gewalt, seine Doktrin, daß die von den Demokraten gepriesene Gleichheit der Menschen nichts wert ist, und daß der Mensch seine angeborene Neigung zur Gewalttätigkeit entfalten sollte. Hier erklärte Morti, der fröhliche Zyniker, daß der Mensch nur einer einzigen Erkenntnis gewiß sein könne, nämlich der, daß er nichts wisse.

Hier verkündete Yonis, daß das größte Glück in der Tugend bestehe und daß der Mensch von Natur aus gut sei. Zetan wieder entwickelt seine Theorie vom Pantheismus; Gott, Weltall und der Mensch sind eins und streben einem unbekannten Ziel zu. Hier gibt sich Lodiso seinen Träumen vom idealen Staat hin, in dem jeder Mensch nur ein Rädchen einer großen Maschine ist und für das allgemeine Wohl arbeitet. Hier sind sie alle versammelt, diese Phantasten und Schmarotzer, diese Gespenster, die in der Finsternis ihren Träumen nachhängen!«

»Du scheinst wenig Achtung vor der Philosophie zu haben«, sagte Signar lachend.

Salustra zuckte mit den Achseln. »Der Gedanke ist der Tod jeder nützlichen Betätigung. Ich bewundere Talius, obwohl ich seine Tugendhaftigkeit für übertrieben halte. Ich kann mit Morti lachen, wenn er sich über alles lustig macht, auch über sich selbst. Ich schätze Zetan, besonders wenn ich niedergeschlagen bin, denn er hat die Gabe, mich aufzurichten, wenn er mir einredet, daß meine Seele unsterblich sei und mein schwindendes Selbstbewußtsein mit der Kraft seiner Überzeugung stärkt. Ich diskutiere auch gerne mit Lodiso und es macht mir Spaß, das zerbrechliche Gebäude seines idealen Staates mit dem Hammer der nackten Tatsachen zu zerschlagen. Yonis aber geht mir mit seiner naiven Begeisterungsfähigkeit auf die Nerven. Er versucht mich zu überzeugen, daß der Mensch von Natur aus gut sei, während ich genau weiß, daß er weder gut noch schlecht geboren ist.« Sie schwieg einen Augenblick lang, sah Signar neugierig an und fragte schließlich:

»Bei euch in Althrust gibt es wohl wenig Philosophen?«
»Allerdings«, erwiderte der Kaiser. »Bei uns müssen sie alle arbeiten!«
Salustra lachte. »Genauso wie das Denken jede nützliche Arbeit unmöglich macht, so tötet jede allgemeinnützliche Betätigung den Geist.«
Sie betraten einen großen Raum, in dem der Philosoph Zetan vom Katheder aus gerade seine Doktrin der Einheit des Weltalls verkündete. Seine Schüler, ein Dutzend weißgekleideter Jünglinge und Mädchen, erhoben sich beim Eintreten der Kaiserin ehrerbietig.
»Als ich noch sehr jung war, brachte mich mein Vater bereits zu den Philosophen. Er hatte eine sehr niedrige Meinung von der weiblichen Intelligenz, sagte aber immer, ich hätte den Verstand eines Mannes. Das war für ihn das höchste Lob.«
»Ich ziehe die nützliche Arbeit dem Philosophieren vor«, sagte Signar. »Sie ist die beste Arznei gegen Schwermut.«
»Das ist Zetan«, stellte Salustra dem Kaiser den Philosophen vor. »Seine Lehre ist der Triumph der Hoffnung über die Tatsachen!« Zetan war ein hochgewachsener, dunkelhaariger Mann mit einer Warze im Gesicht. »Nein«, erwiderte er betroffen. »Ich lehre den Triumph der Weisheit über den Materialismus, Majestät!«
Signar warf einen flüchtigen Blick auf die jungen Leute. Sie hatten alle fein geschnittene, durchgeistigte Gesichter und einen gewissen träumerischen Ausdruck in den Augen.

»Alle Philosophen rühmen sich, den Stein der Weisen entdeckt zu haben«, sagte Signar. »Aber der kostbare Edelstein entpuppt sich immer sehr schnell als gewöhnliches Glas.«
Zetan lächelte nachsichtig. »Es liegt nicht an uns, zu bestimmen, ob das Ziel, das wir erstreben, wirklich lohnend und ob unser Streben erfolgreich ist,« sagte er. »Aber was immer wir erstreben, sollten wir mit allen Mitteln zu erreichen versuchen. Gott lebt in uns, und wir sind alle in seiner Hand. Er ist unserem Herzen näher als alles andere und doch ist er unendlich weit von uns entfernt. Wir sind weder hier noch dort, wir sind eins mit seiner Schöpfung. Zeit und Raum sind nichts als Illusion, sind nur äußere Formen, denn es gibt nur einen Gott und außer ihm nichts. Gott und die Materie sind eins, aber noch nicht vollkommen. Es ist das Streben Gottes nach der Vollkommenheit, das so viele Katastrophen in der Natur und im Leben der Menschen verursacht. Er experimentiert mit dem Weltall. Wir sind unvollkommen und deshalb gelingt ihm das Experiment noch immer nicht. Eines Tages wird er die Erde auslöschen und uns mit ihr.«
»Wenn er aber eines Tages Vollkommenheit erreichen sollte, was wird dann geschehen?« fragte Signar spöttisch lachend. »Das wäre doch unbeschreiblich langweilig. Unvollkommenheit, Experimentieren und Mißerfolg –, das sind doch gerade die Dinge, die das Leben interessant machen. In der Ungewißheit liegt der Reiz des Daseins. Wenn leidenschaftslose Vollkommenheit erreicht ist, wird selbst Gott an dieser Langeweile zugrunde gehen!«

Zetans Augen öffneten sich weit und glänzten voll Güte. Sein Gesicht leuchtete voll Milde und Wohlwollen und strahlte Heiterkeit und Toleranz aus; er hatte nichts von einem Fanatiker an sich. Obwohl Signar mit ihm nicht übereinstimmte, reichte er dem Kaiser versöhnlich die Hand.

»Die Hohepriesterin Jupia haßt Zetan von ganzem Herzen«, flüsterte Salustra. »Er macht ihr die Gläubigen abspenstig. Während sie die Finsternis und den Aberglauben verkündet, predigt Zetan das Licht. Er verkündet Weisheit, Duldsamkeit, Liebe und Mut, während sie den Menschen Furcht und Haß einzuflößen versucht.« Salustra drohte Zetan scherzhaft mit dem Finger. »Ich fürchte, deine Theorien sind dem Untergang geweiht. Die Mächte der Finsternis sind dir überlegen.«

Als nächsten besuchten sie den Philosophen Talius, den Verkünder des Heldentums, der Gewalt und der Härte. Er selbst war ein unscheinbarer Mann mit einem schwächlichen Körper. Selbst seine Stimme war sanft wie die eines Weibes, doch seine Worte waren messerscharf.

»Wir bewundern stets an den anderen die Eigenschaften, die uns selbst fehlen«, flüsterte der Kaiser Salustra zu.

»Es gibt keine wirklich großen Männer mehr in unserem Zeitalter, Majestät«, begann Talius. »Wir haben die Individualität in der Mittelmäßigkeit begraben. Wir haben Berge abgetragen und jetzt liegt vor uns die kahle Wüste. Größe gedeiht nur im Klima des Individualismus. Das Kollektiv zwingt die großen Geister, in der

Masse unterzugehen. Jahrhundertelang haben wir gepredigt: Das größtmögliche Glück für die größtmögliche Mehrheit. Nun haben wir erreicht, was wir wollten. Die große Masse besteht aus niedrigen Bestien und wir haben die großen Geister gezwungen, auf die Stufe dieses Abschaums herunterzusinken. Mittelmaß ist zur Parole geworden. Wir haben die Mittelmäßigkeit in den Himmel gehoben, und die wahrhaft großen Geister schelten wir Narren und verachten sie. Wir haben Schönheit und Ursprünglichkeit des Geistes erstickt und rühmen uns noch dessen. Würden wir unsere Fehler eingestehen, dann gäbe es noch Hoffnung. Stattdessen halten wir uns für tugendhaft und glauben, wir haben unser Lebensziel erreicht.«

Signar lachte. »In der Theorie stimme ich mit dir überein. Ich würde es jedoch nicht erlauben, daß in meinem Lande solche Lehren verbreitet werden. Es würde mir und allen, die mit mir herrschen, teuer zu stehen kommen, da wir doch die Ausbeuter unserer Mitmenschen sind.«

»Dieser Mann ist gefährlich«, sagte er zu Salustra gewandt, nachdem sie weitergegangen waren. »Ich wundere mich, daß du ihm erlaubst, solche aufrührerischen Reden zu führen, und das in unmittelbarer Nähe deines Palastes.«

Salustra zuckte gleichgültig mit den Achseln. »Verfolgung ist jeder Irrlehre nur förderlich. Ich habe ihm die Waffen aus der Hand geschlagen, indem ich ihn frei sprechen lasse und ihm sogar einen Platz in meiner Schule eingeräumt habe. Ich glaube, das ist die bessere Methode.«

»Nichtsdestoweniger ist an seinen Worten viel Wahres« sagte Signar. »Zu viel Wahres für meinen Geschmack. Wenn es auf der Welt nur große Persönlichkeiten geben würde, dann wäre kein Platz mehr für uns Herrscher!«
In einem anderen Hörsaal lehrte der fröhliche Zyniker Morti. Seine Schüler waren junge Männer mit hübschen, aber verlebten Gesichtern.
»Wir drucken die albernen Aussprüche dummer Menschen ab«, sagte Morti gerade seine Zuhörern. »Wir starren auf das gedruckte Wort und halten es für göttlich. Wir glauben, daß die allgemeine Schulpflicht den Menschen vom Analphabetismus befreit hat. Wir glauben, wir hätten damit die Unwissenheit ausgerottet. Wir wollen den Menschen von seinen schlauen Ausbeutern erretten; er soll frei sein und für sich selbst denken. Aber wir haben unseren Irrtum erkannt. Der Mensch ist unfähig, selbst zu denken. Wir haben ihm bloß das Lesen und Schreiben beigebracht, sodaß er die törichten Aussprüche derer lesen kann, die ebenso beschränkt sind wie er. Und eine Ansammlung von Dummköpfen ergibt wieder einen Dummkopf, genauso wie Null multipliziert mit Null wieder nur Null ergibt. Einst mußten die Ausbeuter die Analphabeten direkt ansprechen, was eine langwierige und mühsame Aufgabe war. Heute, dank der allgemeinen Schulbildung und dem gedruckten Wort, sind die Ausbeuter in der Lage, Millionen von Menschen auf einmal zu erreichen und zu verführen.«
Die jungen Männer schrieben eifrig mit und nickten bei jedem Satz zustimmend. Morti fuhr fort, indem er das Glück definierte: »Das eigentliche Lebensziel sollte die

Lust sein. Ungeachtet dessen, wie tugendhaft eine Tat auch sein mag, – sie ist sündhaft, wenn sie jemandem Schmerz zufügt. Wir huldigen einem Götzen und der heißt Pflicht. Unsere Lehrer und vor allem die Priester haben uns gelehrt, daß Pflicht und nicht Freude unsere Losung sein soll. Sie können uns zwar nicht genau erklären, worin Pflicht eigentlich besteht, aber sie sprechen von unserer Pflicht gegenüber dem Staat, der Familie, dem Beruf und den Göttern. Über die Pflicht, die man gegenüber sich selbst hat, sprechen sie nie. Die aber ist meiner Meinung nach die einzig wahre Pflicht. Die anderen scheinen dagegen zu glauben, daß Pflicht gleichbedeutend mit Selbstbestrafung ist; sie verwechseln Pflicht und Tugend. Liebe aber gilt als ein Vergnügen, und wenn sich jemand die Liebe versagt, nur weil er zuvor in seinem Leben den Fehler begangen hat, eine Ehe zu schließen, so nennt ihn die Masse tugendhaft. Ich dagegen sage, er begeht eine Sünde, weil er sich selbst und einem anderen Menschen das größte Glück, das es gibt, versagt. Wenn ein Mensch auf eine selige Nacht mit Wein, Weib und Gesang freiwillig verzichtet, wird er als tugendhaft gepriesen, weil er im Namen der Pflicht auf die Chance verzichtet, für einige Zeit der Monotonie seiner elenden Existenz zu entfliehen. In Wirklichkeit ist er aber lasterhaft, weil er durch den Verzicht reizbar wird und seine unglückliche Umgebung damit quält. Unsere Priester, die freiwillig den Freuden des Lebens entsagt haben, verlangen von den übrigen Menschen das gleiche Opfer. Der machtgierige Staatsmann versucht die Massen zu pflichtbewußten Bürgern zu erziehen, um sie auf diese Weise besser zu beherrschen. Er gleicht einem hungrigen Wolf, der sich die Schafe unterwerfen will, um sie dann um so leichter zu verspeisen. Der keusche Tugendbold hat Essig anstatt Blut in seinen Adern und deshalb erscheint ihm jedes Vergnügen als lasterhaft. Solche Männer beherrschen unser Erziehungswesen und verführen die armen Durchschnittsbürger, indem sie ihren Verstand mit Binsenweisheiten nähren.«

»Du sprichst davon, daß der Verstand der Durchschnittsbürger benebelt wird«, sagte ein Schüler respektvoll. »Zugleich lehrt aber Talius, daß der Durchschnittsmensch überhaupt keinen Verstand besitzt.«

Morti dachte über die Frage lange nach und seine Augen blitzten vor Vergnügen über das bevorstehende Streitgespräch. »Ich bin mit Talius fast einverstanden«, sagte er schließlich. »Es ist wahr, daß die menschlichen Denkorgane eigentlich äußerst primitiv sind. Der Durchschnittsmensch kann nicht denken, er droht in der Unwissenheit zu ertrinken und klammert sich an jeden Strohhalm. Wir müssen ihm daher einen Halt geben und dieser Halt muß aus einer Anzahl primitiver Lebensregeln bestehen. Wenn der schwache Verstand des Menschen nicht ausreicht, so kann er sich immer an die Binsenwahrheiten halten, die ihm vorgekaut werden. Ich aber sage, wenn wir schon den Menschen einen Halt gaben, warum dann nicht einen, der zumindest aus relativen Wahrheiten besteht, anstatt aus Lügen. Anstatt ihm zu sagen: Mein Land hat immer recht, was immer es auch tut, sollten wir ihm sagen: Ich werde mein Land nur solange lieben und achten, solange es meiner Achtung und Liebe wert ist. Anstatt den Leuten zu sagen: Seid zufrieden mit allem, sollten wir sie lehren unzufrieden zu sein, denn einzig in der Unzufriedenheit entfaltet sich der Geist. Anstatt zu lehren: Keuschheit ist göttlich und tugendhaft, sollten wir lieber verkünden: Die wahre Keuschheit ist die Keuschheit des Geistes und die Gedanken derer, die ihre Triebe unterdrücken, sind immer unkeusch. Anstatt zu predigen: Barmherzigkeit ist göttlich und tugendhaft, sollten wir eingestehen: Barmherzigkeit tötet die Seele dessen, der sie empfängt und verdirbt den, der sie spendet. Anstatt zu dozieren: Reichtum macht nicht glücklich, sollten wir zugeben: Armut ist furchtbar, nur die Reichen sind glücklich!«

Die Studenten waren von Mortis Argumentation hingerissen, doch Signar flüsterte Salustra zu: »Dieser Mann ist gefährlich. Sollten seine Binsenweisheiten Allgemeingut werden, würden sie die Gesellschaft untergraben, die uns zu ihren Herrschern erkoren hat.«

Signar war jedoch viel zu selbstsicher, um sich ernstlich bedroht zu fühlen. »Ich finde deine Philosophie äußerst anregend, großer Morti«, sagte er lächelnd. »Wie alle Philosophen hast du sicher auch eine Idealvorstellung vom Glück. Wer ist deiner Meinung nach der glücklichste Mensch?«

Morti lächelte traurig. »Ein wirklich glücklicher Mensch«, sagte er, »kann nur ein Zyniker sein, nur jemand, der keine Erwartungen hat und keine Enttäuschungen fürchtet, kann das Leben genießen. Er nimmt es auf die leichte Schulter, weil ihn nichts erschüttern kann. Weder Haß, noch Liebe, weder Sonne, noch Unwetter, weder Glück, noch Mißgeschick, weder Gesundheit, noch Krankheit berühren ihn, nichts bringt ihn aus dem Gleichgewicht, alles vergeht mit der Zeit, nichts erscheint ihm erstrebenswert und nichts bedauernswert.«

»Mit anderen Worten, du schilderst einen Menschen ohne Saft und Kraft, ohne Lust und Ehrgeiz«, sagte Signar und runzelte die Stirn. Morti zuckte die Achseln. »Das Leben ist so kurz, daß es sich kaum lohnt, seine Häßlichkeit zu bekämpfen. Besser ist es, sich dem unvermeidlichen Schicksal zu beugen.«

Signar musterte den Philosophen durchdringend. »Du bist kein wahrer Zyniker, Morti«, sagte er und unterdrückte ein Gähnen. »Dafür berauschst du dich viel zu sehr an deinen eigenen Worten.«

Sie verließen den Tempel der Weisheit und betraten das benachbarte Gebäude. »Das«, sagte Salustra, »ist die Schule der Künste und Wissenschaften. Mein Vater hat sie in den ersten Jahren seiner Regierung gegründet und ich bin besonders stolz darauf, daß sie unter meinem Schutz steht.«

Der Bau lag auf einer Anhöhe, von der man einen prächtigen Ausblick auf die Stadt hatte. Die kaiserlichen Besucher durchschritten eine Marmorhalle, hinter der die Laboratorien lagen. »Hier findest du die Hohenpriester der wahren Religion«, sagte Salustra. »Sie verkünden keine Glaubenslehre, sondern suchen der Wahrheit durch Experimente und Beweise nahe zu kommen. Indem wir so die Schöpfung erforschen, werden wir vielleicht zufällig eines Tages auch auf den Schöpfer stoßen.«

Signar begann sofort ein lebhaftes Gespräch mit einem

der Wissenschaftler, der ihm sagte: »Wir haben die Theorie der Atomspaltung bereits überwunden, denn wir haben festgestellt, daß das Atom keineswegs der Ursprung der Materie ist, sondern nur ein Teil der Entwicklung. Alles dreht sich um einen gemeinsamen Kern, und wir haben entdeckt, daß sich der Kern um sich selbst dreht. Je tiefer wir in die Materie eindringen, desto überzeugter sind wir davon, daß es keinen Ursprung aller Dinge gibt, sondern daß alle Elemente ineinanderfließen.«

Mit Hilfe von Instrumenten führte er dem Kaiser Moleküle in Bewegung vor und erläuterte: »Wie wir wissen, sind der Energie dieser Moleküle keine Grenzen gesetzt. Es geht nur darum, sie zu bewegen, ohne daß man dabei das ganze Weltall in die Luft jagt.«

Bei diesen Worten blickte Salustra Signar vielsagend an, der aber tat, als ob er nichts Außergewöhnliches gehört hätte und sagte: »Hinter dieser anscheinend so unpersönlichen Materie muß doch eine lebendige Kraft stekken!«

Der Forscher sah ihn nachdenklich an. »Ja, wir sehen auch deutlich den Einfluß dieser Kraft, aber wir haben ihr Wesen noch nicht zu erforschen vermocht.« Sein schmales Gesicht leuchtete vor Begeisterung, als er fortfuhr: »Wir könnten eines Tages entdecken, wer der Schöpfer ist und wie er die Welt erschaffen hat. In dieser Suche besteht unsere Religion, und unser Tempel ist das Weltall.«

Sie betraten ein anderes Laboratorium, in dem Wissenschaftler damit beschäftigt waren, Präparate unter dem Mikroskop zu betrachten. »Diese Männer sind unsere

wahren Feldherren«, sagte Salustra. »Einer von ihnen hat es zustandegebracht, eine gefährliche Krankheit auszurotten, die unsere Stadt bedrohte, indem er den Krankheitserreger entdeckte und gleichzeitig ein Abwehrmittel entwickelte. Hunderttausende wären zugrunde gegangen, hätte er diese Entdeckung nicht gemacht. Und was haben die Menschen für ihn getan? Ich habe sie mit Mühe und Not dazu bringen können, ihn gebührend zu belohnen. Widerwillig sammelten sie Geld, um einen Preis zu stiften, den sie ihm in Form einer Goldmedaille überreichten. Ich werde den Tag nie vergessen! Nur wenige Menschen hatten sich zu der Feier eingefunden, und unser Forscher lauschte vor Scham errötend und tief gerührt den Lobreden. Dann stand er auf, stammelte einige Worte des Dankes und versicherte, daß er auch weiterhin sein Leben dem Wohl der Menschheit weihen werde. In diesem Augenblick erscholl aus der Ferne ein Trompetenstoß, und es verbreitete sich die Kunde, daß soeben ein berühmter Preisringer in Lamora eingetroffen sei. Augenblicklich zerstreute sich die Menge und alles eilte davon, um die Ankunft des Ringkämpfers nicht zu versäumen. Der arme Wissenschaftler beeilte sich, seine Rede zu beenden, denn es hörte ihm ja kaum noch jemand zu. Das ist das Schicksal derer, die der Menschheit dienen!«
Der nächste Besuch galt der biologischen Abteilung. »Die Schule der Künste und Wissenschaften ist den Priestern ein Dorn im Auge«, sagte Salustra, »und diese Abteilung ist ihnen besonders verhaßt und erweckt ihren heiligen Zorn, denn sie behauptet, der Mensch sei nicht von den Göttern erschaffen worden, sondern das

Produkt einer langen, schmerzlichen und mühevollen Entwicklung von der niedrigsten bis zur höchsten Stufe des Daseins. Mit dieser Behauptung verletzen die Forscher nach Ansicht der Priester die Würde des Menschen und das Mysterium der Schöpfung. Ich muß den braven Gottesmännern zugestehen, daß sie Sinn für Dramatik haben. Es ist natürlich viel aufregender sich vorzustellen, daß der Mensch den Lenden eines mächtigen Gottes entsprungen ist, als sich auszumalen, wie er mühsam die Stufen einer langsamen Entwicklung erklommen hat.«

Sie sprachen lange mit einem der Biologen, einem schlanken, hochgewachsenen Mann mit ausdrucksvollen Augen. »Wir haben die Theorie von der Beeinflussung durch die Umwelt für überholt erklärt«, sagte er. »Deine Idee, erhabene Kaiserin, daß gewisse grundlegende Merkmale vererbbar sind, hat sich als richtig erwiesen. Das wird dich in deinen Bestrebungen bestärken, die biologisch Minderwertigen von der Fortpflanzung auszuschließen.«

Salustra warf Signar einen amüsierten Blick zu. »Das ist ja Gotteslästerung!« rief sie spöttisch aus. »Mein lieber Morinus, wir müssen uns in acht nehmen. Du mußt wissen, daß die Priester jegliche Geburtenbeschränkung strengstens untersagen. Ganz gleich, wie minderwertig die Menschen sind, sie müssen sich wohl oder übel fortpflanzen, und die Steuerzahler müssen weiterhin die unnützen Esser aushalten.«

Signar unterhielt sich königlich. »Bist du auch ganz sicher, daß der Mensch vom Affen abstammt?« fragte er Morinus.

»Ich möchte den Affen nicht nahetreten, muß es aber bestätigen«, sagte der Forscher.
Die Besichtigung ging weiter. An einer breiten Marmortreppe angelangt, stiegen sie die Stufen zu einer Sternwarte empor, in der die Astronomen versuchten, mit riesigen Teleskopen trotz des dichten Nebels die Bewegungen der Himmelskörper zu verfolgen. Sie umringten Salustra, geleiteten sie zu einem Tisch, auf dem eine große astronomische Karte ausgebreitet lag und erstatteten ihren Bericht. »Gerade bevor der dichte Nebel fiel, haben wir eine bedeutende Entdeckung gemacht, Majestät«, sagte der Leiter des astronomischen Institutes feierlich. »Du erinnerst dich doch noch, daß wir dir berichteten, in der Bahn der uns bekannten Planeten eine gewisse Unregelmäßigkeit entdeckt zu haben; sie wiesen eine unerklärliche Verzögerung auf. Wir haben daraufhin die Hypothese aufgestellt, daß es in der Nähe der Sonne einen unbekannten Himmelskörper geben muß, der die anderen Planeten beeinflußt. Und nun haben wir diesen Planeten tatsächlich entdeckt! Wir wollen ihn, dir zu Ehren, Salustra nennen!«
Die Kaiserin blickte Signar lächelnd an. »Das nenne ich wahren Ruhm! Mein Name soll sogar in den Sternen stehen!« Dann wandte sie sich an den Astronomen und fragte ihn besorgt: »Was hältst du von diesem verfluchten Nebel?« Der Wissenschaftler biß sich auf die Lippen und machte ein nachdenkliches Gesicht. »Er könnte vielleicht durch die Sonnenfinsternis verursacht sein.«
»Alles wird mit der Sonnenfinsternis erklärt«, sagte Salustra. »Bald werden wir in Finsternis versinken!«

Sie zeigte Signar ein seltsames Instrument auf dem Dach der physikalischen Abteilung. Es war ein von Soldaten bewachter Glasschrank, in dem eine große Glasscheibe horizontal um eine Achse aus Gold rotierte. Die Scheibe hatte einen Durchmesser von zwölf Zoll und drehte sich so schnell, daß man ihr kaum mit dem Auge folgen konnte. Obwohl die Kristallscheibe farblos zu sein schien, versprühte sie farbige Funken. Erst bei näherer Betrachtung zeigte sich, daß die Oberfläche der Scheibe von Rillen zerfurcht war, die in allen Farben schillerten. Die Rotation der Scheibe war von einem leisen, gleichmäßigen Surren begleitet.
Neben diesem seltsamen Instrument stand ein kleines Tischchen, an dem ein junger Mann saß. Er schien in die Beobachtung der Scheibe vertieft zu sein, doch plötzlich blickte er auf und sagte resigniert: »Die verschlüsselten Nachrichten sind unterwegs, aber es kommt keine Antwort. Es ist, als ob sie sich in der Luft auflösen würden.«
»Das«, erläuterte Salustra, »ist eine relativ neue Erfindung. In jeder größeren Stadt unseres Landes steht ein solcher Apparat. Er übermittelt verschlüsselte Nachrichten, aber in diesem furchtbaren Nebel funktioniert rein gar nichts!«
Also deshalb hat sie Kuriere zu ihren Legionen und ihrer Flotte gesandt, dachte Signar und sagte: »Wir haben nichts dergleichen in Althrust. Unsere Nachrichtendienste sind noch ganz primitiv.«
Während sie weitergingen, schien Salustras Begeisterung zu wachsen. »Mein Vater hat oft vom unvermeidlichen Untergang der Zivilisationen gesprochen. Ich

aber hoffe noch immer, daß ich die Entwicklung vom Kampf zum Wohlstand und von dort zum Verfall umkehren und den Untergang aufhalten kann.«

Sie traten auf eine Terrasse, von der aus man auf die Stadt blicken konnte. Sogar im dichten Nebel erkannte man die Umrisse der Prachtbauten von Lamora. Signar hatte aber nur Augen für Salustra und war in den Anblick ihres weißen Nackens versunken, der sich von dem dunklen Haarknoten abhob.

Die Kaiserin tat, als ob sie seinen Blick nicht bemerke und wies mit der Hand auf die Stadt. »Sieh dir nur die Menschenmengen an. Im Gewühl der Straßen hält sich jeder für groß und bedeutend, doch wenn man sie von hier oben betrachtet, gleichen sie einem hilflosen Ameisenhaufen!«

Signar war der Ansicht, daß solche Debatten zu nichts führten, antwortete aber höflich: »Wir suchen Gott im Weltall und unter den kreisenden Planeten, und wir finden nichts als geplagte Lebewesen, die ziellos umherirren. Wir verfolgen das Leben von der niedrigsten Kreatur bis hinauf zu den ewigen Sonnen in der Sehnsucht, den Sinn unseres Daseins zu entdecken, doch wir müssen einsehen, daß wir dabei nur eine Tür nach der anderen in einem Labyrinth der Geheimnisse öffnen. Angesichts des Rätsels des Weltalls sind unsere Philosophen nichts als plappernde Kinder, unsere Wissenschaftler nichts als lallende Säuglinge und unsere Priester nichts als verkalkte Greise.«

Wieder war Salustra von der Tiefe seiner Gedankengänge beeindruckt. »Morti meint, das Leben sei nur eine Idee des Individuums, er lehrt, daß jeder Mensch das Universum so sieht, wie er es sehen möchte. Es sei, als ob eine Gruppe von Menschen rings um eine Statue stehe, jeder sie aus einem anderen Blickwinkel betrachte und dabei glaube, aus seiner Sicht sehe er die ganze Statue.«

Signar runzelte die Stirn. »Würde man Mortis Philosophie zu Ende denken, so müßte man sagen, es gebe gar kein Universum, denn alles sei nur Idee des Individuums. Mit anderen Worten: Die Welt existiert gar nicht, alles ist Illusion und das Leben nur eine Einbildung.«

»So ist es. Morti würde sagen, daß das Leben des Menschen ebenso subjektiv ist wie sein Tod. Jeder kann sich seine eigenen Vorstellungen von Leben und Tod formen, kann, wenn er will, Leben und Tod leugnen.«

Signar lachte verächtlich. »Laß ihn einmal einen Leichnam ansehen, der drei Tage lang in der prallen Sonne gelegen ist. Dann wird er den Tod nicht leugnen können, dann wird er zugeben müssen, wie real er ist!«

Salustras Augen glänzten vor Freude, als sie sagte: »Wie lange habe ich auf einen Mann gewartet, der meine Gedanken teilt!«

Aber kaum waren ihr diese Worte entschlüpft, als sie sich ihrer Bedeutung bewußt wurde und vor Scham errötete.

Um Signars Lippen spielte ein Lächeln. »Ich danke dir, Gebieterin« sagte er mit tiefer Verbeugung. »Du erweist mir eine große Ehre!«

XXIV

Vor dem Hintergrund der grünen Zypressenbäume stand kahl und schmucklos Jupias weißes Atriumhaus. Die Glastüren sprangen lautlos auf, und die Besucher betraten einen düsteren Vorraum, in dem es weder Blumen, noch Statuen, weder Marmor, noch Gold gab. Eine tiefe, fast beängstigende Stille umfing sie.
Schwarzgekleidete Eunuchen bewachten den Eingang; zwei von ihnen begleiteten die Besucher in das Innere des Hauses.
»Die beiden sind taubstumm«, sagte die Kaiserin. »Jupia will nicht, daß ihre Privatgespräche an die Öffentlichkeit dringen.«
Signar glaubte allerdings bei diesen Worten den Anflug eines Lächelns auf den Lippen eines der Eunuchen bemerkt zu haben.
Sie wurden von zwei anderen Wächtern, die aus einer dunklen Ecke aufgetaucht waren, durch eine finsteren Gang geleitet. Ihre Schritte hallten, als wären sie in die Stille einer Grabkammer eingedrungen.
Die beiden Begleiter hoben einen schweren Vorhang zur Seite, und Salustra befahl ihrem Gefolge, draußen zu warten, während sie mit Signar allein eintrat. In der Mitte eines kahlen Raumes stand ein schwarzer Thron, auf dem die ausgemergelte Gestalt der Hohenpriesterin

saß. Neben ihr stand auf einem kleinen Tisch eine Kristallkugel, die von innen rot erleuchtet war und den Raum in glühendes Licht tauchte.
Die Hohepriesterin erhob sich beim Erscheinen des kaiserlichen Paares und grüßte, indem sie ihre Brust mit der rechten Hand berührte und den Kopf neigte.
»Wir haben uns etwas verspätet, Jupia«, sagte Salustra unbekümmert und näherte sich dem Thron mit ihrem leichten, anmutsvollen Schritt.
»Die Ehre des Besuches entschädigt mich für das Warten«, antwortete Jupia mit krächzender Stimme.
Die Priesterin musterte Signar einen Augenblick lang mit großem Interesse, wandte sich dann der Kaiserin zu, die mit einem listigen Seitenblick auf Signar spöttisch sagte: »Ich habe Seiner Majestät von deiner außerordentlichen Gabe als Wahrsagerin erzählt, Jupia, und der Kaiser hat den Wunsch geäußert, von dir etwas über seine Zukunft zu erfahren.«
Signar, der nie einen solchen Wunsch geäußert hatte, war einen Augenblick lang überrascht, nahm aber die Bemerkung gelassen und leicht belustigt auf.
Jupia, die sofort bemerkt hatte, daß Salustra die Unwahrheit gesprochen hatte, errötete vor Zorn. »Für jene, die damit vertraut sind, ist die Zukunft kein Geheimnis, das aus dem Nichts kommt. Es gibt einen logischen Zusammenhang zwischen den Ereignissen der Vergangenheit, der Gegenwart und der Zukunft.«
»Es könnte aber sein, daß eine neue Welt, eine ganz neue Ordnung entsteht«, warf die Kaiserin ein, »daß die Götter ein neues All schaffen wollen, das mit Vergangenheit und Gegenwart nichts zu tun hat.«

Ein Anflug von Furcht malte sich auf Jupias Zügen, sie blickte auf die Kristallkugel an ihrer Seite und murmelte: »Ich habe in letzter Zeit seltsame Dinge in dieser Kugel gesehen. Die Erde hat sich in Nebel und Wasser aufgelöst und ist spurlos verschwunden.«
Sie streckte die Hand aus und zog die Kugel fester an sich, während ihre brennenden Augen versuchten, ihr Inneres zu erforschen. Salustra blickte Signar an und konnte kaum ein Lächeln verbergen.
Jupia bemerkte es, und ihre dunklen Augenbrauen zogen sich drohend zusammen. Welch ein leichtsinniges, oberflächliches Geschöpf, dachte sie.
Signar, den Jupias Benehmen verwirrt hatte, erhob sich, so daß sein Schatten auf die Kristallkugel fiel.
Sofort schrie Jupia auf, beugte sich über die Kugel und etwas in ihrem Gesichtsausdruck ließ Salustras Lächeln erstarren. »Erhabene Kaiserin«, murmelte die Priesterin mit bebender Stimme, »sieh dir an, was die Kugel dir zeigt!«
Salustra beugte sich vor. Zunächst war nichts zu sehen, doch dann schien es, als ob sich ein tiefer, dunkler Abgrund öffne, aus dem eine Hand mit einem kostbaren Ring am Finger emporragte. Die Hand hielt einen goldenen Becher, der mit rotem Wein gefüllt war und auf seinem Grund lag eine zusammengerollte Schlange. Das Schattenbild verschwand sogleich, doch der Ring an der Hand war deutlich zu erkennen gewesen. Es war Kaiser Lazars Siegelring, den nun Salustra am Finger trug.
»Du bist von Feinden umringt, Herr«, sagte die Priesterin mit Grabesstimme. »Nimm dich vor Gift in acht!«

Signar betrachtete die Kristallkugel mit offensichtlichem Mißtrauen und sah Salustra an, die kaum ihren Zorn verbergen konnte. Diese alte Hexe, dachte sie. Sie hat meine Gedanken gelesen und hat durch ein Zauberkunststück dieses Bild heraufbeschworen. Sie legte die Hand auf die Kugel und sagte mit mühsam beherrschter Stimme, die heiser vor Erregung war: »Jupia, nun mußt du mir auch noch zeigen, wie du meine Zukunft siehst.« Schweigend deutete die Priesterin auf die Kugel und als sich Salustra und Signar darüberbeugten, sahen sie das Bild einer von einem Schwert durchbohrten weiblichen Brust.

Salustra wich mit einem Schrei zurück; das Bild verschwand, und die Kugel war wieder klar und glatt.

Signar war ebenfalls tief betroffen, fühlte einen kalten Schauer über seinen Rücken laufen und sagte unwillig: »Das ist doch reiner Unsinn! Wer würde es wagen, der Kaiserin ein Leid anzutun!«

Jupia schwieg, doch Salustra sagte leichthin: »Es ist nicht so schlimm, durch den Dolch zu sterben. Es ist ein schneller Tod.«

Sie trat auf die Kugel zu, legte die Hand darauf, tat so, als ob sie stolpere und stieß sie auf den Marmorboden, wo sie in tausend Stücke zerschellte.

Jupia sprang mit einem lauten Schrei auf und Signar wich betroffen zurück. Er merkte, daß Salustra schwankte und eilte an ihre Seite, um sie in seinen Armen aufzufangen.

Die erzürnte Priesterin hob die Hand, als wolle sie auf Salustra einschlagen; als sie jedoch Signars Blick begegnete, ließ sie den Arm sinken, zwang sich zu einem Lächeln und sagte mühsam beherrscht: »Es ist nichts, Majestät! Es tut mir nur um die Kristallkugel leid. Sie war ein kostbares altes Stück. Ich bin aber überzeugt, daß es nur ein Mißgeschick war.«

Salustra blickte auf die Splitter, die am Boden lagen. »Ich bitte um Vergebung, Jupia«, sagte sie dann kühl, nahm eine kostbare Kette von ihrem Hals und warf sie der Priesterin achtlos vor die Füße. »Damit kannst du dir eine neue Kristallkugel kaufen, Jupia. Aber sieh zu, daß sie nicht so einfallsreich ist wie diese da. Solche Phantastereien können viel Unheil anrichten.«

Jupia stand regungslos und machte keine Anstalten, den Schmuck aufzuheben.

An der Türe angelangt, drehten sich ihre Besucher um. Die Priesterin stand noch immer unbeweglich da und hatte die Hand erhoben, als wolle sie einen Bannfluch aussprechen.

XXV

Nach dem Vorfall in Jupias Haus hatte sich Befangenheit zwischen Signar und der Kaiserin breitgemacht. Salustra versuchte sie durch ein Gespräch zu verscheuchen.

»Die alte Hexe beherrscht allerlei Zauberkünste«, sagte sie. »Sie hat ihre eigenen Gedanken in die Kristallkugel gelegt. Solche Gedankenübertragungen werden eines Tages etwas Selbstverständliches sein. Die Menschen werden dann dazu keine Maschinen, wie den Apparat, den ich dir vorhin gezeigt habe, benötigen.«

Signar, der an und für sich nicht leicht zu erschüttern war, stand noch unter dem Eindruck von Jupias düsteren Prophezeiungen und kam auf sie zurück. »Die Vorstellung dieser alten Hexe, daß man dir einen Dolch in die Brust stoßen wird, gefällt mir gar nicht. Dein Busen ist viel zu schön für den kalten Stahl einer Klinge.«

»Und was hältst du davon, daß du vergiftet werden sollst?«

»Wenn das mein Schicksal sein sollte, kann ich ihm nicht entgehen«, erwiderte er gleichgültig.

»Kann man denn nicht über sein Schicksal verfügen?«

»Nur wenn es die Götter zulassen!«

»Ich bin weniger abergläubisch als du. Bei einer solchen Einstellung würde sich ein Wollen nicht lohnen!«

»Das ist möglich«, sagte er. »Aber wieviele Dinge kommen denn wirklich so zustande, wie man sie im voraus geplant hat, und wie sehen unsere Vorsätze aus, sobald wir sie einmal verwirklicht haben?«
Erschrocken sah sie ihn an und dachte: Hat er geahnt, wie nahe Jupia an die Wahrheit herangekommen ist? Sein Verhalten beruhigte sie jedoch, denn er fuhr in fast scherzhaftem Tone fort: »Wenn ich mich recht entsinne, hast du vorhin versprochen, mir einen Blick in die Verjüngungskammer, den Tempel der Schönheit, zu gewähren. Hat dich der Vorfall bei der alten Hexe davon abgebracht oder ist es mein höchst angenehmes Schicksal, dich dorthin zu begleiten?«
Sofort fand sie ihre gute Laune wieder. »Eigentlich ist Jupia die Hüterin der Verjüngungskammer. Aber heute werde ich das Eingangstor allein öffnen.« Als er sie fragend anblickte, fuhr sie fort: »Diese Kammer gleicht einem Tresor. Jupia dreht den Schlüssel des Eingangstores bis zu einer gewissen Kombinationszahl, dann kommt Mahius und dreht einige Zahlen weiter, und als letzte hat die Kaiserin das Vorrecht, das Tor zu öffnen.« Sie lachte. »Mein Vater traute seinen Höflingen aber nicht und ließ aus diesem Grund eine nur ihm bekannte Methode entwickeln, um in die Kammer zu gelangen.«
Sie berührte einen kostbaren Stein an ihrem Halsband und sagte: »Das ist ein geheimer Schlüssel, den er mir zusammen mit den Würden und Bürden seines Reiches vermacht hat.«
Signar lachte. »Und du hast die Kombinationszahlen im Kopf?«

Sie nickte. »Zusammen mit vielen anderen Dingen auch diese Zahlen.«
»Würdest du die Kammer für dich in Anspruch nehmen?« Sie waren inzwischen vor einem bescheiden aussehenden Gebäude am Fuße des Berges Atla angelangt.
»Ich fürchte mich nicht vor dem Alter«, antwortete sie, »denn es ist mir nicht vom Schicksal vorbestimmt, alt zu werden!«
Noch immer scherzend sagte er: »Vielleicht sollten wir zusammen alt werden?«
Sie antwortete im selben Ton: »Vielleicht werden wir zusammen sterben, wenn Jupia recht behalten sollte?«
Ihre Begleiter blieben in einiger Entfernung stehen, als sie sich dem Gewölbe näherten und vor einem großen Tor aus schwarzem Marmor stehenblieben. »Dieses Tor ist zwölf Zoll dick und vollkommen unbeweglich, wenn man die Kombinationszahlen nicht beherrscht«, erklärte Salustra.
Er deutete auf einige Knöpfe, die aus dem Felsen ragten und fragte: »Was ist damit?«
»Die sind für Jupia und Mahius«, sagte sie. »Ich brauche sie nicht.« Dann preßte sie ihr Gesicht gegen das mächtige Tor und sagte mit seltsam schneidender Stimme einige Worte in einer Sprache, die ihm völlig unverständlich war. Sogleich ertönte ein dumpfes, unterirdisches Dröhnen, der Boden unter ihren Füßen erzitterte und vor Signars erstauntem Blick begann sich ein schmaler Spalt zu öffnen, wurde immer breiter und das Tor versank langsam in den Boden, bis es vollkommen verschwunden war. Salustra und der Kaiser traten über die Schwelle. »Obwohl ich die ganze Zeit

an deiner Seite war, frage ich mich, wie du dieses schwere Tor geöffnet hast«, sagte er in fassungslosem Staunen. Sie legte den Finger an die Lippen. »Gewisse Worte in einer archaischen Ursprache, die niemand mehr versteht, erzeugen bestimmte Schwingungen, die genau mit der Wellenlänge übereinstimmen, bei der sich das Tor öffnet und schließt. Es ist keine Zauberei im Spiel, sondern lediglich geschickte Anwendung der wissenschaftlichen Erkenntnisse über das Wesen der Schallwellen. Glücklicherweise hat der Nebel noch keinen Einfluß darauf.«
Er murmelte respektvoll: »Der Nachbar aus dem Norden kann noch viel von Atlantis lernen!«
»Und wir können auch viel von dir lernen«, erwiderte sie. Sie ließen ihr Gefolge draußen warten und schritten einen finsteren Gang entlang, während sich das schwere Tor hinter ihnen fast lautlos schloß.
»Besteht nicht die Gefahr, daß jemand versucht, den Eingang aufzusprengen?« fragte er.
Sie nickte und antwortete: »Mein Vater hat diese Möglichkeit erwogen. Er ist aber zu dem Schluß gekommen, daß die Explosion so stark sein müßte, daß der Berg einstürzen und die Kammer unter sich begraben würde, so daß sie für immer unzugänglich bliebe.« Lächelnd fügte sie hinzu: »Dann könnte selbst der mächtigste Eroberer, nicht einmal der große Signar, hier eindringen!«
Er senkte das Haupt. »Ich wünschte, ich hätte das Glück gehabt, den großen Kaiser Lazar zu kennen. Ich hätte viel von ihm lernen können. Aber ich begnüge mich gerne mit den Lehren seiner Tochter«, fügte er

mit einer höflichen Verbeugung hinzu. Nachdem sie einige hundert Meter in dem finsteren Gang zurückgelegt hatten, bog Salustra um eine Ecke.
Sie befanden sich jetzt in einem halbdunklen Raum, der in zartes rosiges Licht getaucht war, das in alle Ecken und Winkel zu dringen schien.
Signar sah sich neugierig um. Der Raum war nicht mehr als zwanzig Fuß breit und ging in einige kleinere Kammern über, die wie Ankleideräume in einem Bad aussahen.
»Wer sich verjüngen lassen will, muß ungefähr vierundzwanzig Stunden in dieser Kammer verbringen«, erklärte Salustra. »Er muß sich ständig den Strahlen aussetzen, die jede Zelle seines Körpers durchdringen, bis sich der Organismus regeneriert hat.«
»Und woher kommt dieses rosige Licht, wenn angeblich keines deiner Energiesysteme mehr funktioniert?« fragte Signar.
Sie nahm in einem Lehnstuhl Platz und lehnte sich behaglich zurück. »Zweimal ist mein Vater hier gesessen. Ein drittes Mal hätte sein Leben nicht mehr verlängert werden können, denn wenn ein Mensch bereits mehr als zweihundert Jahre alt ist, haben seine Zellen nicht mehr die nötige Spannkraft und der Regenerationsprozeß bleibt wirkungslos.«
Er wiederholte seine Frage. »Sage mir, Gebieterin, wo ist der Ursprung dieser wundersamen Strahlen?«
Sie sah ihn erstaunt an. »Ist es nicht offensichtlich, woher sie kommen? Betrachte einmal die Wände, die Decke und auch den Fußboden. Siehst du nicht den riesigen, rubinroten Felsen, der diese Strahlen spendet? Er

ist aus der ersten Atomspaltung der Urzeit entstanden. Diese kristallartige Substanz hat sich aus der Glut und Asche der Atomexplosion gebildet, und mit der Zeit hat die zerstörende Wirkung dieser Strahlen nachgelassen und sich in eine heilende und regenerierende Kraft gewandelt.«

»Wie hat man die heilende Wirkung dieser Strahlen entdeckt?« fragte er weiter.

»Durch Zufall«, antwortete sie, »wie eben fast alle großen Entdeckungen zustande kommen.« Sie hielt einen Augenblick inne, ehe sie fortfuhr: »Als meine Urahnen die erste Atomexplosion im Kampf gegen die Dinosaurier auslösten, brach eine Welle der Zerstörung los, die sich immer mehr ausbreitete. Große, dicht besiedelte Gebiete wurden vollkommen zerstört. Nach und nach kehrten die Menschen aber an die verwüsteten Orte zurück und begannen ihre Häuser wieder aufzubauen. Man entdeckte bald, daß diese Menschen jünger und frischer aussahen als alle anderen und daß sie auch länger lebten.«

»Wie groß war das Gebiet, in dem diese verjüngende Wirkung zu verzeichnen war?«

»Nicht sehr groß. Es mußten dort einige besonders günstige Umstände und Faktoren zusammenwirken, damit die Natur die tödlichen Strahlen in wohltuende und heilende Kräfte verwandeln konnte. Aus der noch glühenden Asche entstand langsam dieser Felsen aus rotem Kristall, auf dem wir stehen. An dieser Stelle befand sich einst die erste Hauptstadt von Atlantis. Das«, und dabei deutete sie auf die umliegenden Räume, »ist alles, was von ihr übriggeblieben ist.«

»Erzähle mir von dieser ersten Hauptstadt!« sagte er. »Du hast doch unseren Vulkan gesehen, den feuerspeienden Berg Atla. Dreimal hat er Lamora zerstört und dem Erdboden gleichgemacht.«

»Warum wird dann die Stadt immer wieder an derselben Stelle errichtet?«

Sie antwortete lachend: »Wir sind eben ein eigensinniges Volk, Majestät!«

Er überhörte die Herausforderung, die aus ihrer Bemerkung klang, und seine Augen schweiften voll Neugierde durch den Raum. »Ich nehme an, während wir hier stehen und reden, werden wir gleichzeitig verjüngt.«

»In einem gewissen Sinne, ja. Es dauert aber zwölf Stunden, ehe sich die Zellen zu regenerieren beginnen und vierundzwanzig Stunden müssen verstreichen, damit die Behandlung erfolgreich sein soll.«

Er sah auf die Bänke, Sessel und Sofas, die umherstanden und sagte: »Ich sehe hier keine Bedienten oder Sklaven.«

»Du hast recht«, antwortete sie, »aber niemand kann länger als sechsunddreißig Stunden gefahrlos diesen Strahlen ausgesetzt werden. Dann reagieren die Zellen über das gewünschte Maß hinaus, und der Mensch wird von einem krebsartigen Geschwür befallen, an dem er langsam und qualvoll zugrunde geht.«

Er sah auf die kleine Uhr, die er an einer Kette um den Hals trug und sagte: »Wir sind jetzt schon fünfzehn Minuten hier, Gebieterin.«

Sie lächelte. »Fühlst du dich schon erfrischt und voller Tatendrang?«

»Du scherzst, aber ich fühle mich tatsächlich merkwürdig leicht und beschwingt.«
»Das ist nur die Macht der Suggestion«, belehrte sie ihn. »Die Auswirkungen der Behandlung stellen sich erst nach einigen Wochen ein. Bis dahin ist nichts zu merken; weder verschwinden die Falten, noch spannt sich die Haut. Die Strahlen wirken langsam, aber sicher.«
Signar betrachtete wie gebannt den riesigen Felsen aus rotem Kristall. Sie folgte seinem Blick und sagte: »Möchtest du die nächsten vierundzwanzig Stunden hier verbringen? Du bist mein Gast!«
»Du erweist mir zuviel Ehre, Gebieterin!«
»Es ist in der Tat eine Ehre. Du wärest der erste Mensch seit siebzig Jahren, dem sie widerfährt. Mein Vater und Mahius waren die einzigen, denen diese Auszeichnung zuteil wurde. Jupia haßt mich, weil ich ihr nie die Erlaubnis gegeben habe, hierher zu kommen und sich verjüngen zu lassen, obwohl sie mehrmals darum gebeten hat. Aber sie ist so häßlich, daß ich fürchte, der Kristall würde bei ihrem Anblick zerspringen.«
Der Kaiser überhörte diese boshafte Bemerkung und fragte: »Warum gewährst du diese Gunst so selten, wenn die Kraft der Strahlen in so reichem Maße vorhanden ist. Sicher empfinden viele Menschen die Last des Alters als drückend und würden sich gerne verjüngen lassen.«
Salustra schüttelte den Kopf. »Mein Vater pflegte zu sagen, daß nur schwer erreichbare Dinge wirklich geschätzt werden. Wir gewähren die Gunst der Verjün-

gung den Repräsentanten dreier Stände: Der Priesterstand wird durch Jupia vertreten, die Nationalversammlung durch Mahius und das Volk durch den Kaiser. Nur diese drei Menschen sind der Verjüngung würdig, denn sie gelten als unentbehrlich. Aber in diesem Punkte stimme ich mit den anderen nicht überein«, schloß sie mit verächtlicher Miene.
Signar wollte noch mehr wissen. »Warum sollte Jupia ungeeignet sein?«
»Weil ich sie nicht für unentbehrlich halte. Im Gegenteil, es wäre nur ein Vorteil für das Land, wenn es sie nicht gäbe. Sie trägt lediglich zur Verbreitung von Aberglauben bei, der mein Volk um Verstand, Willen und Vermögen bringt.«
Sein Gesicht drückte höchstes Erstaunen aus. »Warum bietest du dann mir diese Gunst an, da ich doch für dich nichts als ein fremder Eindringling bin?«
»Dein Blut, mein Gebieter, soll einst in den Adern einer neuen Dynastie fließen und sich mit dem Geschlecht des großen Lazar vereinen. Als Stammvater dieser neuen Dynastie verdienst du das beste, das Atlantis zu bieten hat.«
»Glaubst du wirklich, daß ich der Verjüngung bedarf?« fragte er scherzend.
»Keineswegs«, antwortete sie ebenfalls in scherzendem Ton. »Aber wer weiß, ob nicht auch in fünfzehn oder zwanzig Jahren deine Lenden erschlaffen und dann könntest du es brauchen.«
»Selbst dann würde ich lieber darauf verzichten«, antwortete er bestimmt. »Meine Knochen, meine Sinnesorgane, selbst meine Geschlechtsorgane mögen da-

durch vielleicht kräftiger und leistungsfähiger werden, aber was ist mit meiner Vergangenheit, mit meinen Taten, mit Freud und Leid, die ich durchlebt habe und mit der Reue über begangene Ungerechtigkeiten? Das alles kann man nicht ungeschehen machen! Selbst das Glück kann uns als Last erscheinen, wenn es ewig währt!«
Sie unterdrückte eine geheime Regung, die Hand nach ihm auszustrecken und sein Gesicht zu berühren.
Sie waren nun wieder bei dem großen Tore angelangt, sie sprach neuerlich die Worte, die ihm wie ein sinnloses Kauderwelsch vorgekommen waren, die Pforte öffnete sich, sie traten an die frische Luft und atmeten tief ein, doch selbst in der Wärme des hellen Tages erschauerte Salustra, als sie an Jupias Prophezeiungen dachte.
»Ich würde der Hohenpriesterin gerne etwas mehr von den Strahlen gewähren, die sie verlangt«, sagte sie. »Dann würden ihre kalten Fischaugen aufhören, blutrünstige Tragödien in ihrer unseligen Kristallkugel zu erspähen.«
Er schüttelte lachend den Kopf. »Ich hoffe, daß du ebenso leidenschaftlich lieben kannst, wie du haßt!«
Sie seufzte. »Es war einer meiner sehnlichsten Wünsche, das Volk von Atlantis von den Ketten des Aberglaubens zu befreien. Ich träumte davon, einen Staat zu gründen, der auf gesundem Menschenverstand beruht, und damit das Volk glücklich zu machen. Und was, frage ich dich, ist eines Herrschers würdiger, als sein Volk glücklich zu machen? Aber auf Schritt und Tritt bin ich auf den Widerstand der Priester gestoßen. Sie sind alle gegen mich: Die Frommen, die Falschen, die Bestechlichen und auch die Gerechten. Früher zwang

man das Volk, die drei großen religiösen Feiertage zu begehen. Ich habe die Bürger meines Landes dieser Pflicht entbunden und mir damit die Feindschaft ihrer geistigen Unterdrücker eingehandelt.«
Im Schatten des Palastes blieben sie stehen.
Signar betrachtete die Kaiserin voll Mitgefühl. »Du bist zu sehr mit der Seele deines Volkes beschäftigt. Wenn sich ein Volk aber zu sehr um seine Seele kümmert, ist es schon dem Untergang geweiht. Ein lebenslustiger junger Mensch wird sich nur mit dem Diesseits beschäftigen; lediglich die Alten und Schwachen denken an das Jenseits!«
Salustra lächelte. »Atlantis mag alt sein«, sagte sie, »aber schwach ist unser Land nicht. Das werden unsere Feinde noch zu spüren bekommen.«
Signars Gesicht blieb unbeweglich, während er geschickt das Thema wechselte. »Du hast doch hoffentlich nicht das Fest vergessen, Salustra, das ich heute Abend auf meinem Flaggschiff, der Postia, geben will?«
»Nein, wie könnte ich das vergessen«, sagte sie gelassen.
Sie trennten sich lächelnd und Salustra begab sich in ihre Gemächer. Als sie ihre Zimmer betrat, ließ sie sofort Mahius kommen.
Der Minister fand sie aufgeregt auf und ab gehend.
»Wann können wir zuschlagen?« fragte sie ohne Umschweife.
Der alte Mann zögerte. »Bist du wirklich fest entschlossen, daß er sterben muß? Gibt es keinen anderen Weg? Ich verabscheue den Verrat!«
»Es gibt keinen anderen Weg«, rief die Kaiserin erregt.

»Selbst wenn es möglich wäre, würde ich ihn nicht schonen!«
Mahius starrte sie verblüfft an. »Und warum nicht?«
Sie schwieg.
Lange forschte er in ihrem Gesicht und dann begann er langsam zu begreifen. Er fiel vor ihr auf die Knie und preßte sein Gesicht gegen den Saum ihres Gewandes. »Du arme Herrin«, rief er schluchzend.

XXVI

Ein leises Rauschen drang vom Meer herauf; es klang eintönig und trostlos wie das Seufzen und Schluchzen einer Frau, die ihre unglückliche Liebe beweint. Ansonsten herrschte Totenstille.

Salustra atmete tief die kühle Nachtluft ein und nahm einen seltsamen, bisher unbekannten Schwefelgeruch wahr. Der Wind wirbelte durch ihr Haar und sie fühlte sich plötzlich unbeschwert und frei, so wie sie sich manchmal als Kind gefühlt hatte. Dann aber traf sie wie ein Blitz der Gedanke an Signar und die traurige Gewißheit, daß einer von ihnen nicht überleben durfte.

In ihrer Kammer im Erdgeschoß sangen die Sklavinnen ein Lied, dessen schwermütige Weise Salustra seltsam berührte:

»Du fragst mich, warum ich weine,
Nun höre, ich will dir sagen, warum.
Ich weine um den Toten, der draußen liegt,
Ich weine um das Licht, das seinen Augen entflieht,
Ich weine um die Lippen,
Die ich geküßt und nicht mehr küssen darf,
Um all das weine und klage ich bitterlich!«

Ein geschmackloser Text, dachte Salustra, und fühlte doch, wie sehr ihr das Lied zu Herzen ging.

In Gedanken versunken, hatte sie nicht bemerkt, daß

sich jemand genähert hatte und schreckte auf, als eine Hand ihre Schulter berührte. Sie wandte sich um und blickte in ein vertrautes Gesicht. Erato kniete vor ihr und bedeckte ihre Hände mit seinen Küssen. Sie betrachtete ihn gleichgültig, doch er sprang auf, nahm sie in die Arme, zögerte einen Augenblick und küßte sie schließlich. Aber ihre Teilnahmslosigkeit verwirrte ihn und er ließ sie los.

»Was ist, Salustra?« flüsterte er.

Sie lächelte spöttisch. »Kann eine Kaiserin nicht auch einmal übler Laune sein? Ist dieses Vorrecht den niedrig Geborenen vorbehalten?«

Mit zitternder Hand strich er über ihre Wange. »Kein Kummer kann so groß sein, daß er nicht mit der Zeit vorübergeht! Morgen wird die Sonne die trüben Wolken verjagen«, sagte er zärtlich und sah sie liebevoll an.

»Ist das ein Zitat aus deinem neuesten Werk?« fragte sie sarkastisch.

Er sah sie verblüfft an. »Du fühlst dich offensichtlich nicht wohl, Salustra! Ich sage dir aber nochmals, daß noch viele Stunden des Glücks auf dich warten!«

»Ja, vielleicht, wenn ich einmal tot bin, denn nur im Tode finden wir die letzte, endgültige Ruhe und Seligkeit.« Sie ließ die Arme sinken und neigte das Haupt. »Du hast recht, ich bin müde«, sagte sie matt. »Ich wünschte, ich könnte in diesem Augenblick sterben.«

Erato lächelte. »Du bist nur niedergeschlagen, Liebste«, sagte er zärtlich. »Morgen ist alles vorüber und du wirst anders denken!«

»Morgen bin ich dieselbe, die ich heute bin. Nichts wird sich ändern!« Leise fügte sie hinzu: »Ist es nicht seltsam, daß man selbst in die Falle fällt, die man anderen gestellt hat? Ist es nicht seltsam, daß ich, die ich nie geliebt habe, mich nun in unglücklicher, unerfüllter Liebe verzehren muß?«

Erato wußte nicht, wovon sie sprach. »Aber ich liebe dich doch, Salustra«, rief er und nahm sie in die Arme. Er küßte sie leidenschaftlich und einen Augenblick lang ließ sie ihn gewähren. Sie schloß die Augen und gab sich der Illusion hin, sie liege in den Armen eines anderen Mannes. Dann aber schrie sie entsetzt auf und stieß ihn von sich.

Erato taumelte zurück, als hätte sie ihm einen Schlag ins Gesicht versetzt. »Du liebst mich nicht mehr, Salustra«, rief er verletzt.

Die Kaiserin betrachtete ihn traurig, mit einem verzerrten Lächeln auf den Lippen. »Würdest du mir einen großen Dienst erweisen, Erato?« fragte sie.

»Du kannst alles von mir verlangen, Salustra«, antwortete er.

»Dann komme nicht zu Signars Fest heute abend!«

Er sah sie fragend an.

»Es ist mein Wunsch, Erato!«

Er verbeugte sich steif. »Dein Wunsch ist mir Befehl!« Ratlos und erschüttert verließ er sie ohne einen Kuß des Abschieds, kehrte nach Hause zurück und warf sich in seinem Zimmer auf ein Sofa, um sich ganz seiner Verzweiflung hinzugeben. Trübe Gedanken stürmten auf ihn ein und Erinnerungen überwältigten ihn. Er hatte viele Geschichten über die Launen der Kaiserin gehört, doch seine Zuneigung hatte ihn alle Warnung überhören lassen. Er war eitel genug gewesen zu glauben, ihr

Herz für immer erobert zu haben, doch nun war sie seiner offensichtlich überdrüssig. Er ballte die Fäuste in ohnmächtigem Zorn, litt Höllenqualen der Eifersucht und sein Herz füllte sich mit Haß und Verzweiflung. Er redete sich ein, daß er sie verabscheue, doch im nächsten Augenblick übermannte ihn unstillbare Sehnsucht nach ihr. Er war, bevor er Salustra begegnet war, reinen Herzens gewesen. Nun hatte er das Gefühl, seine makellose Seele einer Unwürdigen geopfert zu haben, nun, da er sich von ihr verlassen fühlte, kam ihm vor, als habe sie ihn besudelt.

»Ich werde niemals mehr dichten können!« rief er verzweifelt aus. »Ich bin für immer gezeichnet.«

In seinem Schmerz hatte er nicht bemerkt, daß eine junge Sklavin lautlos den Raum betreten hatte. Sie sah ihn mit weitaufgerissenen Augen ehrerbietig an und flüsterte: »Eine Dame wünscht Euer Gnaden zu sprechen!«

Erato sprang auf. Seine Verzweiflung war verflogen und sein Zorn verraucht. Er zitterte vor Erregung und Erwartung, doch seine Freude schwand ebenso schnell wie sie gekommen war, sobald er die Besucherin erkannt hatte. Vor ihm stand die schmächtige Gestalt eines jungen Mädchens. Erato betrachtete die Besucherin gleichgültig. Sie kam auf ihn zu, lüftete den Schleier und er blickte in ein tränennasses Gesicht.

Sie warf sich an seine Brust und bedeckte sein Gesicht mit Küssen. Fast grob stieß er sie von sich. Sie erschrak, zutiefst verletzt, und ihr Mund zuckte. Der Schleier war heruntergefallen und die nassen Locken klebten an ihrem Gesicht.

»Erato«, flüsterte sie, »liebst du mich denn nicht ein wenig?«

Er legte die Hand auf ihre Schulter. »Was machst du hier?« fragte er. »Deine Schwester wird dich für diese Torheit bestrafen. Bist du allein?«

»Nein, meine Mägde sind bei mir. Die Götter allein wissen, wie ich es geschafft habe, dieser vertrockneten alten Jungfrau Brittulia zu entwischen!«

Sie blickte ihn flehend an, ihre Augen bettelten um Liebe und er konnte ihr nicht widerstehen, legte die Arme um sie, küßte sie leicht auf die Stirne und fragte: »Weshalb bist du gekommen, Kleine?«

Das Mädchen klammerte sich krampfhaft an ihn. »Weil ich dich liebe, Erato. Und weil ich einen Weg gefunden habe, wie wir beide frei sein können!«

Sie drückte seine Hand an ihre Wange und preßte sie dann gegen die Lippen. Erato war über seine Nachgiebigkeit verärgert, zog seine Hand zurück, setzte sich auf das Sofa und bedeutete ihr, neben ihm Platz zu nehmen. Er behandelte sie jetzt wie ein vernünftiger älterer Bruder seine kleine Schwester.

Das Mädchen kauerte neben ihm auf dem Sofa und schmiegte sich zärtlich an ihn. Sie legte den Kopf auf seine Schulter und ihre Augen sahen ihn schmachtend an. Unter ihrem Blick fühlte er seine Entschlossenheit wieder wanken; er wollte ihr nicht wehtun, denn sie war ja noch ein wehrloses, unschuldiges Kind.

»Du bist unvorsichtig, Tyrhia«, ermahnte er sie. »Wenn dein Besuch bei mir entdeckt wird, werden die Kaiserin und dein Verlobter zürnen.«

»Was kümmert mich das?« rief sie trotzig. Sie hatte sich

aufgerichtet und ihre Augen blitzten vor Zorn und Leidenschaft. »Ich habe einen Weg gefunden, wie wir sie loswerden können, Erato! Für immer!«

Er starrte das Mädchen an und fühlte einen kalten Schauer über seinen Rücken laufen. »Du Närrin«, rief er. »Was hast du vor?«

Sie sah ihn erschrocken an. »Der Senator Divona ...«, begann sie stotternd.

»Du läßt dich also mit Verrätern ein, die das Verderben der Kaiserin wollen?« unterbrach er sie zornig. »Sage mir sofort, was er dir eröffnet hat!«

Sie begann zu zittern. »Nichts«, sagte sie weinend.

Erato verfiel in düsteres Grübeln. »Die Kaiserin muß sofort gewarnt werden! Aber wie schütze ich dich vor ihrem Zorn?«

Dann, als erblicke er plötzlich den Ausweg aus einem undurchdringlichen Labyrinth, sah er den vorgezeichneten Weg klar vor sich: Er führte zu Signar.

Auf ein Händeklatschen erschienen seine Sklaven und er befahl ihnen, ihm Schwert und Mantel zu bringen. Dann wäre er achtlos aus dem Zimmer geeilt, wenn sich Tyrhia nicht an ihn geklammert hätte.

»Wo gehst du hin?« fragte sie zitternd.

Er überwand eine plötzliche Regung, ihren Hals zu umklammern und sie zu erwürgen. Statt dessen zwang er sich zu einem Lächeln. »Ich werde dich nach Hause bringen«, sagte er, »und du wirst mir versprechen, nie wieder mit diesem Verräter ein Wort zu wechseln.«

Das Mädchen schluchzte erleichtert auf. »Ja, ich verspreche es. Wir werden einen anderen Weg finden!«

XXVII

Signars Flaggschiff, die Postia, lag hell erleuchtet und festlich geschmückt im Hafen. Musik erklang und man hörte das fröhliche Lachen der Gäste.
Noch nie hatte Salustra so schön und verführerisch ausgesehen wie an diesem Abend. Blicke des Neides und der Bewunderung verfolgten sie, als sie in Begleitung Cretos, des Hauptmannes der Garde, das Schiff betrat.
Signar empfing sie höflich und geleitete sie in den Festsaal, in dem für sie ein Thron neben dem seinen errichtet war. Salustra lehnte sich lässig zurück und ließ ihren Blick auf der Suche nach bekannten Gesichtern neugierig umherschweifen. Sie erkannte die Senatoren Contani, Divona, Tilus, Patios, Sicilo und Toliti, begleitet von ihren prunkvoll gekleideten Gattinnen und Mätressen. Von den Philosophen waren nur Zetan, Morti und Talius geladen, doch entdeckte Salustra viele Angehörige des reichen Bürgertums wie Ratulio, den Stahlerzeuger, Hanlio, den Besitzer einer Werkstätte, der feine Leinen- und Seidenstoffe erzeugte, Ducio, den Baumeister und den reichen Unternehmer Seneco mit seiner blutjungen, ihm erst vor kurzem angetrauten Frau. Den Großteil der Gäste machten allerdings die Gefolgsleute Signars aus.

Salustra lächelte ihrem Gastgeber zu und sagte: »Leider muß ich dir mitteilen, daß Tyrhia, deine Braut, unpäßlich ist und dem Fest fernbleiben muß.«
Signar zuckte gleichgültig mit den Schultern und erwiderte: »Wer könnte in deiner Gegenwart, Majestät, die Abwesenheit anderer Frauen, die noch dazu halbe Kinder sind, auch nur bemerken?«
Salustra wandte den Blick ab. Sie war seltsam zerstreut; es war, als nehme sie an dem Fest keinen Anteil. Ihre Lippen berührten kaum den Becher mit Wein, der vor ihr stand.
»Du trinkst ja gar nichts, Salustra«, sagte Signar. »Ich schwöre bei meinem Leben, das der Wein nicht vergiftet ist!«
Salustra schrak zurück, ihr Gesicht verfärbte sich, sie legte die Stirn in Falten und blickte ihn drohend an. Einen Augenblick lang sahen sich die beiden Herrscher fest in die Augen, dann ergriff Salustra mit grimmiger Entschlossenheit den Becher und leerte ihn auf einen Zug.
Signar schien erheitert. »Es gibt nichts Traurigeres als einen nüchternen Gast unter lauter Betrunkenen«, sagte er.
»Man kommt sich dann wie ein Weiser in der Gesellschaft von Narren vor«, erwiderte sie schroff.
Signar lachte und klatschte in die Hände. »Du hast recht. Die meisten meiner Gäste sind bereits betrunken, aber du bist ja nicht so prüde wie Brittulia!«
Salustra lächelte verächtlich. »Mir ist alles recht, was den Menschen Vergnügen bereitet«, sagte sie, »aber mir bereitet Trinken kein Vergnügen.«

Trotzdem füllte Signar neuerlich ihr Glas. »Ich bedaure, daß dir meine bescheidene Festlichkeit so wenig Vergnügen bereitet«, sagte er. Sein Gesicht war von Wein gerötet, er rückte näher an sie heran und sie spürte seinen heißen Atem auf ihrem Gesicht.
»Ich habe einen Feind«, flüsterte er.
»Wer würde dir schon ein Leid antun wollen?« fragte sie spöttisch.
Er lehnte sich vor, ergriff ihre Hand und betrachtete ihre Ringe. Sie blickte auf sein gebeugtes Haupt, schloß die Augen und versuchte, ihre zärtlichen Gefühle für ihn zu unterdrücken.
»Trotzdem sage ich dir, daß ich einen Feind habe«, sprach er weiter und starrte noch immer auf ihre Hände. »Er ist ein unerbittlicher Feind, er ist unersättlich, er haßt mich und ich hasse ihn. Dieser Feind bin ich selbst. Ich kann meine Kraft mit jedermann messen. Diesen einen Feind kann ich aber nicht besiegen. Er verzehrt mich, er zerstört meinen Geist und meine Seele, er trübt mir den Verstand. Ich kann ganze Königreiche unterwerfen, ich kann Tausende von Legionen und eine riesige Flotte befehligen, alles gehorcht meinem leisesten Wink. Nur meine eigenen bitteren Gedanken kann ich nicht lenken, sie lähmen meinen Willen und verwandeln jeden Schluck, den ich trinke, jeden Bissen, den ich esse, in Gift und Galle.«
Er ließ ihre Hand los und starrte sie an. »Ich bin verloren«, sagte er, »besiegt von einem Feind, der mein eigener Henker sein wird«.
Sie lächelte spöttisch. »Ich glaube eher, daß deine Verdauung nicht in Ordnung ist. Erlaube mir, dir morgen

meinen Leibarzt zu schicken. Er wird dich untersuchen.«
In jähem Stimmungsumschwung lachte Signar schallend und schlug sich auf die Knie, so daß alle Gäste aufhorchten: »Was wird mir dein Leibarzt für meine inneren Nöte verschreiben, Salustra? Wie wird er meine geheimen Sehnsüchte stillen? Wie wird er mich von meiner seelischen Pein, meiner Verzweiflung heilen?«
Sie weigerte sich, ihn ernst zu nehmen. »Ich bin überzeugt, daß du in letzter Zeit zu üppig gelebt und zu wenig körperliche Bewegung gemacht hast.«
Er beugte sich wieder zu ihr und begann mit ihrer Halskette zu spielen. »Ich habe einst die Lust des Abenteuers genossen; Eroberung war mir alles, jetzt nicht mehr!« Er hielt ihre Hand fest und fragte nach einer langen Pause: »Warum fragst du mich nicht, warum es so gekommen ist?«
Leichthin antwortete sie ihm: »Weil ich überzeugt bin, daß du mir auf keinen Fall die Wahrheit sagen würdest.«
Er schüttelte den Kopf und versuchte nicht, seine Heiterkeit zu verbergen. »Ich will es dir später sagen. Jetzt laß uns zum Bankett gehen, das ich für dich vorbereitet habe.« Er stand auf, reichte der Kaiserin die Hand und Arm in Arm gingen sie, von der Schar der Gäste gefolgt, in den Speisesaal.
Salustra aß wenig und trank kaum. Der Lärm, die Hitze und das Gedränge ermüdeten sie. Den Ellbogen auf die Tischplatte gestützt, blickte sie um sich und sehnte sich nach Ruhe. Bestien in Menschengestalt sind sie alle und nichts anderes, dachte sie, die Gäste betrachtend. Für

diese Männer sind wir Frauen nur Objekte ihrer Fleischeslust.
Signar fühlte sich von ihr vernachlässigt und reagierte wie jeder eifersüchtige Mann, indem er seine Aufmerksamkeit einer anderen Frau schenkte. Zu seiner Linken saß die Gattin Mortis, die, wie es sich für die Frau eines Philosophen geziemt, jung, hübsch und dumm, jedoch von geradezu aufreizender Sinnlichkeit war. Es war eine tiefe Erschütterung für die Kaiserin gewesen, als ihr Lieblingsphilosoph dieses ungebildete Frauenzimmer geheiratet hatte.
Ein Fanfarenstoß erklang, und auf einer hell erleuchteten Bühne erschien ein Tänzer, der nur einen Kranz aus Mohnblumen um die Lenden trug. Musik setzte ein und nackte Tänzerinnen betraten die Bühne; sie verkörperten die sieben Tugenden, darunter die Keuschheit, die Barmherzigkeit, die Wahrheit und die Demut. Sie eilten zu einem Ruhebett, auf dem die Göttin Sati schlafend lag und umringten sie. Der Tänzer verkörperte Tatio, den legendären ersten Geliebten Satis. Auch er näherte sich dem Ruhebett und versuchte den Kreis zu durchbrechen, den die Tugenden um die Göttin gebildet hatten.
»Hier siehst du also die ewige Suche der Liebe nach der Schönheit«, sagte Signar, indem er sich zu Salustra wandte, die gleichgültig auf die Bühne blickte.
»Ich glaube, ich sehe eher die ewige Verfolgung der Tugend durch die Unzucht«, antwortete sie.
Signar starrte sie überrascht und erheitert an. »Ich traue meinen Ohren nicht! Du, eine anerkannte Autorität auf dem Gebiet der Liebeskunst, sprichst auf einmal so?

Ich glaube, du solltest deinen Leibarzt, den du mir so eifrig empfiehlst, zu Rate ziehen!«
Salustra betrachtete gleichmütig das Geschehen um sie herum. Habe ich mich wirklich jemals an der Unzucht ergötzt oder war es nur ein Mittel, um der Einsamkeit zu entfliehen, fragte sie sich. Sie war sich einer seltsamen Befangenheit bewußt. Dann wandte sie sich wieder den Geschehnissen auf der Bühne zu. Der Tänzer hatte sich inzwischen vor der Göttin auf die Knie geworfen, ihre Hände ergriffen und sie mit leidenschaftlichen Küssen bedeckt. In diesem Augenblick schlug Sati die Augen auf, breitete die Arme aus und schlang sie um seinen Hals, während die Tugenden weinend die Flucht ergriffen.
Gelangweilt erhob sich Salustra von ihrem Sessel, doch ehe die übrigen Gäste ihrem Beispiel folgen konnten, erloschen die Lichter im Raum. Salustra eilte die Treppen hinauf und betrat das Deck, wo es mit Ausnahme des Wellenschlages still war.
Die Kaiserin kam sich wie eine keusche Jungfrau vor und ärgerte sich über sich selbst. Bin ich denn wirklich so töricht, dachte sie, nach einem Mann zu schmachten, den ich besser vernichten sollte?
Sie atmete tief die Nachtluft ein und begann auf dem Deck auf und ab zu gehen, als plötzlich Signar vor ihr stand.
»Ist mein bescheidenes Fest so minderwertig, daß du flüchten mußtest?« fragte er und ergriff ihre Hände, die zu zittern begannen. »Warum hast du die Kristallkugel der alten Hexe zerschlagen?« fragte er flüsternd.
»Ich habe sie nicht zerschlagen«, rief sie. »Es war ein

unglücklicher Zufall. Du hast es doch selbst gesehen.«
»Wie es dir beliebt.« Dann packte er sie, riß sie an sich, zerfetzte ihr Kleid und bedeckte ihren Körper mit leidenschaftlichen Küssen. Sie wehrte sich verzweifelt, aber Signar lachte nur, und wehrte ihre Schläge ab, als wüßte er genau, daß sie ihm nur aus Zorn und verletztem Stolz widerstand.
»Dafür sollst du sterben!« rief sie.
»Nein, dafür bin ich geboren!« antwortete er und preßte seine Lippen auf ihre entblößte Brust.
»Mögen dich die Götter vernichten!« fluchte sie. In diesem Augenblick, als ob sie ein Zeichen gegeben habe, erzitterte das Schiff. Eine riesige Welle hob es auf, so daß der Bug senkrecht in den Himmel ragte. Salustra und Signar, die sich verzweifelt aneinanderklammerten, wurden zu Boden geworfen und fielen beinahe über Bord. Während sich das Schiff wieder ächzend aufrichtete, hörten sie das Getöse fallender Einrichtungsstücke und die panischen Schreie der Gäste, die sich auf der Treppe drängten. Signar sprang auf und zog Salustra mit sich. Von der Spitze des Wellenkammes, auf dem das Schiff gerade schwebte, erblickten sie turmhohe Wellen, die in ein seltsam fahles Licht getaucht waren. Das erstaunlichste aber war, daß sich kein Lüftchen bewegte. Es war vollkommen windstill, der Himmel wolkenlos, und von weitem sah man die Lichter der Stadt, die anscheinend vollkommen unversehrt geblieben war, friedlich blinken.
Salustra und Signar starrten fassungslos auf die hohen Wellen, die das Schiff wie ein Spielzeug hin und her warfen, und die in alle Richtungen fliehenden Höflinge.

»Was in aller Welt, bedeutet das?« rief Signar, während er den Arm schützend um Salustra legte.
»Ein Erdbeben«, murmelte sie und spürte, wie sie den Boden unter den Füßen verlor.
»Wir werden alle ertrinken«, brüllte Signar, doch in diesem Augenblick legte sich der Wellengang und wie durch ein Wunder war die Oberfläche des Wassers wieder spiegelglatt.
Alle starrten einander verblüfft an und blickten dann auf das totenstille Meer.
»Ein Wunder!« rief Signar und wandte den Blick zu Salustra, die tief in Gedanken versunken auf die See starrte, als lausche sie einer inneren Stimme. Signar fand sofort seine Selbstbeherrschung und seine gute Laune wieder und sagte lachend: »Da sieht man, daß sich Sati nicht gegen ihren Willen erobern läßt! Gleich wird sie ungehalten und beschwört ein Beben herauf. Der Ozean zürnt mit ihr!«
Salustra sah ihn an, ohne zu lächeln. »Treibe keinen Scherz mit Sati! Hüte dich vor ihr!« sagte sie. »Sie meint es bitter ernst!«

XXVIII

Das Meeresbeben hatte Lamora zwar verschont, doch war das Volk beim Anblick des seltsamen Naturerreignisses in Panik geraten. Die Wissenschaftler sprachen von einer »Bewegung der Schichten auf dem Meeresgrund« und fügten hinzu: »Kein Grund zur Besorgnis!« Die Angst des Volkes war aber nicht so leicht zu verscheuchen. Uralte Prophezeiungen wurden hervorgeholt, die besagten, daß Atlantis eines Tages vom Meer verschlungen und die Erinnerung an diesen Erdteil für ewige Zeiten ausgelöscht werden würde. Als Strafe für die Sünden des Volkes sollte das Land vernichtet werden. Vergeblich wiesen die Wissenschaftler darauf hin, daß die Natur weder Gut noch Böse kenne und jeder menschlichen Regung gleichgültig gegenüberstehe.

Die Priester nahmen dagegen die Gelegenheit wahr, um ihr schwindendes Ansehen beim Volk zu stärken. Hatten sie nicht oft genug gewarnt, daß die Götter das Volk für seine Sünden und seine Gottlosigkeit bestrafen würden? Nun hatte es lediglich einen Vorgeschmack dessen bekommen, was eintreten würde, wenn es nicht zum wahren Glauben zurückkehrte und der Göttin Sati huldigte. Angst war ein wirksames Mittel, um die Menschen wieder zum Glauben zu zwingen. Die Schatztruhen der Tempel füllten sich, die Altäre waren mit Blumen überhäuft, Tiere wurden in Scharen geopfert, das Volk strömte in die Tempel und Jupia, die Hohepriesterin, triumphierte. Nur Salustra kam nicht in den Tempel, um den Göttern Dank zu sagen. Sie hoffte, durch ihr Beispiel das Volk davon zu überzeugen, daß nichts Außergewöhnliches eingetreten sei. Durch die Priester irregeführt, glaubte das Volk jedoch, die Götter wollten sich an der Gottlosigkeit der Kaiserin rächen.

Diese Schafsköpfe, dachte Salustra empört und schmiedete unbeirrt weiter an ihren Plänen gegen Signar, wobei sie die innere Stimme zu unterdrücken versuchte, die ihr sagte, sie solle den Mord unterlassen.

Einige Tage nach dem Meeresbeben erschien die Kaiserin in Begleitung Cretos und ihrer Leibwache unangemeldet in Jupias Haus. Die Priesterin war so überheblich geworden, daß sie die Kaiserin im Vorzimmer warten ließ.

Die alte Hexe sonnt sich in ihrem Ruhm, dachte Salustra bei sich und lächelte. Als sie endlich vorgelassen wurde, zeigte die Kaiserin aber keinerlei Verstimmung. »Jupia«, sagte sie freundlich, »es tut mir leid, wenn ich ungelegen komme«.

Jupias Miene blieb unbeweglich. »Keineswegs, Majestät«, antwortete sie. »Die Ankunft der Göttin Sati könnte mir auch nicht willkommener sein!«

Salustra lachte hell auf und nahm Platz. »Ich habe bemerkt, wie eifrig du damit beschäftigt bist, mein Volk in Angst und Schrecken zu versetzen«, sagte sie.

»Sie haben zu ihren Göttern zurückgefunden«, erwiderte Jupia todernst. »Aus Angst vor der Vernichtung,

die sie durch ihre Sünden und ihren lasterhaften Lebenswandel verschuldet haben, haben sie sich bekehrt.« Salustra lachte abermals. »Hätten einige Narren nicht voreilig geschwatzt, so hätte Lamora kaum etwas von dem Seebeben erfahren.« Sie lehnte sich vor und lächelte: »Ich bin aber unbesorgt, denn ich weiß, daß meine gute Jupia die Ängste des Volkes zerstreuen wird, damit sich die Gemüter beruhigen.«
Jupia schwieg, während Salustra noch immer lächelte. »Danke deinen Göttern, Jupia. Sie sind dir gnädig gewesen. Die Schatztruhen deines Tempels sind zum Bersten voll. Aber nun zur Sache: Ich bin hier, um dich um einen Gefallen zu ersuchen. Es ist eine persönliche Angelegenheit. Haben wir uns verstanden?«
Die Priesterin neigte schweigend den Kopf.
Salustra senkte die Stimme. »Du bist doch als Giftmischerin im ganzen Land berühmt, Jupia. Es werden dir sogar etliche ungeklärte Todesfälle zugeschrieben, mit denen du gar nichts zu tun hast.«
Jupia zuckte zusammen und ihr Gesicht verfärbte sich. Salustra unterdrückte ein Gähnen. »Von mir brauchst du nichts zu befürchten. Es gibt ohnehin zu viele Dummköpfe in der Welt. Die Menschheit von einigen zu befreien, ist ein gutes Werk.«
Jupias Hände verkrampften sich in ihrem Schoß, aber sie schwieg weiter.
»Außerdem«, fuhr die Kaiserin fort, »ist mir zu Ohren gekommen, daß du gemeinsam mit Senator Divona ein Komplott gegen mich schmiedest und einen Aufstand gegen mich anzetteln willst, indem du das Gerücht verbreitest, die Götter seien mit mir unzufrieden.«

Sie hielt inne und sah die Priesterin spöttisch an. »Aber ich glaube einfach solchen Gerüchten nicht. Ich strafe sie alle Lügen, indem ich sage: Nein, Jupia ist meine beste Freundin, sie ist mir treu ergeben.«
Dabei blitzten Salustras Augen und durchbohrten Jupias Gesicht.
Die Priesterin sah schweigend auf. »Ich bin gekommen, um deine Hilfe zu suchen«, fuhr die Kaiserin gelassen fort. »Ich verlange von dir, daß du mir auf der Stelle das stärkste, schnellste und wirksamste Gift verschaffst. Es soll keinen Geschmack und keinen Geruch haben und soll augenblicklich und schmerzlos töten. Außerdem muß es einen vollkommen natürlichen Tod vortäuschen, so daß niemand auch nur den geringsten Zweifel hat.«
Jupia hielt den Atem an. »Ist das ein Befehl, Majestät?«
Salustras Gesicht nahm einen harten, unerbittlichen Ausdruck an. »Ja«, sagte sie, »außer du möchtest selbst an Gift sterben!«
Ohne ein weiteres Wort zu verlieren, winkte Jupia eine Sklavin herbei und flüsterte ihr etwas ins Ohr. Danach faltete sie die Hände und versank in dumpfes Schweigen. Einige Augenblicke später kehrte die Sklavin mit einer kleinen goldenen Schatulle zurück. Jupia öffnete sie und entnahm ihr eine winzige, gläserne Phiole, die mit einer leuchtend roten Flüssigkeit gefüllt war.
Salustra lehnte sich vor und starrte atemlos auf das Gift.
»Es ist vollkommen geschmacklos«, sagte Jupia düster.
»Man kann es in Wein auflösen. Sekunden nach der Einnahme fällt das Opfer zu Boden, und der Tod tritt sodann schmerzlos ein.«

Salustra streckte die Hand nach der Phiole aus. »Deine Götter kennen sich im Brauen von Arzneien aus«, sagte sie. »Nicht ein Wort davon, sonst bist du des Todes!« Ohne die Priesterin auch nur eines Blickes zu würdigen, verließ Salustra das Haus und bestieg ihre Sänfte. Kaum hatte sich die Kaiserin entfernt, entsandte Jupia einen Boten zu Senator Divona, der sie sofort aufsuchte, worauf ihm die Priesterin über den Besuch der Kaiserin berichtete. »Ich hätte ihr ein harmloses Mittel geben können, aber ich bin überzeugt, daß sie es zuerst an einem Tier erproben wird«, sagte sie. »Du weißt doch sicher, für wen dieses Gift bestimmt ist.«

»Ich weiß es sehr wohl. Es ist für den Kaiser«, sagte der Senator. »Das war nicht anders zu erwarten. Man muß ihn sofort warnen, damit er keine Speisen und Getränke von ihr annimmt. Bei öffentlichen Anlässen hat er seinen Vorkoster bei sich. Ihre einzige Möglichkeit ist, ihm das Gift zu geben, wenn sie allein sind.«

Divona eilte sofort in den Palast, wurde aber nicht zu Signar vorgelassen. Der Kaiser, sagte man ihm, sei unpäßlich.

Vergeblich protestierte er und beteuerte mehrmals, eine Nachricht von äußerster Wichtigkeit, die keinen Aufschub dulde, zu überbringen. Gleichgültig erklärten die Wachen, sie würden die Nachricht an den Kaiser weiterleiten. Divona weigerte sich jedoch, sein Geheimnis den Soldaten anzuvertrauen und begab sich stattdessen zu Tyrhia. Als er vor ihren Gemächern auf Einlaß wartete, traf er Erato, der sich um eine Audienz bei der Kaiserin bemühte.

Der Dichter musterte den Senator voll Verachtung,

packte ihn grob am Arm und fragte schroff: »Was suchst du hier?«
Divona riß sich los und antwortete: »Das geht dich nichts an, du Grünschnabel!«
In diesem Augenblick wurde Erato mitgeteilt, daß sich die Kaiserin zu einer dringenden Sitzung in den Justizpalast begeben habe. Niedergeschlagen zog sich der Dichter zurück, während Divona zu den Gemächern Tyrhias geleitet wurde.
Er fand das junge Mädchen in einem Zustande höchster Erregung. »Es ist Wahnsinn, daß du hierher kommst, Divona«, rief sie. »Sage mir schnell, was du begehrst und verschwinde wieder!«
»Was ist geschehen, Hoheit?« fragte Divona betreten. »Außer uns beiden weiß doch niemand von unserer früheren Begegnung.«
Da sie nicht antwortete, fuhr er fort: »Die Stunde der Entscheidung ist gekommen. Bald bist du frei und mächtig!«
Tyrhia schwieg noch immer, doch er sprach unentwegt auf sie ein. »Ich habe erfahren, daß sich die Kaiserin Gift beschafft hat, um Signar zu töten. Er muß sofort gewarnt werden und zwar von dir! Bedenke nur, was es bedeutet, wenn du ihm das Leben rettest! Du mußt sofort zu ihm!«
Tyrhia dachte an die Rache ihrer Schwester, erschauerte und flüsterte: »Ich fürchte mich. Was ist, wenn er Salustra verrät, wer ihn gewarnt hat?«
»Er wird es nicht tun, wenn du ihn darum bittest!«
Sie preßte ihre kalten Hände an ihr Gesicht und kämpfte mit sich, doch schließlich trug die Rachsucht

den Sieg über ihre Furcht davon. »Ich will es tun!« sagte sie endlich.
»Du wirst ihm doch sagen, woher du die Nachricht hast, Prinzessin«, mahnte sie Divona mit einschmeichelnder Stimme.
»Ja, ich werde es ihm sagen«, erwiderte sie ungeduldig, schob ihn von sich und eilte, ohne sich zu verabschieden, in Signars Gemächer. Die Wachen grüßten sie respektvoll und nach einigen Augenblicken, die ihr wie eine Ewigkeit erschienen, wurde sie eingelassen.
Signar sah tatsächlich krank aus; tiefe Schatten umrandeten seine Augen. Er empfing sie schroff, ja fast unhöflich. »Ich bin gekommen, um dich zu warnen«, stieß sie hervor.
Ohne etwas zu sagen, hob er die Augenbrauen.
»Senator Divona hat mir eröffnet, daß sich die Kaiserin heute morgen Gift beschafft hat, um dich zu ermorden!«
Signar blieb regungslos stehen, nur seine Augen schienen in seinem Gesicht zu leben und bohrten sich in das Antlitz des Mädchens. Dann wandte er sich von ihr ab und blickte durch das Fenster seines Gemaches auf das weite Meer. Schließlich ergriff er ihre Hand und fragte: »Was hat dich bewogen, hierher zu kommen und mich zu warnen? Ich weiß, daß es nicht aus Liebe zu mir geschieht!«
Tyrhia schwieg eine Weile, dann schrie sie ihn in plötzlichem Zorn an: »Salustra hat mich dir zur Braut gegeben, obwohl sie wußte, daß ich einen anderen liebe!«
Signar sah sie belustigt an. »Und wer ist der Glückliche, den du liebst?«

»Erato, der Vetter des Königs von Dimtri.«
»Erato!« rief Signar und brach in schallendes Gelächter aus.
Tyrhia blickte ihn zornig an, sagte aber nichts.
»Und liebt er dich auch, Prinzessin?«
»Ich glaube es wenigstens«, antwortete sie. Dann überkam sie aufs neue die Angst. »Du wirst doch Salustra nicht verraten, daß ich dich gewarnt habe«, sagte sie. Er ließ ihre Hand los und stieß sie grob von sich. »Ich werde dafür sorgen, daß dir kein Leid geschieht«, antwortete er gleichgültig, kehrte ihr den Rücken zu und ein Adjutant geleitete sie hinaus. Signar stand lange schweigend mit gesenktem Haupt, tief in Gedanken versunken. Dann preßte er die Hände zusammen und murmelte vor sich hin: »Es gibt weit und breit keine Liebe in diesem Land, keine Liebe...«

XXIX

Als Salustra von einer langen Sitzung im Justizpalast zurückkehrte, fand sie eine Botschaft von Signar vor. »Majestät! Du hast dich mehrere Tage lang meiner Gegenwart entzogen. Ist es möglich, daß ich dich so schwer beleidigt habe? Kannst du nicht einem armen Tölpel verzeihen, dessen Sinne der Wein verwirrte?«
Salustra zerdrückte das Pergament zwischen ihren Fingern. Sie schrieb eine hastige Antwort und beauftragte einen Sklaven, sie Signar zu überbringen. Dann schlug sie die Hände vor das Gesicht und weinte bitterlich.
Signar öffnete den Brief und las: »Ich bin bereit, dein Benehmen auf dem Schiff zu verzeihen. Willst du heute abend nach der Aufführung im Amphitheater in meinen Privatgemächern mit mir speisen?«
Es ist also soweit, dachte der Kaiser. Heute abend will sie mich vergiften. Eine seltsame Schwermut bemächtigte sich seiner. Was bin ich für ein Narr, mir einzubilden, daß ihre Wangen bei meinem Anblick vor freudiger Erregung erröteten, daß ihre Hand in der meinen gezittert habe. Während er sich fragte, was nun zu tun sei, betrat Sito an der Spitze seiner Generale das Gemach und meldete: »Salustras Truppen haben sich überall mit den unseren vereinigt. Das Reich liegt dir zu Füßen, Majestät!«

Anstatt zu frohlocken, wurde Signar nur noch niedergeschlagener. Ich habe nie zuvor geliebt, dachte er verbittert. Welch eine Ironie des Schicksals, daß ich eine Frau lieben muß, die meinen Tod will und deren Reich ich soeben mühelos erobert habe.
Es blieb ihm wenig Zeit, sich zu bemitleiden. Die Generale erwarteten seine Befehle und so traf er kurz und bündig seine Anordnungen. Nachdem sie gegangen waren, bereitete er sich auf die Zusammenkunft mit Salustra vor. In Begleitung seiner Ratgeber begab er sich zu ihren Gemächern, von dem Verlangen erfüllt, so bald wie möglich die volle Wahrheit zu erfahren.
Salustra erwartete ihn in Begleitung von Tyrhia, Brittulia und Mahius und begrüßte ihn mit den Worten: »Ich hoffe, ihr werdet diesen Tag genießen. Heute werden die Spiele in der Arena eröffnet und es ist Sitte, daß die Kaiserin und der gesamte Hof daran teilnehmen.«
Er küßte ihre Hand. »Allein das Vergnügen dich zu begleiten, genügt, um mich zu erfreuen, Herrin!«
Sein Blick streifte Tyrhia und glitt an ihr vorbei, aber als die Prinzessin seinen Augen begegnete, erzitterte sie vor Angst.
Das Amphitheater von Lamora befand sich außerhalb der Stadt, an einer der wichtigsten Hauptstraßen des Landes. Alle Anmarschwege waren trotz der drückenden Hitze und des dichten Nebels, der die Stadt wie eine graue Wolke einhüllte, mit Wagen, Pferden und Fußgängern verstopft.
Die Menge in der dichtbesetzten Arena war erregt und erwartungsvoll. Das Geräusch der Stimmen klang wie das Sumen in einem riesigen Bienenkorb.

Ein Trompetenstoß verkündete die Ankunft der Kaiserin und ihres Gefolges, und zugleich ertönten aus tausend Kehlen die Jubelschreie und Hochrufe des Volkes. Salustra nahm mit ihrem Gefolge von Senatoren, Hofdamen, Adeligen und Jupia, der Hohenpriesterin, in der Hofloge Platz. Neben ihr saßen Signar und seine Generale. Die Kaiserin erwiderte die Ovationen der Menge mit einem Nicken des Kopfes und einem Heben der Hand.

»Man sieht, wie beliebt du bist!« sagte Signar lachend.

»Keineswegs«, erwiderte sie. »Die Leute sind nur guter Laune, denn sie sind dankbar für jede Zerstreuung, die sie von ihren Ängsten und ihrer Langeweile ablenkt.«

»Das stimmt«, antwortete er. »Es gibt nichts unbeständigeres als die Gunst des Volkes.«

Ihr Körper schien wie unter einer Last zusammenzusinken.

»Du bist müde«, sagte er besorgt.

»Ich bin in letzter Zeit oft müde. Es liegt vielleicht an dieser drückenden, schwülen, geradezu bedrohlichen Hitze.« Sie runzelte die Stirn, lächelte aber gleich darauf unbeschwert. »Heute morgen mußte ich zu einer höchst seltsamen Gerichtsverhandlung gehen. Du mußt wissen, daß ich keine neuen Religionen in Atlantis ermutige. Die alte Religion hat schon genug Unheil angerichtet. Außerdem teile ich die Meinung meines Vaters, daß eine alte dekadente Nation besser bei ihrer alten Religion bleibt. Dennoch scheint sich ein neuer Glaube in Lamora breit zu machen, den eine Gruppe schwarzhaariger Männer eingeführt hat. Sie wiegeln das Volk auf und predigen öffentlich über eine angebliche Strafe

Gottes, die da kommen soll. Sie sagen, daß ihr Gott, den sie Jehova nennen, der Sünden der Welt überdrüssig, beschlossen habe, die Schöpfung in einer Art von Sintflut zu vernichten und die Menschheit auszulöschen. Gleichzeitig behaupten sie, es sei möglich, Gottes Zorn zu besänftigen, wenn man sich rechtzeitig bekehre und seine Sünden bereue. Das alles würde lächerlich klingen, wenn nicht viele Menschen darin die alten Prophezeiungen von Atlantis wiedererkennen würden. Sie fragen sich: Haben uns nicht unsere eigenen Götter gewarnt? So hören sie ängstlich zu und bekehren sich zu dieser widerwärtigen Religion.«

»Und was sind die Grundsätze dieses Glaubens?« fragte Signar ernst.

»Sie erkennen nur einen Gott an, was zugegebenermaßen eine Verbesserung ist. Außerdem erklären sie, daß ihr Gott allwissend, allmächtig, weise und barmherzig sei. Und was am erstaunlichsten an diesem Gott ist: Er hat keine Frauen. Ein besonders sittenstrenger Asket von einem Gott also. Diese Barbaren behaupten, er sei nur dazu da, die Menschen gerecht zu machen und ihnen den ewigen Frieden zu schenken. Sie sagen, er sei über die Sünden und den Aberglauben der Gegenwart äußerst erzürnt. Damit wäre ich einverstanden, doch ist er ein Feind jeder Lust und jedes Vergnügens, aller Freuden und Zerstreuungen und insoferne stimme ich nicht mit ihm überein. Es würde mich reizen, einmal mit ihm ein Streitgespräch zu führen. Vielleicht könnte ich ihn ein wenig von seiner Askese ablenken.«

Signar lachte zustimmend. »Es wundert mich, daß solch ein Gott so viele Anhänger haben kann.«

Salustra schüttelte den Kopf. »Diese Lehren appellieren an die Urangst und die macht die Menschen fügsam.«
»Ist dieser Jehova jung und schön?« fragte der Kaiser.
»Nein. Ich glaube eher, daß er alt, häßlich und bärtig ist«, antwortete Salustra. »Vielleicht sagen das aber nur seine Anhänger, weil die meisten von ihnen selbst alt, häßlich und bärtig sind.«
Sie runzelte die Stirne und senkte die Stimme, so daß nur Signar sie hören konnte.
»Ich würde ja unter Umständen diese Männer dulden. Aber seit dem Meeresbeben vor einigen Tagen sind sie noch aufdringlicher geworden. Sie behaupten, das sei eine Warnung gewesen, und das Volk glaubt ihnen. Ich habe bereits daran gedacht, Jupia gegen sie aufzuhetzen. Sie weiß, wie man mit gefährlichen Rivalen fertig wird.«
Signar fragte weiter: »Was hat sich heute morgen vor Gericht abgespielt?«
»Einige von ihnen wurden mir vorgeführt. Ich sprach mit ihnen und sie zeigten keinerlei Scheu, obwohl sie wußten, daß sie die Todesstrafe erwartet. Sie beantworteten meine Fragen mit Offenheit, Klarheit und Würde und sagten, sie seien von weither gekommen, um die Menschen zu warnen, daß ihnen der Zorn des Schöpfers drohe.«
Salustra mußte lachen, als sie sich an die Szene erinnerte: »Ich habe sie in ein Streitgespräch über ihren Jehova verwickelt, indem ich sagte: ›Wir haben doch nichts auf der Welt als ein bißchen armseliges Vergnügen. Dürfen wir denn nicht unser Glück genießen?‹ Darauf antwortete ihr Anführer, ein schwarzbärtiger Mann mit glü-

henden Augen: ›Glück und Lust sind nicht ein und dasselbe. Glück liegt tief im Herzen jener Menschen verborgen, die den Willen Gottes erkennen. Glück kommt nur zu dem, der am Abend, nach einem arbeitsreichen Tag, sagen kann, daß er ein gutes Tagwerk vollbracht und keinem anderen Menschen etwas zuleide getan hat. Lust ist dagegen ein tödliches Rauschgift für den Menschen, der Gott flieht, dessen Hände nichts Gutes vollbracht haben und der in seinem Herzen nur Laster und Bosheit birgt.‹« Salustra sah den Kaiser unschuldig an. »Ich habe über ihn gelächelt, aber ich weiß, daß er die Wahrheit gesprochen hat. Niemand ist so krampfhaft auf der Suche nach eitlem Vergnügen wie der Unglückliche. Niemand trinkt so unmäßig, wie derjenige, der seinen Kummer zu ertränken versucht. Niemand lacht so laut, wie der, dessen Herz bricht. Niemand scheint so fröhlich wie derjenige, der ein schlechtes Gewissen verbergen will. Ich fürchte mich vor der Sittenstrenge, die diese Männer predigen.«

Jupia, die hinter dem kaiserlichen Paar saß, hatte das Gespräch belauscht, beugte sich vor und sagte: »Seltsam, dich über die Götter sprechen zu hören, Majestät!«

Salustra warf Signar einen belustigten Blick zu und tat, als habe sie die Bemerkung der Priesterin überhört. »Die Götter sind eine sehr praktische Einrichtung«, sagte sie spöttisch. »Man sollte sie zu Ministern ernennen. Zu etwas anderem sind sie nicht nutz und gehörten eigentlich abgeschafft.«

Während sie noch sprach, verstummte die Eröffnungsmusik. Eine riesige schwarze Wolke war am Himmel

erschienen, verfinsterte die Arena, und angstvoll blickten die Menschen nach oben.
»Die Luft ist viel zu trocken. Es wird nicht regnen«, sagte die Kaiserin und gab sich Mühe, ruhig zu bleiben.
Signar beugte sich zu Ganto, der ihm zuflüsterte: »Wie gelassen dieses unverschämte Weib ist. Sie glaubt sich in Sicherheit. Umso schrecklicher wird morgen ihr Erwachen sein!«
Schauspieler betraten nun die Arena. Sie führten ein einfaches Stück auf, das aber von geradezu brennender Aktualität war: Die Geschichte einer sündigen Stadt, in der nur ein gerechter Mann lebte. Die Tempel der Götter waren verlassen, der Gerechte klagte darüber, doch seine Mitbürger lebten nur dem Laster und dem Vergnügen. Iontho, so hieß der gerechte Mann, der täglich in den verlassenen Tempeln zu den Göttern betete, hatte eine einzige Tochter, ein hübsches, leichtsinniges Geschöpf, das sich nur dem Vergnügen hingab. Deshalb war auch sie zum Untergang verdammt. Eines Tages erschien Iontho im Tempel ein Gott in der Gestalt eines strahlenden, in eine Wolke gehüllten Jünglings und sagte ihm, die Götter hätten beschlossen, die Stadt ihrer Laster wegen zu vernichten. Als Iontho um Gnade bat, befahl ihm der junge Gott nach einigem Zögern, er möge inmitten der Stadt einen Altar errichten und darauf seine Tochter opfern. Dann würden die Götter die Stadt verschonen.
Kummer und Schmerz überwältigten Iontho, er kehrte heim, fand seine Tochter in den Armen ihres Liebhabers und fragte sich, ob die Götter ein unkeusches Opfer überhaupt annehmen würden.

Trotzdem errichtete er einen prunkvollen Altar inmitten der Stadt, schmückte ihn mit Blumen, schleppte seine Tochter herbei, hob sie auf den Altar und stieß ihr, zum Entsetzen der Menge, die sich versammelt hatte, ein Messer in die Brust.
Das Mädchen hauchte sein Leben aus; zugleich aber erschien, strahlend und erfreut über das ihm dargebrachte Opfer, der junge Gott. Es eilte aber auch der Liebhaber des Mädchens herbei, zog sein Schwert und durchbohrte die Brust des lächelnden Gottes, auf dessen Leichnam sich in Gestalt eines glänzenden Tuches eine Wolke herabsenkte. Der Liebhaber hob das Tuch auf, der Gott war verschwunden, und an seiner Stelle lag ein widerwärtiges Reptil am Boden. Danach stürzte sich der Jüngling auf Iontho und erschlug ihn, um sich schließlich selbst das Schwert in die Brust zu stoßen.
Das blutrünstige Stück war als zynische Satire gedacht. Iontho wurde als religiöser Fanatiker dargestellt, seine Tochter als lebenslustiges Geschöpf, das sich nur nach irdischer Liebe sehnte, der Gott als Heuchler, der das Mädchen begehrt und der Liebhaber als edler Rächer all dieser Verschlagenheit.
Das Publikum hatte das Stück bereits unzählige Male gesehen, genoß es jedoch immer wieder aufs neue. Die Menschen lachten, wenn der Gott dem gerechten Iontho den Befehl gab, seine Tochter zu opfern, um die Stadt zu retten, sie grölten, wenn das Mädchen erstochen wurde, freuten sich über die Ankunft des Gottes, kreischten schadenfroh, wenn er erschlagen wurde, klatschten Beifall, wenn Iontho getötet wurde und weinten, wenn sich der Liebhaber entleibte.

Heute schien die Stimmung der Menge aber seltsamerweise ins Gegenteil umzuschlagen. Sie sahen dem Stück in befangenem Schweigen zu und blickten bisweilen angstvoll zum Himmel. Als verkündet wurde, die Götter hätten beschlossen, die Stadt zu zerstören, zuckten die Menschen zusammen, als ob ein kalter Wind durch die Reihen gegangen sei, und als Iontho die Tochter auf den Altar hob, hörte man zuerst schwachen Applaus und dann, nach verlegenem Zögern, dröhnte das Amphitheater vor Beifall.
»Ihr guten Götter«, murmelte Salustra, während ihre Finger nervös mit ihrer Halskette spielten.
Jupia dagegen lächelte zufrieden und ihre Augen leuchteten voll Schadenfreude. Ihre Priester hatten gute Arbeit geleistet.
Das Stück ging weiter. Als der Liebhaber die Brust des Gottes mit seinem Schwert durchbohrte, stöhnte das Volk auf. Salustra lehnte sich gegen die Brüstung ihrer Loge und beobachtete gespannt das Geschehen in der Arena.
Das Tuch, das die Wolke verkörperte, senkte sich über den Gott und bedeckte ihn, der Liebhaber warf es beiseite und das Reptil wurde sichtbar. Die Menge grölte und schrie durcheinander, als lehne sie sich gegen eine Gotteslästerung auf. Die Kaiserin saß wie versteinert. Als Iontho getötet wurde, erschallten wilde Protestrufe und während der Schlußszene sprangen die Menschen von ihren Sitzen und klatschten Beifall. Frauen schluchzten, Männer schrien und selbst die Schauspieler verloren ihre Fassung und verließen eilig die Arena. Dann, als hätte die Menge ein magisches Zeichen erhal-

ten, wandten sich alle Köpfe Salustra in der kaiserlichen Loge zu.
Signar erkannte sofort, daß sich hier Außergewöhnliches ereignete. Er sah Jupia an, die als einzige in der kaiserlichen Loge sichtlich befriedigt war.
»Die Leute sind rebellisch«, flüsterte Mahius, aber Salustra hörte kaum auf ihn und lächelte nur verächtlich.
Signar berührte ihren Arm. »Laß uns gehen«, flüsterte er. »Diese Stimmung ist gefährlich.«
»Ich soll gehen?« fragte sie. »Ich soll diesen Bestien in Menschengestalt den Beweis liefern, daß Lazars Tochter ihresgleichen fürchtet?«
Sie hob gebieterisch die Hand.
Bei diesem Zeichen ertönten Trompetenstöße und die bronzenen Tore der Arena öffneten sich weit. Der berühmte Ringer Noti, ein Liebling der Bürger von Lamora, betrat die Arena. Sein Gegner war ein Ringer aus der Fünften Provinz. Die Menschen kehrten auf ihre Plätze zurück, es wurde still und der Kampf begann. Die nackten Leiber der Athleten glänzten im fahlen Licht der Sonne. Begeisterte Rufe begleiteten jeden Griff Notis, Wetten wurden abgeschlossen, und als er schließlich gesiegt hatte, wurde er mit Beifall überschüttet.
Dann traten Wettläufer, Reiter, Akrobaten, Gaukler, Gewichtheber, Musikanten, Zauberkünstler, Faustkämpfer und Tierbändiger in die Arena. Die Zuseher waren bereits ermüdet und gelangweilt, die Hitze wurde immer drückender und der Himmel verfinsterte sich zusehends. Von weitem war Donnergrollen zu vernehmen. Die Menschen blickten auf die Ausgänge

und nicht einmal die Löwenbändiger waren imstande, ihre Aufmerksamkeit zu fesseln.
Und dann geschah es. Die gespannte Atmosphäre in der Arena schien sich auf die Tiere übertragen zu haben, einer der Löwen sprang auf und schnappte nach der Peitsche des Tierbändigers. Vielleicht wäre alles gut gegangen, wenn der Mann nicht gestolpert und auf den Boden gestürzt wäre. Die Raubtiere fielen über ihn her; sein verzweifeltes Schreien reizte die Menge; Mitleid und Sensationslust steigerten sich zur höchsten Erregung.
Mit Speeren bewaffnete Wachen liefen in die Arena. Die Zuschauer drängten sich neugierig nach vorne und wurden von den Löwen angesprungen. Hunderte von Menschen wurden im Getümmel niedergetrampelt, Frauen kreischten und fielen in Ohnmacht, überall floß Blut.
Signar, der wußte, daß Gewalt ansteckend sein konnte, stellte sich schützend vor Salustra. Einige Augenblicke später waren die Löwen erschlagen und die Leichen der Opfer wurden weggetragen. Regen fiel prasselnd herab und im Getöse des Gewitters zogen sich Salustra und Signar mit ihrem Gefolge hastig zurück.

XXX

Eine drohende Stille lag über der Stadt, dunkle Wolken bedeckten den Himmel, das Meer schäumte, Unheil lag in der Luft.

Signar schickte sich an, Salustra in ihren Gemächern aufzusuchen. Er blickte aus dem Fenster und sah, daß die Wachen vor dem Palast verdoppelt worden waren. Soldaten mit brennenden Fackeln marschierten vor den Toren auf und ab, und Creto hielt sich unauffällig in ihrer Nähe auf. Der Kaiser lächelte, denn er hatte seine Anordnungen längst getroffen. Alles war bereit, man wartete nur auf sein Zeichen.

Auch Salustra erteilte ihre Befehle. »Ich habe außer dir niemanden, dem ich vertrauen kann«, sagte sie zu Creto. »Tu deine Pflicht, so gut du kannst. Sollten meine Pläne scheitern, habe ich noch einen letzten Befehl für dich!«

»Majestät, mein Leben gehört dir«, antwortete der junge Hauptmann, indem er vor ihr niederkniete und den Saum ihres Kleides küßte.

»Schlimme Vorahnungen erfüllen mich«, fuhr die Kaiserin fort. »Hast du gemerkt, wie aufgebracht die Menge heute in der Arena war?«

»Sie haben Angst«, antwortete er nachdenklich. »Jupias Priester versuchen seit einiger Zeit das Volk einzu-

schüchtern und nach dem Meeresbeben machen sie dich mehr denn je für alles Unheil verantwortlich.«
Salustra nickte finster entschlossen. »Morgen wirst du Jupia zu mir bringen, Creto. Aber sage noch einmal: Ist mir die kaiserliche Garde treu ergeben?«
Cretos Gesicht verdüsterte sich, doch er antwortete: »Sie sind bereit, für dich zu sterben, Majestät!«
Nachdem sie Creto entlassen hatte, schmückte sie sich wie eine Braut. Sie badete, ließ sich mit wohlriechenden Essenzen einreiben und legte ein durchsichtiges, silbrig schimmerndes Kleid und kostbare Armreifen an. Das Geschmeide ihres Vaters glänzte an ihrem Hals, doch in den Falten ihres Gewandes war die Phiole verborgen, die ihr Jupia gegeben hatte.
Ein Vorhang öffnete sich lautlos und Signar betrat ihr Gemach. Einige Augenblicke lang sahen sie einander schweigend in die Augen, dann reichte ihm Salustra lächelnd die Hand: »Ist das nicht eine furchterregende Nacht«, sagte sie mit matter Stimme. »Sieh nur, wie finster das Meer und der Himmel sind. Ist das nicht ein böses Omen?«
Er sah sie forschend an. »Ein böses Omen gibt es nur für den, der Böses im Sinn hat.«
»Da hast du recht«, antwortete sie. »Aber laß uns jetzt zu Tisch gehen.«
Signar wollte das Unvermeidliche wenigstens hinauszögern. »Nein, noch nicht, Salustra«, sagte er.
Sie seufzte und nahm mit niedergeschlagenen Augen auf einem Diwan Platz. Nach einigem Zögern setzte sich Signar an ihre Seite. Einen Augenblick lang erwog er, ob er enthüllen solle, daß er über ihre Pläne unter-

richtet war. Dann aber schob er den Gedanken von sich und hoffte, Salustra werde auf ihr Vorhaben verzichten. Er musterte ihr blasses Gesicht, ihre eingefallenen Wangen, die tiefen Schatten unter ihren Augen. Offensichtlich litt sie unter einer Last, die sie kaum zu ertragen vermochte.

Sie sah zu ihm auf, ihre Lippen öffneten sich, als wolle sie etwas sagen, aber unter seinem liebevollen Blick errötete sie tief und schwieg, erhob sich und eilte auf die Terrasse. Er folgte ihr. Ein heulender Sturm wirbelte durch ihre Kleider und verschlug ihnen fast den Atem. Die Stadt war in Finsternis getaucht, die Brandung tobte, ein Blitz durchzuckte den Himmel.

»Welch eine stürmische Nacht«, rief Signar in den heulenden Sturm. »Man hat das Verlangen, sich davontragen zu lassen und hinter den Wellen herzujagen.«

Salustra trat einen Schritt näher an ihn heran. Sie blickte zum Himmel empor und streckte die Arme aus, wie im Gebet. Der Wind spielte mit ihrem langen Haar, das ihr ins Gesicht fiel, und das glitzernde Silberkleid umspannte ihren schlanken Körper wie ein Segel.

Signar betrachtete fasziniert diese rätselhafte Frau. Zu welchem Gott betet sie jetzt, dachte er. Wer sind die Dämonen, mit denen sie Zwiesprache hält?

Als sie sich ihm wieder zuwandte, war ihr Gesicht ausdruckslos wie eine Totenmaske. Wie im Traum wandelnd, schritt sie in das Gemach zurück und er folgte ihr. Seine Niedergeschlagenheit wuchs. Er stand neben ihr an der Tafel, wartete bis sie sich setzte und ließ sie nicht aus den Augen.

Tyrhia hatte ihn vor vergiftetem Wein gewarnt, aber er

hatte beschlossen, nichts zu essen oder zu trinken, was Salustra nicht vorher gekostet hatte. Sie hielt ihm eine Schale mit Obst entgegen, doch er nahm nur eine Orange. Sie forderte ihn auf, von den köstlichen kandierten Früchten zu essen, er nahm aber nur ein Stück und biß nicht davon ab. Kristallkelche, mit Wein gefüllt, standen auf dem Tisch. Ob sie bereits vergiftet sind?, dachte er bei sich.

»Du ißt so wenig«, sagte sie mit leisem Vorwurf.

Er sah auf ihren Teller, merkte, daß auch sie kaum etwas angerührt hatte und erwiderte: »Du auch nicht.« Salustra zwang sich zu essen, aber der Bissen blieb ihr im Halse stecken.

Signar beobachtete seine Gastgeberin, die langsamen Bewegungen ihrer weißen Hände, die halbgeschlossenen Augen. Sie machte den Eindruck, als litte sie unsägliche Qualen.

»Was ist das für eine seltsame Welt, in der wir leben«, sagte er, seinen eigenen düsteren Gedanken nachhängend. »Was wir am meisten ersehnen, das bleibt uns verwehrt. Die Dinge, um die uns so viele Menschen beneiden, sind uns gleichgültig. Ist das eine besonders unglückliche Eigenschaft unserer Natur, daß wir immer das erstreben, was wir nicht haben können, oder ist es uns von einem grausamen Gott bestimmt, daß wir nie erreichen können, wonach wir uns am meisten sehnen?«

»Ich glaube, daß die Götter ihren Spaß daran haben, uns zu quälen«, erwiderte Salustra. »Sie erfüllen uns mit unstillbarem Durst, um uns dann mit faulem Regenwasser zu laben. Sie legen dem Strebsamen das Ver-

langen nach Macht und Schönheit in die Wiege und dann lassen sie den Unglücklichen in Sehnsucht verschmachten, ohne daß er jemals sein Ziel erreichen kann.«
»Oder«, sagte der Kaiser leise, »sie lassen uns in Liebe nach einem Menschen verschmachten, dem wir gleichgültig sind.«
Weder Signar noch Salustra hatten die Kelche, die vor ihnen standen, berührt. War es nur Einbildung oder glaubte er, wirklich zu erkennen, daß sein Wein eine andere Farbe hatte und leicht schäumte.
Salustra blickte ihn an. »Erzähle mir etwas von deiner Heimat«, forderte sie ihn mit leiser Stimme auf.
Er zuckte mit den Achseln. »Da gibt es nicht viel zu erzählen. Mein Land ist anders als Atlantis. Es ist wild und unfruchtbar und die nördlichen Gebiete sind dicht bewaldet und fast immer mit Eis und Schnee bedeckt. Wie du weißt, sind nur die östlichen und südlichen Provinzen bewohnt, der Rest ist unbebaut, aber reich an Bodenschätzen. Ich träume davon, dort, wo jetzt nichts als Wildnis ist, mächtige Städte zu errichten. Mein Volk ist jung und unternehmungslustig, es fehlt ihm nur an Ermutigung, seine Talente zu entfalten!«
Seine Offenheit verblüffte sie. »Und woher soll diese Ermutigung kommen?« fragte sie.
Er spielte mit seinem Weinkelch und blickte nachdenklich vor sich hin. »Vielleicht werden uns die Götter gnädig sein«, antwortete er schließlich.
»Du meinst, du wirst die Götter schon zwingen, euch gnädig zu sein!«
Ihre Augen trafen sich kurz, dann blickte sie zur Seite

und ein Schatten fiel auf ihre Züge. Er umschloß ihre Hand fest mit der seinen. »Wer kann einen anderen zwingen, ihm gnädig zu sein?« fragte er leise.
Sie zog ihre Hand zurück und hob den Kelch, in dem der Wein funkelte und ihre blassen Züge erleuchtete. »Laß uns auf unsere Freundschaft trinken«, rief sie.
Den Blick auf sie gerichtet, hob er den Kelch, setzte ihn an die Lippen, als ob er trinken wolle, hielt aber plötzlich inne.
»Warte!« befahl sie.
Er stellte den Kelch hin und sah sie erstaunt an. »Was soll das, Salustra?« fragte er. »Wir wollten doch auf unsere Freundschaft trinken?«
»Laß uns zuerst miteinander reden!« sagte sie.
Er hob den Kelch aufs neue und seine Augen leuchteten in ausgelassener Freude. »Laß uns auf die Sinnlosigkeit des Daseins trinken!« rief er und berührte den Kelch mit den Lippen, als ob er trinken wolle.
»Warte«, rief Salustra abermals und sprang auf. Er sah sie mit gespielter Verwunderung an und stellte den Kelch auf den Tisch. Kraftlos sank sie mit aschfahlem Gesicht zurück. »Das ist ein schwacher Trinkspruch«, brachte sie mühsam hervor. »Kennst du keinen besseren?«
Er zuckte mit den Achseln. »Einen besseren?Wir sind nur ein Spielzeug der Götter. Sie haben uns in ihrer Laune geschaffen wie Puppenspieler, die ihre Marionetten auf der Bühne tanzen lassen.«
Während er sprach, vernahm er, worauf er die ganze Zeit gewartet hatte – gedämpfte Schritte hinter dem Vorhang.

Noch einmal hob er den Kelch und betrachtete mit gerunzelter Stirn den Wein. »Wenigstens wagen wir die Götter zu verspotten, wenn wir vom Wein berauscht sind!«
Er setzte neuerlich den Kelch an die Lippen und beobachtete dabei unentwegt die Kaiserin.
»Warte!« rief sie beschwörend, streckte die Hand aus und versuchte gelassen zu erscheinen. »Laß uns mit den Trinksprüchen noch etwas zuwarten!« Sie fiel in ihren Sessel zurück und barg das Gesicht in den Händen. Dann hob sie den Kopf und sagte mit bitterem Lächeln. »Ich habe soeben eine schreckliche Entdeckung gemacht. Ich bin feige, mir fehlt jeder Mut, jede Entschlossenheit, kurz gesagt, ich bin eben ein Weib!«
Ihr Gesicht war gerötet und verriet höchste Erregung. »Laß uns trinken«, rief sie, »aber laß mich aus deinem Kelch trinken. Es ist eine alte Sitte in Atlantis, daß man unter Freunden die Kelche tauscht!« Sie beugte sich über den Tisch, hielt ihm ihren Kelch entgegen und rief mit leuchtenden Augen: »Auf dein Wohl! Laß uns auf Atlantis trinken, das ich soeben verraten habe, und auf die grausamen Götter der Unterwelt!«
Sie setzte den Kelch an die Lippen, warf den Kopf zurück und hätte den Wein in einem Zug hinuntergestürzt, wäre Signar nicht aufgesprungen, um ihr das Gefäß aus der Hand zu schlagen. Der Wein ergoß sich über ihr Kleid. Zugleich erbebte die Erde, ein gewaltiger Donnerschlag ertönte und der Himmel färbte sich glühend rot.
»Warum wolltest du sterben?« fragte Signar sanft. »Warum wolltest du mein Leben schonen?«

Sie betrachtete den zerborstenen Kristallkelch auf dem Boden und ließ den Kopf sinken.

»Sage mir, warum du mein Leben schonen wolltest, Salustra?« wiederholte er. »Warum wolltest du an meiner Stelle sterben?«

Sie schloß die Augen, als könne sie der Wirklichkeit entfliehen.

Seine Stimme war voll Mitgefühl. »Wolltest du sterben, weil du dachtest, du hättest Atlantis verraten? So etwas darfst du nicht denken, Salustra! Daß der Wein vergiftet war, wußte ich, bevor ich kam. Also brauchst du dich nicht der Feigheit zu bezichtigen.«

Sie hob den Kopf. »Du wußtest, daß der Wein vergiftet war?« fragte sie.

»Ja, ich bin gewarnt worden!«

Sie strich sich die schweißnassen Strähnen aus der Stirn.

»Wer hat es dir gesagt?«

»Deine Schwester Tyrhia. Sie hat es von jemand anderem erfahren.«

»Meine süße kleine Tyrhia!« sagte Salustra spöttisch.

»Wie du siehst, ist sie gar nicht so süß«, sagte er trokken.

»Ich habe das Gesetz der Gastfreundschaft verletzt«, fuhr sie fort. »Ich habe versucht, dich zu töten!«

Sie streckte ihm die Hand entgegen, aber er wandte sich ab.

»Du willst mir nicht die Hand geben? Umso besser, du bist kein Heuchler.« Dann sagte sie plötzlich in verändertem Ton: »Du fragst gar nicht, ob ich nicht noch einmal versuchen werde, dich zu töten. Du bist mir ausgeliefert, vergiß es nicht!«

Er legte ihr die Hand auf die Schulter. »Nein, Salustra, es ist umgekehrt. Du bist in meiner Gewalt!«
Sie erhob sich, ging auf den Vorhang zu und schob ihn beiseite.
Im Vorzimmer standen die Soldaten ihrer Garde mit dem lächelnden Siton an der Spitze.
Salustra zögerte keinen Augenblick. Mit festem, gelassenem Schritt trat sie auf die Soldaten zu und blieb vor ihnen stehen. Unter ihrem forschenden Blick senkten sie verlegen die Köpfe. »So«, sagte sie heiter, »da seid ihr ja, die Helden des großen Lazar!«
Ein Murren ging durch die Reihen, aber keiner wagte, ihrem Blick zu begegnen.
Lächelnd legte Salustra die Hand auf die gepanzerte Brust eines Soldaten in der vordersten Reihe. »Du hast an der Seite meines Vaters gekämpft, Uslio«, sagte sie sanft. »Ich erinnere mich, daß du bei einer Belagerung verwundet wurdest, und mein Vater, selbst aus zahlreichen Wunden blutend und dem Tode nahe, hat dir das Leben gerettet.« Sie schwieg eine Weile, ehe sie hinzufügte: »Er hat dich genauso geliebt, wie ich dich geliebt habe!«
Tief beschämt senkte der Soldat den Blick.
Dann wandte sich Salustra einem anderen ihrer ehemaligen Leibgardisten zu. »Und du, Lio«, sagte sie mit ebenso sanfter Stimme wie zuvor. »Mein Vater hat dich von der Sklaverei befreit, als du noch ein Knabe warst. Du bist ihm weinend zu Füßen gelegen!«
Der Soldat stöhnte leise und wandte sich ab. Siton blickte verlegen vor sich hin und griff nach dem Schwert. Signar schüttelte nur den Kopf.

Salustras Augen wanderten von einem Soldaten zum anderen und sie sprach fast zärtlich zu ihnen: »Mein Vater hat euch alle mir anvertraut. Ihr habt mir Treue geschworen bis in den Tod.« Sie zuckte resigniert mit den Achseln. »Aber der Mensch ist schwach. Ich gebe euch keine Schuld. Ein anderer, Stärkerer hat euch gekauft. Seiner Gnade seid ihr jetzt ausgeliefert!«
Sie wandte sich spöttisch an Signar. »Nimm sie hin, mein Gebieter. Mögen sie dir besser dienen als mir zuvor! Was hast du soeben über die Sinnlosigkeit des Daseins gesagt?«
Sie kehrte zur Tafel zurück, blieb regungslos stehen, lächelte vor sich hin und fragte: »Muß ich also annehmen, daß ganz Atlantis sich dir ergeben hat?«
Er nickte schweigend. Sie blickte ihn mit unverhohlener Bewunderung an und sagte: »Meine einzige Schande ist, daß ich wie ein einfältiges, ahnungsloses Kind vor dir stehe.«
»Nein«, rief er lebhaft. »Nein! Ich weiß deinen wahren Wert zu schätzen!«
»Was wird nun aus Creto?« fragte sie. »Was wirst du mit meinem armen Hauptmann machen?«
»Du kannst über ihn verfügen. Ein Wort von dir genügt, und er ist frei!«
»Und Mahius?« fragte sie weiter.
»Auch er wird unbehelligt bleiben. Er war dir treu ergeben, das genügt mir.«
»Und was ist mit Erato?« flüsterte sie.
Signars Gesicht verfinsterte sich, dann zuckte er mit den Achseln und sagte: »Er gehört dir, Salustra!«
»Und Tyrhia?«

Er lächelte spöttisch. »Ich bin nur im Scherz auf dein Spiel eingegangen. Sie ist frei und kann lieben, wen sie will.«

»Oder hassen, wen sie will«, sagte Salustra traurig und seufzte. »Andere Freunde habe ich nicht«, fügte sie halblaut hinzu.

Er senkte den Kopf. »Du hast dein ganzes Leben deinem Volk geopfert, und es hat dich verraten. Das wird mir eine Lehre für die Zukunft sein.«

Sie zuckte mit den Achseln. »Es gibt weder Gut noch Böse auf dieser Welt. Aber die Starken herrschen über die Schwachen«, sagte sie gleichgültig. »Darf ich nun fragen, was du mit Atlantis zu tun gedenkst?«

»Es soll mit Althrust vereinigt werden«, antwortete er. »Ich will weder Vergeltung noch Unterdrückung. Atlantis wird aus der Vereinigung nur Nutzen ziehen. Es wird mächtiger und reicher sein als je zuvor. Unser junges Volk soll dem Volk von Atlantis neues Blut und neue Kraft bringen.«

Sie schwieg, die Augen zum Himmel erhoben. Die blutroten Strahlen waren verschwunden, in der Ferne hörte man leises Donnergrollen.

»Du hast nach allen anderen gefragt, Salustra«, sagte Signar freundlich. »Nur nach deinem eigenen Schicksal nicht. Willst du nicht wissen, was ich mit dir vorhabe?«

»Mit mir?« fragte sie. »Selbstverständlich wirst du mich hinrichten lassen!«

Als er nicht antwortete, nahm ihr Gesicht einen Ausdruck von Furcht an. Sie legte ihre zitternde Hand auf seinen Arm und sagte erregt: »Nimm mir alles, aber gewähre mir einen ehrenvollen, schnellen Tod.«

»Ich will aber nicht, daß du stirbst, Salustra! Ich habe anderes mit dir vor!« Sein Gesicht wurde verschlossen und streng. »Außerdem verlange ich einen heiligen Eid, daß du nicht versuchen wirst, dich selbst zu töten. Creto, Mahius und Erato sollen mir als Geiseln dafür bürgen. Wenn du versuchen solltest, dir das Leben zu nehmen, dann müßten sie dir in den Tod folgen und ich schwöre dir, ich würde es ihnen nicht leicht machen zu sterben! Hast du mich verstanden, Salustra?«

»Mein Gebieter, was kann dir mein Leben schon nützen? Du wirst doch nicht so niederträchtig sein, mich dem Gespött der Menge, die ich immer verachtet habe, auszusetzen?«

»Ich habe nicht die Absicht, dich zu demütigen, Kaiserin. Du tust mir unrecht, wenn du so von mir denkst. Hättest du mich so behandelt, wenn du mich besiegt hättest? Ich bin nicht kleinlich. Mahius soll seine Tage in Frieden und Abgeschiedenheit verbringen. Ich werde versuchen, diesen Narren Creto zu überreden, in meine Dienste zu treten. Was Erato betrifft, so kann er zu seinem Vetter, den König von Dimtri, zurückkehren. Alle, die dir nahestehen, sollen verschont bleiben. Sie werden nicht angetastet werden!«

Sie hob ihre brennenden Augen zu ihm empor. »Du hast mir alles gewährt, bis auf meinen sehnlichsten Wunsch – zu sterben. Ich bitte dich aber um eine Gnade. Schenke mir den morgigen Tag, gib mir nur für einen Tag meine alte Macht. Das ist alles, was ich von dir verlange!«

»Deine Bitte sei dir gewährt!« antwortete er.

XXXI

Die Abdankung der Kaiserin vollzog sich rasch und reibungslos. Sie unterzeichnete eine Erklärung, in der es hieß: »Da es offensichtlich der Wille des Volkes ist, erklären wir hiermit, daß wir auf den Thron von Atlantis verzichten, und daß Kaiser Signar an unserer Stelle gekrönt werden soll. Durch ihn werden unsere beiden mächtigen Reiche vereinigt. Wir sprechen die Hoffnung und den Wunsch aus, daß das Volk von Atlantis unter seiner Herrschaft größten Wohlstand und Glück erreichen möge, und ihm treu ergeben diene, so daß unser Volk gemeinsam mit seinem neuen Herrscher Atlantis zu neuem Ruhm führen möge!«

Die wankelmütige Menge begann allerdings zu überlegen, ob der Verrat an Lazars Tochter nicht vielleicht ein Irrtum gewesen sei. Die Frauen weinten, die Männer führten große Reden, und rührende Erinnerungen an Lazar wurden ausgetauscht. Aber es war zu spät. Salustra hatte sich mit stoischer Ruhe in ihr Schicksal gefügt und nahm den plötzlichen Stimmungswechsel zu ihren Gunsten nicht zur Kenntnis. »Sich gegen Signar aufzulehnen«, sagte sie zu Mahius, »das ist so, als ob man sich gegen die aufgehende Sonne auflehnen wollte. Meine Zeit ist vorbei. Die Zukunft gehört ihm.«

Aber ihre Sonne war nicht zur Gänze untergegangen.

Sie bereitete sich darauf vor, die letzten Stunden ihrer Macht voll auszunützen.
Am Morgen nach einer unruhigen Nacht ließ sie noch einmal Creto zu sich kommen, legte die Hand auf sein gesenktes Haupt und sagte: »Du liebst mich also noch immer, Creto? Dann erfülle meinen letzten Willen. Ich will mich in das unvermeidliche Schicksal fügen. Aber persönliches Unrecht fordert persönliche Rache.« Sie hielt inne und sah ihn forschend an. »Jene, die ich am meisten geliebt habe, haben mich verraten. Aber es ist der Wille zum Verrat, der mich am meisten trifft. Signar wäre auf jeden Fall Sieger geworden. Verstehst du, Creto?«
Der Hauptmann sah ihr fest in die Augen. »Meinst du deine Schwester Tyrhia, Majestät?«
Sie schüttelte den Kopf und sagte: »Es gibt auch andere. Aber zuerst sollst du wissen, daß mir Signar für einen Tag meine volle Macht wiedergegeben hat.« Sie nahm eine Phiole aus den Falten ihres Gewandes, die halb mit einer leuchtend roten Flüssigkeit gefüllt war. »Du wirst das sofort zu Jupia bringen und so lange bei ihr bleiben, bis sie das Gift getrunken hat.«
Sie drückte ihm eine Pergamentrolle in die Hand. »Das ist Signars Dekret, wonach heute noch alle meine Befehle ausgeführt werden müssen.«
Der Hauptmann nahm die Phiole entgegen und sagte: »Mir ist jedes deiner Worte Befehl, Majestät!«
Nachdem Creto gegangen war, blieb Salustra allein in ihren leeren Gemächern zurück. Die Besucher, Bittsteller, Senatoren und Adeligen waren ausgeblieben, die großen Hallen und langen Gänge waren still, nur die

Soldaten der Wache gingen auf und ab, denn sie hatten Signars strengen Befehl erhalten, die Kaiserin zu beschützen.
Salustra konnte sich jedoch nicht lange der ungewohnten Einsamkeit erfreuen. Der Vorhang wurde zur Seite geschoben und Signar betrat unerwartet und unangemeldet den Raum. Salustra erhob sich, doch von den Aufregungen der letzten Tage erschöpft, schwankte sie ein wenig und hielt sich an der Armlehne ihres Sessels fest.
»Salustra«, sagte Signar, »heute bist du noch Kaiserin. Du brauchst dich nicht zu erheben.« Er reichte ihr die Hand und half ihr in den Sessel.
Ein heiteres Lächeln spielte um ihre blassen Lippen. »Ich habe mir gedacht, daß du dich eigentlich bei mir entschuldigen müßtest. Du hast mein Gastrecht verletzt.«
»Und du müßtest dich dafür entschuldigen, daß du versucht hast, mich zu meinen Ahnen zu schicken«, erwiderte er lachend.
»Du fragst mich noch immer nicht, was ich mit dir zu tun gedenke, Herrin«, fügte er hinzu.
»Es interessiert mich nicht«, antwortete sie mit einem Achselzucken.
»Aber mich«, erwiderte er bestimmt. Sie schwiegen eine Zeitlang, dann fügte er hinzu: »Werden deine Befehle auch befolgt?«
Sie nickte.
»Glaube mir, Kaiserin«, sagte er und ergriff ihre Hand, »ich empfinde nur Mitgefühl für dich«.
Sie riß sich von ihm los.

»Du bist also zufrieden?«
»Ich bin es, Salustra!«
»Dann erspare mir, bitte, dein Mitgefühl!«
Sie wandte sich von ihm ab und verfiel in tiefes Schweigen. Signar blieb einige Minuten sitzen, dann zuckte er mit den Achseln und zog sich ohne ein weiteres Wort verlegen zurück. Mein Anblick ist ihr verhaßt wie der Tod, dachte er voll Bitterkeit. Dabei ist mein einziger Wunsch, sie glücklich an meiner Seite zu sehen.
Sie verharrte etwa eine Stunde lang in Gedanken, bis Creto mit gerötetem Gesicht und unruhig flackernden Augen vor ihr erschien.
»Es ist vollbracht, Majestät«, rief er. »Sie hat sich bis zuletzt gewehrt, aber ich habe ihr bedeutet, daß sie keine andere Wahl hat. Endlich hat sie das Gift ausgetrunken und dabei euch verflucht!«
Sie legte die Hand auf den Arm des Hauptmanns und starrte ihn an. »Und jetzt gehe in die Gemächer der Prinzessin Tyrhia. Du hast Signars Dekret in der Hand. Du wirst dir Zutritt zu ihr verschaffen und bringst sie zu mir!«
Der Hauptmann zitterte und sein Gesicht wurde weiß wie das Pergament, das er in der Hand hielt.
»Majestät«, sagte er und die Stimme versagte ihm. »Majestät, ich flehe euch an!«
Sie sah ihn lächelnd an. »Es geschieht nicht das, was du vermutest. Geh jetzt, Creto!«

XXXII

Die Ermordung der Hohenpriesterin hatte die Bevölkerung von Lamora zutiefst erschüttert.
Ganto und Siton berichteten dem Kaiser von der Empörung des Volkes und rieten ihm nachdrücklich, Salustra dem Gericht zu überantworten. »Wer weiß, wie die Leute reagieren werden, wenn sie erfahren, daß du die Verbrecherin beschützt«, argumentierten sie. »Sie würden dich für mitschuldig halten und sich gegen dich wenden. Liefere sie dem Volke aus – umso mehr wird es dich dafür schätzen!«
Signar ließ die Kaiserin durch Soldaten seiner Leibwache vorführen. Sie betrat gelassen das Gemach und geringschätzig streifte ihr Blick ihre ehemaligen Höflinge, die nun hinter Signar standen. Er hatte sich, als sie den Raum betrat, nicht erhoben und sagte vorwurfsvoll: »Du hast die Hohepriesterin ermorden lassen!«
»Ich habe die Verräterin und Unterdrückerin meines Volkes hinrichten lassen«, antwortete sie ungerührt.
»Ihr Tod schreit nach Rache«, fuhr Signar fort.
»So lasse mich töten«, erwiderte sie lächelnd.
Der Kaiser machte eine ungeduldige Bewegung. »Du hättest Tausende ermorden können, und keine Hand hätte sich gegen dich erhoben. Die Ermordung einer Priesterin jedoch ist unverzeihlich.«

Als sie weiterhin schwieg, fuhr er voll Strenge fort: »Das Volk verlangt deinen Tod. Ich werde aber erklären, daß du an Jupias Tod unschuldig bist, weil sie Creto, ohne dein Wissen, aus Liebe zu dir, getötet habe.«
»Das werde ich leugnen«, erwiderte sie lächelnd.
Wütend sprang er von seinem Sitz auf. »Dann werde ich dich für verrückt erklären, und bei den Göttern, ich glaube, du bist es wirklich!«
Während sie mit leisem Lächeln den Kopf senkte, fügte er hinzu: »Wenn ich dich dem Pöbel ausliefere, wird er dich demütigen, ehe du unter Qualen stirbst. Willst du das wirklich?«
Sie erbebte bei seinen Worten und flüsterte kaum hörbar: »Gewähre mir einen schnellen und ehrenvollen Tod, Gebieter!«
Er stieß sie zornig von sich, doch in diesem Augenblick straffte sich ihre Gestalt und in ihrem Blick trat der alte Hochmut zutage.
»Laßt das Weib kommen, das sie bewachen soll!« befahl Signar.
Sito verließ den Raum und kehrte gleich darauf mit der weinenden Britullia zurück.
»Bringe deine Herrin in ihr Gemach«, sagte Signar zu ihr, »und sorge dafür, daß sie keine Torheiten begeht«.
Salustra sah ihn herausfordernd an. »Majestät, du hast mir dein Wort gegeben, daß vierundzwanzig Stunden lang meine Befehle noch gelten. Davon verbleiben mir noch zwölf Stunden!«
Signars Antlitz rötete sich im Zorn. »Welche Schrekkenstaten gedenkst du noch zu vollbringen?«
»Lasse mir Creto noch für eine Weile!«

»Er wird für deine Schandtaten büßen müssen!«
Salustra warf hochmütig den Kopf zurück. »Das Wort eines Kaisers ist ebensoviel wert wie er selbst!«
Er maß sie mit finsterem Blick, dann erhellte sich sein Gesicht, als er sagte: »Vergiß nicht, daß du nach diesen vierundzwanzig Stunden unter meinem Gebot stehst.«
Ohne zu antworten, wandte sie sich um und verließ aufrecht und stolz den Raum. Signar blickte ihr bewundernd nach.
»Daher weht der Wind also«, flüsterte Ganto Siton zu. »Es wird nicht lange dauern, und wir werden uns vor dieser schönen Hexe in den Staub werfen müssen!«
Siton runzelte die Stirn. »Das fürchte ich auch.«
Als Salustra in ihre Gemächer zurückkehrte, erwartete sie eine freudige Überraschung. Zum ersten Male seit Tagen war ihr Vorraum mit Menschen gefüllt, aber es waren nicht Senatoren, Höflinge und Adelige, die zu ihr gekommen waren. Eine Gruppe von Gelehrten, mit den Philosophen Talius, Yonis, Everus, Zetan, Lodiso und Morti an der Spitze, wollten sie sprechen.
Gerührt erwiderte sie ihren ehrerbietigen Gruß mit den Worten: »Ich habe nicht erwartet, daß noch jemand meiner gedenkt!«
»Wie könnten wir unsere edle Wohltäterin, unsere verständnisvolle Freundin und großzügige Beschützerin jemals vergessen«, erwiderte Zetan. »Du tust uns unrecht, Majestät, wenn du uns der einfachsten menschlichen Regung, der Dankbarkeit, für unfähig hältst.«
»Dankbarkeit?« wiederholte sie bitter. »Ich habe stets gesagt: Willst du dir einen Feind schaffen, dann erweise deinem Freund eine Wohltat!«

»Denke daran, daß der Kummer von heute die Freude von morgen sein kann«, sagte nun Morti. »Durch Gleichmut im Unglück können wir uns über die Götter erheben.«
Sie zögerte ein wenig, dann sagte sie: »Ihr wißt, daß ich die Hohepriesterin ermorden habe lassen.«
»Wir wissen es, Majestät«, erwiderte Everus gelassen.
»Und ihr seid nicht entsetzt?«
Morti griff ehrerbietig nach ihrer Hand. »Nein, Majestät. Wir sind nur entsetzt über den Verrat, der solche Taten notwendig macht.«
Salustras Augen füllten sich mit Tränen der Rührung. »Eines muß ich euch noch sagen. Der Umgang mit mir könnte euch gefährlich werden. Kommt nicht mehr zu mir! Die Kaiserin von Atlantis gibt es nicht mehr, sie ist tot!«
Nachdem die Philosophen gegangen waren, wandte sie sich an die schluchzende Brittulia. »Dein Werk ist getan! Die Tugendhaften finden einen Trost darin, daß die Sünder ihre gerechte Strafe erleiden.«
Brittulia kniete vor ihr nieder, küßte den Saum ihres Kleides und sagte: »Erfülle mir nur noch eine Bitte, Majestät!«
»Sie sei dir gewährt«, erwiderte Salustra und legte ihr liebevoll die Hand auf das gebeugte Haupt.
»Majestät, ich möchte bei dir bleiben. Ich kam hierher, um ein törichtes Mädchen zu betreuen und habe dabei dich lieben gelernt. Du hast mehr Tugend als die keuscheste Jungfrau!«
Die Kaiserin hob Brittulia empor und küßte sie auf die blaße Stirn.

»Beschäme mich nicht mit deiner Tugend«, sagte sie. »Ich habe bereits mehr ertragen, als ein sündhafter Mensch ertragen kann. Geh jetzt und bringe Tyrhia zu mir!«

»Vergiß nicht«, warnte sie Brittulia, »daß du noch andere Feinde hast, wie etwa den Senator Divona!«

Salustra lächelte. »Was können er und seinesgleichen mir noch antun? Aber er steht bereits auf der Liste des wackeren Creto, obwohl ich überzeugt bin, daß ihn sein neuer Herr auf keinen Fall lange behalten hätte. Mit Verrätern ist es wie mit treulosen Gatten. Sie betrügen immer wieder, der Verrat wird ihnen zur Gewohnheit!«

XXXIII

Signar hatte öffentlich verkünden lassen, daß Salustra keine Verantwortung für Jupias Tod trage. Die Priesterin, so wurde erklärt, sei von Hauptmann Creto in einem Wahnanfall getötet worden und er werde mit seinem Leben für dieses unaussprechliche Verbrechen büßen.

Senator Divona suchte den Schutz des Kaisers, doch als er ihm seine Verdienste aufzählte, hörte Signar mit unbewegtem Gesicht zu.

»Salustra ist jetzt machtlos«, sagte er schließlich. »Sie kann dir nichts tun.«

Divona schüttelte das Haupt. »Sie ist eine böse Frau. So lange sie lebt, bin ich nicht sicher.«

»Dann wirst du noch lange nicht sicher sein«, belehrte ihn Signar zynisch. »Übrigens, hast du dir nicht einst Salustra als Preis für deinen Verrat gewünscht?«

»Ich habe es mir überlegt«, stotterte der Senator. »Lieber würde ich eine hungrige Tigerin ins Bett nehmen.«

»Verschwinde, so lange du noch kannst!« Mit diesen Worten verabschiedete ihn der erzürnte Kaiser.

Divona schlich aus dem Raum.

In ganz Lamora gab es keinen Platz, an dem er sich verstecken konnte. Creto fand ihn bald und der zynische Senator mußte nach einem langen, ränkereichen Leben

erkennen, daß ein Verräter von seinen Auftraggebern keinen Schutz erwarten darf.
»Warum willst du mich töten«, flehte er Creto an. »Ich kann dich zum reichen Mann machen, kann dir alles bieten, was du dir erträumst: Besitz, Sklaven, Frauen!«
Höhnisch erwiderte der Hauptmann: »Was kannst du mir bieten? Du kannst dir ja nicht einmal selbst helfen.«
Mit diesen Worten stieß er sein Schwert in die Eingeweide des Verräters.
Die Kaiserin hatte Cretos Rückkehr mit Ungeduld erwartet. Als er endlich ihr Gemach betrat, genügte ein Blick und sie wußte Bescheid.
»Wäre diese Tat viel früher vollbracht worden, Creto, würde Atlantis heute nicht so hilflos dastehen.«
Der Hauptmann beugte das Knie und küßte den Saum ihres Kleides. »Was befiehlst du noch, Majestät, bevor ich sterbe?«
Traurig schüttelte sie das Haupt. »Ich würde gerne Signars Leben für das deine geben!«
»Du darfst dir solche Gefühle nicht leisten«, ermahnte sie Creto.
»Hole nun meine Schwester«, sagte sie nach einem Augenblick des Nachdenkens. »Gehe mit einer Wache zu Brittulias Haus. Die kleine Närrin wird sich wahrscheinlich dort versteckt haben, während Brittulia sie vergeblich im Palast sucht.«
Der Hauptmann zögerte und sein Blick verdüsterte sich.
»Was hast du, Creto?« fragte sie.
»Ich bitte, Majestät, daß mein letzter Auftrag ehrenhaft sei!«

Ein Lächeln flog über Salustras Züge. »Fürchte dich nicht, ich werde diesem dummen Mädchen kein Leid antun. Ich habe eine ganz andere Rache im Sinn.«

Er hatte kaum den Raum verlassen, als Brittulia die Nachricht brachte, daß Erato um eine Audienz bei der Kaiserin ersuche.

»Ich komme in einer Stunde zu ihm in den Garten«, sagte Salustra zu Brittulias Überraschung freundlich. »Jetzt aber sage mir, was ist mit Prinzessin Tyrhia?«

Brittulias Gesicht wurde sorgenvoll. »Sie ist verschwunden. Wahrscheinlich fürchtet sie, daß Signar jetzt Besitz von ihr ergreifen möchte.«

»Sie ist wirklich eine Närrin«, sagte die Kaiserin, »und erinnert mich von Tag zu Tag mehr an ihre Mutter Lahia. Signar weiß nicht einmal, ob sie überhaupt noch am Leben ist und es kümmert ihn auch nicht. Er hat nie daran gedacht, sie zu heiraten, er ist nur auf mein Spiel eingegangen.« Sie hielt einen Augenblick inne, ehe sie hinzufügte: »Nun eile nach Hause, Brittulia, wo du Creto antreffen wirst.« Die Jungfrau beugte sich mit leuchtenden Augen über die Hand der Kaiserin und küßte sie. Salustra blickte sie mitleidig an und sagte: »Geh nur, du armes Geschöpf!«

Die Stunde, in der Salustras geborgte Macht zu Ende gehen würde, rückte heran. Sie war gefaßt und ließ die jüngsten Ereignisse noch einmal an sich vorüberziehen. Zwar hielt sie nicht viel von düsteren Prophezeiungen, doch der graue Himmel, die faulige Atmosphäre und der Ausfall der elektrischen Energie erschienen ihr Vorboten noch viel größerer Katastrophen zu sein, die kommen mußten.

»Signars Ankunft«, sagte sie zu Mahius, der ihr Gemach betrat, »war ein weiterer Schritt auf dem Weg zum Untergang von Atlantis, den wir, wie die bärtigen Propheten verkündeten, durch unser eigenes Verhalten heraufbeschworen haben. Warum sollte dieses Land weiterbestehen? Seine großen und edlen Tage sind längst vorbei, verfault und verkommen gleicht es einem Morast. Seine Bewohner lassen sich lieber von der Obrigkeit füttern, als zu arbeiten; sie wollen nur nehmen und nichts geben. Sie sind nicht wert, gerettet zu werden. Das wissen die Götter genau.«
Mahius lächelte leise. »Ich glaube aber, daß der Einsatz des Atomzertrümmerers durch Signar die eigentliche Ursache aller dieser Zeichen des Unterganges in der Natur ist.«
Nach kurzem Nachdenken sagte sie: »Wir sind alle nur Werkzeuge des Schicksals. Es hat den Göttern eben gefallen, durch Signar ihr Werk mit Hilfe von Divona und seinen Kumpanen verrichten zu lassen.« Sie preßte die Lippen zusammen und wirkte majestätischer denn je, als sie hinzufügte: »Aber so wie Jupia wird auch Divona kein Unheil mehr anrichten können.«
Der alte Mann zuckte die Achseln. »Was bedeutet das schon, wenn sich deine düsteren Ahnungen erfüllen!«
Sie warf ihrem Minister einen ironischen Blick zu. »Ich habe den Eindruck, du sehnst dich danach, daß meine Ahnungen Wirklichkeit werden!«
Er schüttelte sein Haupt. »Nur soweit es mich selbst betrifft. Die anderen sollen ruhig am Leben bleiben und gleich mir die Erfahrung machen, wie bedeutungslos es ist.«

»Du leidest offensichtlich sehr, Mahius.«
»Nein, Majestät. Ich habe nur eine einzige Klage.«
»Und die wäre?«
»Daß mich dein Vater in die Verjüngungskammer geschickt hat.«
Sie betrachtete seine geröteten Augen, die faltige Haut, den gebückten Körper, der sich nicht mehr aufrecht halten konnte und fragte: »Möchtest du nicht Antlitz und Gestalt von Signar oder Creto haben?«
»Nein, Majestät, denn wenn ich in den Spiegel blicke und meine verwitterten Züge sehe, dann weiß ich wenigstens, daß der Tod nahe ist.«
»War denn das Leben so schwer für dich?«
Er schüttelte den Kopf. »Nein. Ich habe genossen, was zu genießen war. Aber wenn man einmal ein Erleben gehabt, eine Erfahrung gemacht, eine Aufgabe gelöst hat, dann hat es nur wenig Reiz, alles noch einmal zu erleben, zu erfahren und zu lösen.«
»Wenn dem so ist, dann wäre ich auch reif für den Tod.«
»Sage das nicht, Majestät. Du bist jetzt nur enttäuscht, weil dich andere enttäuscht haben, doch du bist jung genug, um die Enttäuschung zu überwinden.«
»Wann sind wir dann also zu alt, um weiter zu leben?«
»Wenn wir uns nicht mehr auf etwas Neues freuen können, das die Zukunft für uns birgt. Dann sind wir reif für den Tod.«
»Also bin ich alt«, sagte sie seufzend.
»Nein. Du warst noch nie verheiratet, hast noch nie ein Kind gehabt, hast noch nie einen Mann geliebt, der dir ebenbürtig war. Wie kannst du sagen, du seist alt?«

»Es gibt aber niemanden, der mich liebt und den ich lieben könnte«, warf sie ein.
Er sah sie lange und prüfend an. »Majestät, in all den Jahren, in denen ich deinem Vater und dir gedient habe, bin ich zu dem Schluß gekommen, daß es nicht genügt zu wissen, was ein Mensch sagt oder tut. Um seine wahre Natur zu erkennen, muß man wissen, was er sich wünscht. Deshalb frage ich mich: Was wünscht sich Salustra?«
»Nun, was glaubst du, daß ich mir wünsche?«
»Ich glaube, daß du dich nach einem würdigen Gefährten sehnst, dir zugleich aber einredest, es gäbe ihn nicht.« Er hielt inne, ehe er mit einem Blick liebevoller Ergebenheit hinzufügte: »Du wirst jedoch geliebt und liebst auch.«
Unwillig erwiderte sie: »Sprichst du von dem Dichter Erato?«
Gleichmütig fuhr er fort: »Ich kenne euch von Kindesbeinen an, Majestät. Ich weiß, daß ehrliche Zuneigung in eurem Herzen schlummert. Gebt euch dieser Zuneigung hin! Ihr habt nichts zu verlieren!«
Sie schüttelte den Kopf, als wolle sie die Gedanken und Gefühle, die sie bewegten, verjagen. »Ich werde mich noch darum kümmern, daß Tyrhia versorgt ist und dann bin ich bereit, zu sterben.«
Er lächelte. »Was kümmerst du dich um die hohlköpfige Tochter einer Frau, die dein Vater verachtete?«
Sie zuckte die Achseln. »Sie ist meine Schwester, das merke ich an ihrem Temperament und an manchem anderen.«
»Sei ehrlich, Majestät. Du wirst doch nicht wirklich

den Kaiser mit diesem unreifen Geschöpf verkuppeln wollen?«
Sie ging auf diesen Vorwurf nicht ein, da sie längst wußte, daß diese Verbindung nicht zustandekommen würde, und fragte stattdessen: »Und wer ist es, der mich liebt und den ich liebe?«
Ehe Mahius antworten konnte, betrat Signar in Begleitung eines Sklaven den Raum. Nach einem Blick auf die bedrückten Gesichter der Kaiserin und ihres Ratgebers sagte er:
»Salustra, ich höre, daß du seit Tagen nichts gegessen und seit Nächten nicht geschlafen hast. Was soll das?«
Ihre Miene erhellte sich, als sie antwortete: »Möchtest du mich mästen, bevor du mich schlachten läßt?«
»Sprich keinen Unsinn!« sagte er streng. »Du bist nicht Tyrhia, sondern die Kaiserin Salustra.«
»Und du unterhältst anscheinend Spione in meinem Haus«, erwiderte sie achselzuckend.
»Keine Spione, sondern besorgte Diener.«
»Nenne sie, wie du willst. Es kommt auf das gleiche heraus.«
Mit einer herrischen Geste befahl er dem Sklaven Speisen zu bringen, die er sodann mit eigenen Händen für Salustra anrichtete.
»Ich kann nicht essen«, sagte sie störrisch.
»Du kannst es versuchen«, erwiderte er und goß Wein in einen Becher, den er ihr reichte.
»Er ist nicht vergiftet«, fügte er scherzhaft hinzu.
Sie konnte sich seinem Einfluß nicht entziehen, griff nach dem Becher und trank einen Schluck. Ihre Wangen röteten sich und sie griff nach einem Stück Brot,

brachte es aber nicht über die Lippen.
»Nun komm schon. Ich hätte dich für klüger gehalten«, sagte er scharf und blieb an ihrer Seite stehen, bis sie ein wenig Brot, Fleisch und Käse zu sich genommen hatte.
»Warum willst du mich am Leben erhalten?« fragte sie. »Ich bin nichts mehr nütze.«
Er starrte sie an und fragte: »Warum hast du mich in jener Nacht nicht getötet?«
»Ich weiß es nicht«, sagte sie. »Vielleicht habe ich geglaubt, du seist den Tod nicht wert, vielleicht glaubte ich, daß ich dich brauche. Ich kann es nicht erklären.«
»Aber du wirst es mir eines Tages erklären«, erwiderte er lächelnd und griff nach ihrer Hand. »Und sobald du es mir erklärt hast, werde ich dir sagen, warum ich will, daß du lebst.«
Er wandte sich von Salustra zu Mahius und fragte: »Was sagst du dazu, alter Mann?«
Mahius hob langsam die Schultern und antwortete: »Was ist dazu wohl zu sagen, Majestät?«

XXXIV

Der Himmel war seltsam, gelbliches Licht färbte Berge und Meer, die Luft war schwül und feucht, so daß das Atmen Mühe bereitete, die Erde bebte einmal kurz und von der See ertönte ein Grollen wie Donner.
Salustra ging in den Garten, wo sie am Fuße der großen Marmortreppe von Erato mit ausgestreckten Armen empfangen wurde. Siton, der mit zwei Adjutanten der Kaiserin gefolgt war, beobachtete die Szene aus angemessener Entfernung. Sie konnten zwar nicht hören, was die beiden sprachen, sahen aber, wie der junge Dichter das Knie beugte und die Hände der Kaiserin mit Küssen bedeckte. Ohne abzuwarten, was weiter geschah, eilte Siton zu Signar, um ihm zu berichten, was er gesehen hatte.
Das Gesicht des Kaisers verfinsterte sich. Er legte sein Schwert an, das er sonst nur bei offiziellen Anlässen trug und eilte, ohne ein Wort zu sagen, in den Garten, wo Salustra, die ein weißes Kleid trug, eben hinter einer Hecke verschwand. Wie schon einmal folgte er ihr und fand sie auf der gleichen Marmorbank wieder. Vor ihr kniete Erato, preßte ihre Hände gegen sein Gesicht und was sie miteinander sprachen, war in der Stille des Gartens deutlich zu verstehen.
»Es ist zu Ende«, sagte Salustra traurig. »Was er mit

mir vorhat, weiß ich nicht und es kümmert mich auch nicht.«
»Komm mit mir nach Dimtri«, beschwor sie Erato. »Bitten wir ihn, daß er es erlaubt.« Diese Worte ständig wiederholend, bedeckte er ihre Hände mit Küssen.
»Du küßt eine Hand, die in das Blut der Priesterin getaucht war, Erato«, sagte sie.
»Selbst wenn diese Hände noch viel mehr Blut vergossen hätten, würde ich dich lieben«, erwiderte der Dichter.
Als sie schwieg, fuhr er, die Wange gegen ihr Knie gepreßt, fort: »Ich wollte dich vor den Verrätern warnen, doch du hast mich nicht empfangen!«
»Deine Warnungen hätten nichts genützt«, antwortete sie zerstreut.
Er zögerte, bevor er fragte: »Salustra, stimmt es, was die Leute sagen? Liebst du Signar?«
Sie starrte ihn ungläubig an. »Mein Gott, was werden diese Narren noch alles schwätzen! Signar haßt mich und er wird mich demütigen.«
Unbeirrt fuhr Erato fort: »Aber du liebst ihn, Salustra.«
Das Kinn in die Hand gestützt, schwieg sie. Erato seufzte. »Ich habe es befürchtet, seit ich dich das letzte Mal gesehen habe. Und er liebt dich auch – wie könnte er anders!«
Salustra schüttelte heftig ihr Haupt. »Ich bin viel zu verwirrt, um zu sagen, ob ich ihn liebe oder hasse.«
»Oh, Gott«, stöhnte Erato. »Wenn ich nur mit dir weit weg fliehen könnte. Selbst wenn wir ertappt werden – der Tod wäre besser als diese Qual!«

Sie blickte ihn mitleidig an. »Nur du würdest dabei leiden. Sprich nicht von Flucht; ich verbiete es dir!«
»Du willst nicht davon sprechen, weil du ihn liebst«, rief der junge Mann, riß sie in seine Arme und küßte sie leidenschaftlich. Signar, der im Schatten der Bäume stand, biß auf seine Lippen, bis sie bluteten.
Salustra löste sich sanft aus Eratos Umarmung. »Du bist ein Dichter, Erato, und benimmst dich wie einer«, sagte sie lächelnd.
»Und was bist du, Salustra?«
»Nicht einmal mehr eine Kaiserin«, erwiderte sie ironisch.
In ohnmächtiger Wut trommelte Erato mit den Fäusten gegen seine Stirn. »Als nächstes wird er die hilflosen, kleinen Königreiche erobern, deren Unabhängigkeit einst dein Vater garantiert hat. Was heißt, erobern! Er wird sie ganz einfach nehmen, aber ich werde Signar in Dimtri entgegentreten und dann wird er sehen, wer von uns beiden der bessere ist!«
In diesem Augenblick fiel ein Schatten über das Paar und als sie aufblickten, stand Signar vor ihnen.
Er lächelte, doch zugleich war seine Miene bedrohlich, als er sagte: »Hier bin ich, Erato! Also, was hast du mir zu sagen?«
Der Dichter war blaß wie der Tod, als er schreiend antwortete: »Was ich dir zu sagen habe? Nichts, außer, daß du weniger als ein Mann bist, weniger als ein Sklave, weniger als der Staub unter Salustras Füßen!«
Die Kaiserin wandte sich zu Signar und sagte mit leiser, aber eindringlicher Stimme: »Höre nicht auf ihn! Er ist ein dummer, verrückter Junge!«

Er glaubte, sie denke nur an den Dichter, wandte sich unwillig ab, packte Erato bei den Schultern und schüttelte ihn, als hätte ein Löwe einen Hund gepackt.
»Weibischer Narr«, rief er, »all das wäre ich, wenn ich mich mit dir auf ein Gespräch einließe.« Mit diesen Worten schlug er Erato mit der flachen Hand ins Gesicht.
Der Dichter taumelte zurück, dann übermannte ihn der aufgestaute Zorn. Er griff nach dem Schwert und Signar tat desgleichen.
Salustra schrie auf und griff nach Signars Arm. »Du hast mir versprochen, jene, die ich liebe, zu schonen. Töte ihn nicht, es wäre feiger Mord, deiner nicht würdig!«
Signar hielt inne, blickte den Dichter voll Verachtung an und fragte: »Du liebst ihn also, Salustra?«
»Ja, ich liebe ihn!«
»Dann nimm ihn dir! Ich hätte nicht gedacht, daß Lazars Tochter einen Dichterling liebt.«
Signar hatte sich majestätisch aufgerichtet und in diesem Augenblick schlug ihm Erato mit der flachen Klinge ins Gesicht und schrie: »Ein Schlächter wie du bin ich nicht! Aber ein Mann, der du nicht bist!« Blut floß von Signars Stirn und trübte ihm den Blick, aber er stürmte mit gezogenem Schwert auf Erato ein, der zurückwich, bis es ihm gelang, einen Schlag zu parieren und Signar einen Stoß in die Brust zu versetzen.
Salustra schrie auf, denn Signar war schwer getroffen; blitzschnell färbte das Blut seine weiße Toga.
Der Kaiser wich einen Schritt zurück, das Lachen war von seinem Gesicht gewichen, sein Blick wurde stahl-

hart, als er vorstürmte und Erato eine tiefe Wunde am Hals zufügte, aus der ein Blutstrom hervorquoll.
Einer Ohnmacht nahe, unfähig sich zu rühren, war Salustra auf die Bank gesunken. Der Kampf ging weiter, die Schwerter blitzten, die Füße zerstampften den blutgetränkten Rasen, der Atem der beiden Männer ging keuchend. Sie spürten nicht, daß der Boden unter ihren Füßen bebte und sie hörten den Donner nicht, der von der See herübergrollte.
Signar war bereits mit Blut überströmt und Eratos Kräfte schwanden. Er sank zu Boden, der Kaiser schlug ihm das Schwert aus der Hand und schickte sich an, seine Brust zu durchbohren.
Aber nun tauchte plötzlich eine schlanke Gestalt auf, warf sich zwischen die beiden Männer und flehte den Kaiser um Gnade an.
»Wenn du Lazars Kinder liebst, dann schone diesen Mann, den ich mehr liebe als mein Leben!«
Signar senkte das Schwert und sagte: »Ich wußte nicht, daß Lazars Kinder der Liebe fähig sind.«
Mit einem Schrei der Erleichterung umschlang Tyrhia nun Erato und küßte ihm das Blut von den Lippen. Der Dichter versuchte zu lächeln, schloß die Augen und sank ohnmächtig auf den zerstampften Rasen. Tyrhia kniete neben ihm nieder und barg sein Haupt in ihrem Schoß. Sein Blut befleckte ihr weißes Kleid. Signar verharrte regungslos.
Soldaten, aufgescheucht durch Tyrhias laute Rufe, eilten herbei. »Wenn er lebt, dann schont ihn«, befahl Signar und deutete auf Erato.
Dann taumelte er und wäre zusammengesunken, wenn

ihn Siton nicht in seinen Armen aufgefangen hätte. Die beiden schwer verletzten Männer wurden in Salustras Gemächer getragen.
Der kaiserliche Leibarzt Cino untersuchte Signar zuerst und schüttelte bedenklich das Haupt. »Nur wenige Millimeter näher zum Herzen und er wäre sofort tot gewesen«, sagte er. »Ob er davonkommt, ist ungewiß.« Dann wandte er sich dem bewußtlosen Erato zu und zuckte resigniert die Achseln. »Hier können nur die Götter helfen.«
Von Schmerz überwältigt, wandte sich Tyrhia an ihre Schwester. »Es ist deine Schuld. Wegen dir hat ihn Signar erschlagen.«
Salustra saß wie traumverloren da. »Er ist nicht tot«, flüsterte sie. »Du darfst hoffen!«
Dann wandte sie sich der schluchzenden Brittulia zu. »Sage diesem dummen Mädchen, daß ich sie mit Erato vereinen wollte. Darum habe ich mich mit ihm im Garten getroffen.«
Tyrhia, die sich an Eratos Körper klammerte, als könne sie ihn damit am Leben erhalten, ließ sich nicht beruhigen. »Wenn er stirbt«, rief sie, »ist es deine Schuld!«
Salustra blickte auf die Uhr an der Wand. Die vierundzwanzig Stunden, für die ihr Signar ihre alte Macht eingeräumt hatte, waren vorbei. Müde wandte sie sich an Mahius, der, wie immer wenn sie seine Hilfe brauchte, an ihrer Seite war. »Ich möchte stündlich Bericht über seinen Zustand.«
»Über wessen Zustand?«
»Ich rede von Signar«, sagte sie mit starrem Blick.
Eine unheimliche Stille senkte sich über den Palast. Vor

seinen Mauern stand regungslos eine dichte Menschenmenge und wartete. Das gelbe Licht des Tages war dem Nachthimmel gewichen, der in einem seltsamen dunklen Rot erglühte.
Salustra fand in dieser Nacht keinen Schlaf. Mit ihrer Schwester saß sie am Krankenlager des sterbenden Dichters, betrachtete seine verfallenden Züge und dachte an einen anderen Mann.
Der Himmel verfinsterte sich und die See wurde stürmischer. Geologen, Astronomen und Ozeanologen beobachteten ängstlich ihre Instrumente, die ein neues Seebeben anzukündigen schienen.
Sturm kam auf, ein Wolkenbruch setzte ein, das Meer tobte.
Am Höhepunkt des Sturms schlug Erato die Augen auf. Sein Blick fiel auf Tyrhia, die er im Todeskampf für Salustra hielt. Die Prinzessin beugte sich vor und küßte seine kalte, schweißbedeckte Stirn. Er griff nach ihrer Hand und seine letzten, geröchelten Worte waren: »Ich liebe dich, aber nicht als Dichter. Wenn die Götter wollen, bin ich bald ein Weiser.« Dann starb er.
Salustra blickte ihre Schwester an. »Er hat von dir gesprochen«, sagte sie.

XXXV

Der Regen strömte herab, als habe der Himmel alle seine Schleusen geöffnet. Fast niemand wagte sein Haus zu verlassen; das Leben erlahmte. Durch die verlassenen Straßen und Kanäle von Lamora wälzten sich die Wassermassen, umbrandeten Säulen und Statuen und rissen sie mit sich. Die Erde bebte, die Fundamente der Häuser wurden unterwaschen, die Wände neigten sich. In das Heulen des Sturmes und das Rauschen des Wassers mengte sich das Krachen berstender Mauern. Die Berge schienen sich in schwarze Ströme aufzulösen, die auf die Stadt herabstürzten. Himmel, Erde und Meer hatten sich in einen einzigen schäumenden Hexenkessel verwandelt.

Der Sturm hielt tagelang an und schien an Heftigkeit zuzunehmen. Die Einwohner der Städte am Meeresufer hatten ihre überfluteten Häuser längst verlassen. Treibgut aller Art schwamm auf dem Wasser, die Kanäle gaben ihren schmutzigen Inhalt preis, und hie und da trieb ein Leichnam auf den Wogen. Der Himmel erglühte in dunklem Rot, und die Luft war von unheimlichem Dröhnen erfüllt, das aus Himmel, Erde und Meer zugleich zu kommen schien.

Die Wissenschaftler waren ratlos. »Wenn man mich nicht für verrückt erklärt«, sagte einer von ihnen, »so würde ich meinen, daß die aufgewühlte See riesige Hohlräume in der Erde füllt, gegen deren Wände schlägt und das ständige Dröhnen erzeugt.«

»In diesem Fall«, erklärte ein anderer, »wäre es nur eine Frage der Zeit, bis die Erdoberfläche zusammenbricht.«

Die Erregung der Menschen steigerte sich, als die ersten Berichte aus den übrigen Provinzen des Reiches eintrafen. Überall Tod, Zerstörung und Verzweiflung.

Tausende hatten bereits ihr Leben verloren, hunderttausend weitere waren vor dem anstürmenden Wasser in höhergelegene Gebiete geflohen. Die Bevölkerung ganzer Städte war auf der Flucht, ohne zu wissen, wohin, denn es schien als würde die Erde in den Wassermassen untergehen. Unzählige Gerüchte gingen von Mund zu Mund. Einige sagten, Althrust sei dank seines kalten Klimas völlig unversehrt, andere wieder wollten in den Westen flüchten, der angeblich sicher sei.

Nach sieben Tagen schien der Sturm nachzulassen, der Himmel erhellte sich, der Regen versiegte, und eine blasse Sonne schien auf eine halbversunkene Welt herab. Die Luft war kalt, die See bewegt und große Wellen schlugen an die unterwaschenen Ufer.

Wohl war noch ein unterirdisches Grollen vernehmbar, doch die Menschen atmeten auf und eilten in die Tempel, um ihre Gebete zu verrichten. An vielen Stellen standen sie vor Kälte zitternd knietief im abfallübersäten Wasser und dankten den Göttern, daß sie die Erde noch einmal gerettet hatten. Millionen waren obdachlos, und niemand wußte, wie viele ihr Leben gelassen hatten.

Die Priester begannen auf die Menge einzureden. Das Unheil, so sagten sie, habe andere Ursachen als die Wissenschaftler behaupteten. Nichts anderes sei geschehen, als daß die Götter erzürnt waren, weil das Volk von Atlantis eine unmoralische und ungläubige Herrin an seiner Spitze geduldet hatte.

Nun, da sie glaubten, gerettet zu sein, ließen die Priester ihrem Haß freien Lauf. »Hört auf das Grollen der Götter«, sagten sie und meinten damit das unterirdische Dröhnen. »Sie haben ihren Zorn noch einmal gezügelt, sie geben dem Volk von Atlantis noch eine letzte Möglichkeit, sich zu erretten, indem es sich von dieser blutigen Mörderin befreit.«

Zuerst schwiegen die Menschen verängstigt und weigerten sich zu handeln, aber dann kam den Priestern neuerlich das Naturgeschehen zu Hilfe. Die Sonne verfinsterte sich und die Menge, die das Herankommen eines neuen Unwetters fürchtete, strömte zum Gebäude des Senats und verlangte die Verurteilung der Kaiserin. Signar lag noch in tiefer Bewußtlosigkeit, unfähig eine Entscheidung zu treffen und so konnten die Senatoren ungehindert der Senatswache befehlen, die Kaiserin festzunehmen. Gatus, der nun die Stunde gekommen sah, seinen Schwager Lustri zu rächen, führte die Soldaten des Senats in den kaiserlichen Palast, gefolgt von einer johlenden Menge, die reißenden Wölfen glich, die sich auf ein wehrloses Wild stürzen.

XXXVI

Einige Tage war Signar dem Tode nahe gewesen. Sein Gemach war schwer bewacht, der Leibarzt Cino weilte ständig an seiner Seite, und Siton, der General, und Ganto, der Kanzler, wichen nicht von seinem Lager. Einmal hatte Signar kurz die Augen geöffnet, Ganto angesehen und mit leiser Stimme gesagt: »Beschützt Salustra wie ihr mich beschützt!« Dann war er wieder in Bewußtlosigkeit versunken.

»Seltsam, welche Macht diese Mörderin über ihn hat«, flüsterte Siton.

Ganto legte mahnend den Finger an die Lippen. »Vielleicht werden wir eines Tages das Knie vor ihr beugen müssen. Benimm dich entsprechend!«

Im gleichen Maße, in dem Signar schließlich langsam genas, schien Salustras Lebenskraft zu schwinden. Sie nahm weder Speise noch Trank zu sich, schlief nicht und saß, unberührt vom Toben der Elemente, schweigend da.

Brittulia und Mahius, die ständig um sie waren, hatten den Eindruck, als sei sie eigentlich bereits gestorben, als halte sie lediglich eine geheimnisvolle innere Kraft rein äußerlich noch am Leben. Sie blickte sie nicht an und hörte nicht auf sie; regungslos saß sie stundenlang in einem Stuhl aus Elfenbein und starrte ins Leere.

Siton betrat einmal ihr Gemach, doch sie nahm seine Anwesenheit nicht zur Kenntnis.
»Stimmt es, daß Signar auf dem Wege der Genesung ist?« fragte Mahius flüsternd.
Bevor der General antworten konnte, schien Salustra zu erwachen. »Signar«, flüsterte sie. »Ist er schon gestorben?«
Mahius versicherte ihr, daß er noch am Leben sei, doch sie schien nicht zu hören.
Im Vertrauen darauf, daß Signar sich nicht entgegenstellen konnte, drang die Senatswache in den kaiserlichen Palast ein, während der Mob sich in den umliegenden Garten ergoß. Der Himmel hatte sich abermals verfinstert. Von den Bäumen troff noch das Wasser, Rasen und Beete hatte die Flut hinweggespült und die johlende Menge, von Anführern aufgehetzt, glaubte endlich die Schuldige an allem Unheil gefunden zu haben. Siton trat an der Spitze der kaiserlichen Leibwache der Senatswache entgegen, nahm in den Haftbefehl Einblick und flüsterte Ganto zu: »Wir müssen sie retten. Sonst können wir dem Kaiser nie mehr vor das Antlitz treten.«
Gatus trat vor und erklärte: »Die Vollmacht des Senats übertrifft jene des Souveräns. Die Festnahme Salustras ist rechtens. »Mit einem Blick auf die johlende Menge vor dem Palast fügte er hinzu: »Niemand wird uns daran hindern.«
Siton und Ganto waren auf Zeitgewinn aus und ließen deshalb den Senator und sein Gefolge von Gardisten zunächst passieren. Gatus betrat Salustras Gemach, in dem sich Brittulia und Mahius schützend vor die Kaise-

rin gestellt hatten. Der Senator entrollte ein Pergament und sagte: »Wir sind gekommen, um Salustra festzunehmen.«
»Mit welcher Begründung?« fragte Mahius.
»Sie hat Mord und Verrat begangen.«
Mahius wollte erwidern, doch in diesem Augenblick erhob sich Salustra. Ihre Augen glänzten, sie hatte wieder zu sich selbst gefunden. »Du bist gekommen, mich festzunehmen?« fragte sie ruhig.
Gatus nickte stumm.
»Laß mich den Haftbefehl sehen«, fuhr sie fort. Er reichte ihr das Pergament, sie begann zu lesen und lächelte. Dann zerriß sie das Dokument, warf die Fetzen auf den Boden und sagte: »Wegen dieser lächerlichen Anklage lasse ich mich gerne hinrichten. Ich bin bereit.«
Mahius meldete sich zu Wort. »Der Haftbefehl trägt nicht das kaiserliche Siegel. Er ist ungültig.«
Gatus dachte an den sterbenden Signar und lächelte verächtlich. »Die Vollmacht des Senats bedarf keiner Bestätigung durch den Souverän. Das Volk verlangt die sofortige Verhaftung«, sagte er und deutete auf die Menge im Garten.
Auf seinen Wink traten die Soldaten vor, um Salustra zu ergreifen, doch Brittulia warf sich schützend vor die Kaiserin. Gatus nickte mit dem Kopf und ein Soldat durchbohrte Brittulias Brust mit seinem Schwert. Die Jungfrau sank zu Boden und stöhnte, ehe sie verschied: »Ich sterbe, weil ich in meinem Innersten gesündigt habe. Mögen mir die Götter vergeben.«
Auch Mahius war vorgesprungen und wollte dem Sol-

daten das Schwert entreißen, doch im gleichen Augenblick sank er unter den Hieben eines anderen Gardisten zusammen.
All das hatte sich so schnell ereignet, daß Salustra nicht eingreifen hatte können. Ihr weißes Kleid troff vom Blut jener, die sie geliebt hatten, und noch ehe sie ein Wort zu sagen vermochte, hatten sie die Soldaten ergriffen.
Als sie mit ihr aus dem Tor des Palastes traten, brüllte die blutrünstige Menge auf, Fäuste wurden geschüttelt, und die Gardisten hatten Mühe, den Ansturm der Menschen zurückzuhalten.
Salustra stand schweigend da. In ihrem blutbefleckten Kleid, das von ihrem aufgelösten langen Haar halb bedeckt war, wirkte sie majestätischer denn je und mit unendlicher Überlegenheit wandte sie ihr Gesicht der tobenden Menge zu, die ihr vor kurzem noch zugejubelt hatte.
Ihre Augen suchten den Horizont, das Meer und die Berge und ihr Ohr vernahm das ständige unterirdische Grollen. Ihr Blick fiel auf den Hafen. Die Flotte Signars war im Sturm untergegangen, nur sein Flaggschiff, die Postia, lag noch vor Anker und tanzte im Wellengang auf und ab. Geschäftigen Ameisen gleich, eilten Hunderte von Menschen auf das Schiff zu.
Der Himmel verfinsterte sich ständig, die Erde bebte, doch die tobende Menge schien nichts davon zu merken. Die Soldaten bildeten einen Kreis um ihre Gefangene und setzten sich in Richtung auf das Senatsgebäude in Bewegung. Um Salustras Lippen spielte ein verächtliches Lächeln.

Der Senat war vollzählig versammelt und der Sitzungssaal durch Notbeleuchtung dürftig erhellt. Die Bronzetüren wurden aufgerissen und gleich danach wieder geschlossen, um der Menge den Eintritt zu verwehren. Außer den Senatoren waren nur noch einige Priester und Adelige anwesend. Als Salustra den Raum betrat, erhoben sich die Anwesenden unwillkürlich, um ihr den gewohnten Gruß zu entbieten. Als sie aber ihr zynisches Lächeln sahen, nahmen sie verwirrt wieder Platz.

Die Soldaten führten Salustra zu einem Podium an der Stirnseite des Saales, auf dem sie regungslos stehenblieb. Gatus, der Ankläger, entrollte ein Pergament, blickte einige Augenblicke lang auf die Gestalt, die in stummer Würde vor ihm stand und begann zu lesen: »Wir, das Volk, vertreten durch den Senat, klagen die entthronte Kaiserin von Atlantis unerhörter Verbrechen an, darunter des Landesverrates, begangen durch Erteilung militärischer Befehle ohne Zustimmung des Senates. Wir klagen sie ferner des Mordes an der Hohenpriesterin Jupia und an dem Senator Divona sowie des versuchten Mordes an Kaiser Signar an. Schließlich hat sie, was nach den Gesetzen nicht bestraft werden kann, aber die Gefühle des Volkes zutiefst verletzt, die Götter geschmäht.«

Gatus starrte die schweigende Kaiserin an. »Du kannst nun auf die Anklagen antworten«, sagte er, doch unter ihrem Blick senkte er die Augen.

»Wo sind deine Zeugen und deine Beweise, Gatus?« fragte sie mit klarer, weithin vernehmbarer Stimme.

Gatus hob die Hand und der schwarzgekleidete Priester Mento, ein Gefolgsmann Jupias, trat vor. Sein bleiches Gesicht war von Haß verzerrt und seine dunklen Augen funkelten fanatisch, als er mit zitternder Hand auf Salustra zeigte und rief: »Gotteslästerin! Deine Verbrechen haben den Zorn der Götter erweckt. Du wagst es, nach Zeugen und Beweisen zu fragen? Es bedarf ihrer nicht, denn du stehst vor aller Augen in einem Meer von Blut, das du vergossen hast. Seit dem Tag, an dem du den Thron bestiegen hast, warst du darauf aus, die Götter zu schänden. Es ist ein Wunder, daß die Mauern dieses Palastes nicht schon längst eingestürzt sind, um dich unter sich zu begraben!«

Die Kaiserin unterbrach ihn mit einem Auflachen. »Wessen wollt ihr mich noch beschuldigen? Ich frage euch neuerlich: Wo sind eure Zeugen und Beweise? Ihr behauptet, ich hätte Befehle erteilt, ohne die Zustimmung des Senats einzuholen. Ja, das habe ich getan, aber nur um Atlantis vor Althrust zu retten. Hätte ich den Senat einberufen, hätte es endlose Debatten gegeben, und Signar hätte alles erfahren, was freilich leider auch so der Fall war. Deshalb habe ich die Verantwortung auf mich genommen, allein für Atlantis zu handeln. Ich bedauere lediglich, daß mir der Erfolg versagt geblieben ist!«

Sie schwieg und senkte das Haupt, als gehe sie das alles nichts mehr an. Die Senatoren flüsterten miteinander und warfen scheue Blicke auf die Kaiserin.

Gatus wandte sich neuerlich an Salustra. »Leugnest du die Verbrechen, deren man dich anklagt?«

»Wo sind deine Zeugen und Beweise?« wiederholte sie zornig und stolz. »Ich weiß, daß ihr diesen Prozeß nur

veranstaltet, weil ihr ein Opfer braucht, das ihr der wütenden Menge vorwerfen könnt. Ihr seid zu feige, für eure eigenen Taten einzustehen.«
Sie hob die Hand, ihre Stimme wurde noch lauter und ihre Augen nahmen einen visionären Ausdruck an.
»Seit langer Zeit wird uns ein Erlöser verkündet. Es wurde von ihm gesagt, er werde die lebende Wahrheit sein. Wie immer seine Botschaft an dieses verrottete Geschlecht auch lauten wird, – ihr werdet ihn verraten, sein Andenken schänden und seine Spuren zu verwischen trachten. Seine Existenz wird durch Generationen hindurch geleugnet und seine Botschaft so verfälscht werden, daß man ihretwegen unzählige seiner Gefolgsleute in den Tod schicken wird.
Er wird die Finsternis erhellen, den Armen, Schwachen und Kranken helfen, versuchen die Ketten der Unterdrückung zu sprengen und für die Freiheit des Geistes eintreten. Dafür wird er einen grausamen Tod erleiden. Das ist das Schicksal jener, die versuchen, die Menschen von ihren Unterdrückern zu befreien. Bis jetzt ist noch jeder, der es wagte die Schleier von Lüge und Heuchelei zu zerreißen, mit denen sich tyrannische Priester umgeben, dem Tod und dem Vergessen überantwortet worden. Aber man kann die Fackel, die diese Befreier erheben, nicht ersticken, sie geben sie sterbend an jene weiter, die nach ihnen kommen.
Ich habe versucht, mein Volk von seinen Ausbeutern, den heuchlerischen Priestern und den Vertretern eines bedingungslosen Gehorsams, zu befreien. Ich habe den Aberglauben bekämpft und der Wissenschaft die Tore geöffnet. Für all das soll ich jetzt büßen! Eure Ankla-

gen sind lächerlich. Ich hätte Tausende hinmorden lassen können und ihr hättet geschwiegen, wenn ich nur den Göttern und Priestern meine Reverenz erwiesen hätte.«
Der Senat war ihren Worten tief beeindruckt gefolgt. Gatus schwieg, während sich sein Kollege Toliti zu Wort meldete. »Was du sagst, Majestät, mag stimmen, aber wenn wir uns jetzt gegen die Götter stellen, würden wir das Chaos heraufbeschwören.«
Während er noch sprach, erbebten die Mauern des Palastes unter einem gewaltigen Donnerschlag. Die riesigen Bronzetore sprangen auf und gaben den Blick auf die tobende Menge frei, auf die ein Wolkenbruch herabströmte, dessen Heftigkeit den Eindruck erweckte, Himmel und Erde gingen in einer einzigen großen Wasserwoge unter.
Der Priester Mento sprang auf, wies mit ausgestreckter Hand auf Salustra und rief der Menge, die in den Saal drängte, zu: »Dieses Weib hat eben wieder die Götter geschmäht. Voll Zorn darüber suchen sie neuerlich die Erde heim!«
Ein tierischer Schrei erscholl aus Hunderten von Kehlen und die Menschen stürmten in den Saal, um sich Salustras zu bemächtigen. Sie sah dem Ansturm mit verächtlichem Lächeln entgegen, doch in diesem Augenblick stürzte Signars Leibwache in den Saal. Siton erreichte die Kaiserin als erster und riß sie mit einem Triumphschrei, der das Heulen der Menge übertönte, in seine Arme.

XXXVII

Halb ohnmächtig vor Erschöpfung hatte Salustra das Gefühl, daß sie aufgehoben und durch die lärmende Menge getragen wurde. Es regnete in Strömen und sie spürte, wie sie in einen Kahn geworfen wurde, hörte die Wellen um sich herum rauschen, konnte den mächtig aufragenden Bug eines Schiffes sehen und fühlte noch, wie sie an Bord getragen wurde. Dann fiel sie in tiefe Bewußtlosigkeit.

»Das ist der Tod«, dachte sie, bevor sie in Ohnmacht sank, aber zuvor glaubte sie noch aus der Ferne eine Stimme zu hören, die seltsame Worte sprach:

»Die Brunnen der großen Tiefe brachen auf, die Fenster des Himmels öffneten sich und der Regen fiel vierzig Tage und vierzig Nächte lang auf die Erde. Das Wasser auf der Erde nahm immer mehr zu und die höchsten Berge unter dem Himmel waren von ihm bedeckt.«

Dann verstummte die Stimme und Salustra erinnerte sich an nichts mehr.

Als sie erwachte, fühlte sie einen warmen Sonnenstrahl auf ihrem Gesicht. Sie lag auf einem Ruhebett und eine leichte Brise streichelte ihre Wangen. Während sie langsam wieder zu Bewußtsein kam, hörte sie murmelnde Stimmen, die näherkamen, bis sie spürte, daß jemand an ihrem Bett stand. Eine Hand berührte ihre Stirn und

strich ihr zärtlich eine Haarlocke aus dem Gesicht. Sie seufzte und drehte langsam den Kopf zur Seite, bereit, wieder in tiefen Schlaf zu versinken.
»Sie ist aufgewacht«, sagte eine freudig erregte Frauenstimme.
»Ja, endlich«, bekräftigte die Stimme eines Mannes.
Zwei Gestalten beugten sich über die Kaiserin, die noch immer mit dem Schlaf kämpfte. Ein heller Sonnenstrahl fiel auf ihr Gesicht, sie sah zuerst das Antlitz einer jungen Frau, die sie noch nie vorher gesehen hatte, und dann erkannte sie Sitons Gesicht. Das Ruhebett schaukelte sanft hin und her. Als sie die Augen noch weiter öffnete, sah sie, daß das Sonnenlicht durch ein kleines Bullauge drang und hinter dem runden Glas erblickte sie die spiegelglatte Oberfläche des Ozeans.
Lächelnd beugte sich Siton über sie. »Du bist lange bewußtlos im Fieber gelegen, Majestät«, sagte er. »Vierzig Tage sind vergangen.«
»Vierzig Tage!« wiederholte Salustra. Ihre Stimme war noch schwach und ihre Zunge wie gelähmt. Beim Klang von Sitons Stimme brachen die Erinnerungen an die letzten Tage über sie herein und sie erschauerte.
Der General legte ihr beschwichtigend die Hand auf die Stirn. »Es ist alles vorbei! Viel ist geschehen, während du geschlafen hast. Aber jetzt mußt du weiterschlafen und wenn du dich kräftiger fühlst, werde ich dir alles erzählen.«
Salustra sah ihn schlaftrunken an. »Ich bin doch auf einem Schiff«, sagte sie mit schwacher Stimme. »Sind wir in einem Hafen?«
Siton schüttelte das Haupt und im hellen Sonnenlicht

wurde ersichtlich, wie bleich seine Züge waren. Ganz langsam kehrte Salustras Gedächtnis wieder. »Wo ist die Prinzessin Tyrhia?« fragte sie. »Und wo ist Signar?« rief sie verzweifelt.

Siton zuckte die Achseln, denn Tyrhia war unter den Millionen von Vermißten, doch er hatte bessere Nachricht über den Kaiser. »Er ist in Sicherheit und gesund, Majestät«, sagte er sanft. »Sobald deine Kräfte zurückgekehrt sind, wird er zu dir kommen, um dir zu berichten, was geschehen ist.«

Das Gesicht der Kaiserin nahm Farbe an. Sie wollte weitere Fragen stellen, doch die junge Frau legte ihr die Hand über die Augen und gleich darauf schlief sie wieder ein.

Es war die kühle Abendluft, die Salustra schließlich wieder weckte. Durch die Bullaugen konnte sie die endlosen Weiten des Himmels und des Ozeans sehen. Sie erhob sich von dem Ruhelager und ging unsicheren Schrittes zu den Fensterluken und blickte hinaus. Sie sah nichts als Wasser und düstere Ahnungen befielen sie.

Welche furchtbare Katastrophe hatte die Erde heimgesucht? Wo war Atlantis? Was war mit Lamora geschehen? Sie sah sich im Raum um. Die Wände waren mit Seide bespannt und vergoldete Lampen, die mit Signars Wappen verziert waren, erhellten das Gemach. Ihr erster Gedanke war: Dieser Barbar hat mich entführt und will mich nach Althrust bringen, doch eine innere Stimme sagte ihr gleichzeitig, daß sie unrecht hatte. Sie, die niemals Furcht gekannt hatte, war plötzlich von Panik ergriffen. Sie schrie auf, als sich die Tür öffnete und

Siton, von zwei jungen Mädchen begleitet, eintrat. Sie fanden die Kaiserin wie betäubt auf ihrem Bett sitzend. »Im Namen der Götter, sagt mir endlich, was geschehen ist!« rief sie.

Die Frauen versuchten sie zu beruhigen, aber Salustra winkte hochmütig ab und wandte sich an Siton. »Sage du mir, was geschehen ist!« befahl sie.

Siton füllte einen Becher mit Wein. »Trink das zuerst, Majestät, dann will ich dir alles sagen«, erklärte er.

Sie trank gehorsam den Becher aus, und darauf begann er leise und zögernd seine Erzählung, als erfülle ihn die Erinnerung an die Geschehnisse noch immer mit Schrecken. »Wir sahen, wie du verhaftet wurdest, Majestät. Unser Herr lag indessen zu Tode verwundet, aber wir wußten, daß es unsere Pflicht war, dich zu retten. Der aufgebrachte Pöbel verlangte die Todesstrafe für dich, und wir waren nur ein kleiner Haufen Männer. Auch wußten wir nicht, ob unser Herr überleben würde. Er war kaum bei Bewußtsein, als wir ihn aufsuchten. ›Herr‹, sagten wir, ›eine Sintflut bedroht die Stadt. Die Menschen sind wie entfesselt und kaum zu bändigen. Laß uns auf dein Flaggschiff fliehen, so lange noch Zeit ist.‹ Obwohl noch sehr geschwächt von seinen Wunden, lachte er uns aus. Er wußte nichts von der drohenden Gefahr, da der Arzt Cino jede Aufregung von ihm ferngehalten hatte und ihm betäubende Arzneien gab. Wir beschlossen daher, zu handeln. Sobald er, von den Drogen betäubt, eingeschlafen war, trugen wir ihn durch die leeren Straßen zum Hafen, riefen unsere Leute zusammen und befahlen ihnen, das Schiff zu besteigen. Mit Lebensmitteln hatten wir uns schon versorgt, Wasser nahmen wir keines mit, da es ja in Strömen regnete. Unser Plan war, dich zu entführen und auf das Schiff zu bringen. Als die Stunde gekommen war, durchbrach ich mit einigen Männern der Leibwache die Reihen der verschreckten Menge und wir trugen dich davon.«

Als er innehielt, legte sie die Hand auf seinen Arm und hieß ihn weitererzählen. »Durch den strömenden Regen watend, brachten wir dich auf das Schiff«, fuhr er fort. »Wir konnten kaum sehen, das Schiff stampfte wild hin und her und wir hatten die Orientierung verloren. Doch plötzlich hörte es zu regnen auf, und der Himmel erhellte sich. Da sahen wir, daß wir nur einige Meilen von der Küste entfernt waren. Turmhohe Wellen überspülten das Schiff und wir vernahmen ein dumpfes Grollen, das weder vom Meer noch vom Lande kam. Die Wellen trugen unser Schiff davon, wir segelten mit großer Geschwindigkeit dahin und vom Berge Atla drang ein starker Schwefelgeruch zu uns, der uns zu ersticken drohte. Das Schiff ächzte und krachte in allen Fugen. Der Sturm hatte uns wieder in die Nähe des Ufers getrieben und wir konnten sogar die überschwemmten Straßen Lamoras sehen. Dann, als wir bereits dachten, wir würden an den Felsen des Berges Atla scheitern, geschah etwas Unerwartetes, Unheimliches. Ohne jegliche vorherige Warnung, ohne einen Laut, ohne daß sich die Erde bewegte, versank die Stadt plötzlich in den Wellen und wurde nie mehr gesehen. Dort, wo einen Augenblick vorher Lamora gestanden war, bildete sich ein riesiger Wasserschwall und wir wurden mit Macht hinaus aufs Meer getrieben.

Hätten wir auch nur einen Laut vernommen, hätten wir die Menschen fliehen gesehen, wäre alles viel weniger erschütternd gewesen, doch die Stadt brach auseinander wie Spielzeug und versank in den Fluten, ohne eine Spur zu hinterlassen. Wir segelten jetzt mit ungeheurer Geschwindigkeit dahin, als ob das Schiff Flügel bekommen hätte. So wurden wir zu einem unbekannten Ziel vorangetrieben.

Millionen von Menschen waren, ohne einen Schrei, ohne ein Gebet zum Himmel, in den Fluten versunken. Nur wenige konnten sich retten und wir nahmen sie auf. Dann öffneten sich die Schleusen des Himmels aufs neue und wir sahen nichts mehr. Wir hatten nur das schreckliche Gefühl, die einzigen Überlebenden dieser Erde zu sein.«

Salustra sank in die Kissen zurück und starrte zur Dekke.

»Atlantis«, flüsterte sie. »Was ist mit Atlantis geschehen?«

Siton vermied es, auf diese Frage zu antworten und fuhr fort: »Vierzig Tage waren wir auf hoher See, durch Sturm und Finsternis treibend. Endlich legte sich der Wind und es hellte sich auf. Ein graues Licht leuchtete am Himmel. Daß wir überlebt haben, grenzt an ein Wunder. Das Schiff war an mehreren Stellen beschädigt und wir konnten es nur notdürftig zusammenflicken. Die eisige Kälte machte unser Elend noch größer. Glücklicherweise hatten wir noch genügend Vorräte, und die Räume im untersten Deck waren trocken.

Unser Herr war voll Zuversicht, und nachdem er gesehen hatte, daß du noch lebst, schien er beglückt. Er

teilte unsere Meinung, daß wir den Weltuntergang erlebt hätten. Du aber lagst während der ganzen Zeit wie eine Tote im Fieber.
So trieben wir auf dem Meer dahin, das Land war aber verschwunden. Dort, wo unseren Meßgeräten nach Atlantis und Althrust liegen sollten, war nichts als Wasser.
Zeitweise verloren wir jede Hoffnung. War die Erde zur Gänze untergegangen, gab es kein lebendes Wesen mehr? Am Morgen des zweiundvierzigsten Tages sahen wir zu unserer großen Freude ein Schiff, das sich langsam und schwankend auf uns zubewegte. Als wir näherkamen, sahen wir auf Deck elende, abgerissene Gestalten. Es waren jene seltsamen Männer, die in Lamora von ihrem Gott Jehova, seinem Zorn und seiner Strafe gepredigt hatten. Sie waren gefaßt und zuversichtlich und sagten uns, sie hätten gewußt, daß die Sintflut kommen werde. Deshalb hatten sie rechtzeitig ihre Getreuen und von jeder Tiergattung ein Paar um sich geschart und mit ihnen das Schiff bestiegen.
Die frommen Männer versicherten uns, daß sie ihr Gott nicht verlassen habe. Sie schienen erstaunt, daß auch wir verschont geblieben waren und versicherten uns, ihr Jehova werde uns alle zu einem sicheren Hafen führen. Einige von ihnen kamen auf unser Schiff und versuchten, uns in ihrem Glauben zu unterweisen, doch wir lehnten ab, ihren Gott anzubeten, da er uns zu rachsüchtig und streng erschien.
Andere lebende Wesen haben wir nicht getroffen. Ein einziges Mal erschien ein Schatten am purpurroten Horizont und wir erblickten ein seltsames Gefährt, das

man kaum als Schiff bezeichnen konnte, das aber mit ungeheurer Geschwindigkeit dahinsegelte. Die Fremdlinge gerieten bei seinem Anblick in Verzückung, knieten nieder, streckten die Arme gegen Himmel und riefen: ›Heil dir, Gesalbter des Herrn!‹ Sie sagten, daß wir das Gefährt niemals einholen würden und so war es auch. Es verschwand auf ebenso wundersame Weise wie es erschienen war.«

Siton schwieg, während Salustra den Blick senkte und mit sanfter Ironie sagte: »Also scheint es doch so etwas wie einen Gott zu geben.«

Nach einer kleinen Pause fragte sie: »In welche Richtung segeln wir jetzt?«

»Nach Osten, Majestät, so wie es uns die frommen Männer geraten haben.«

Die Kaiserin erhob sich. Sie schwankte noch ein wenig, und Siton fing sie in seinen Armen auf. »Bringe mich zu Signar!« befahl sie. Lazars eiserner Wille beseelte sie und sein Geschmeide, das sie am Hals trug, gab ihr magische Kräfte und flößte ihr Mut ein. Auf Siton gestützt, stieg sie die steilen Treppen empor und begab sich auf das Oberdeck. Dort lagerten Hunderte von Menschen auf Kissen und Decken auf dem Boden. Sie waren ausgemergelt und trugen zerrissene Kleider, aber ihre Gesichter strahlten Gelassenheit und ungetrübte Heiterkeit aus. Man konnte glauben, sie seien auf einer Lustfahrt zu einem blühenden Paradies unterwegs.

Einen Augenblick ließ Salustra die Augen auf diesem Häuflein Überlebender aus ihrem Land weilen und Tränen stiegen ihr in die Augen. Sie ging schwankenden Schrittes auf sie zu. Bei ihrem Anblick ging ein

Murmeln durch die Reihen, alle standen auf und begrüßten die Kaiserin voll Ehrerbietung und umringten sie freudig. Diese elenden, abgemagerten Gestalten hatten alles verloren und beweinten den Tod ihrer nächsten Angehörigen, doch ihre Augen leuchteten und ihre Gesichter spiegelten Mut und Entschlossenheit wider. Sie hatten sich von ihrer dunklen Vergangenheit abgewandt, hörten den seltsamen Fremdlingen zu, die ihnen wundersame Dinge von ihrem Gott erzählten, und blickten freudig in eine ungewisse Zukunft. Salustra war erstaunt über die unerschöpfliche Quelle menschlicher Zuversicht, die sich ihr da offenbarte.

Dann, von einer heimlichen Hoffnung beseelt, hob sie den Kopf und blickte sich suchend um. In einiger Entfernung erblickte sie Signar, der abgemagert und noch schwach, in einem tiefen Lehnstuhl saß und einen purpurroten Mantel über seine Knie gebreitet hatte. Er beobachtete sie mit leisem Lächeln und als sie ihn ansah, streckte er die Hand nach ihr aus.

Schwankenden Schrittes ging sie auf ihn zu und als sie vor ihm stand, sank sie in die Knie und lehnte den Kopf an die Armlehne seines Sessels. Er nahm ihr Kinn in die Hand, hob ihren Kopf empor, so daß sie sich in die Augen sahen und betrachtete sie mit einem Anflug von Trauer und Ironie zugleich. »Die Götter müssen uns also doch lieben, Salustra«, sagte er leise. »Von ganz Althrust und Atlantis haben sie nur uns und ein kleines Häuflein Getreuer überleben lassen!«

Seine Hand fiel wieder in den Schoß und er blickte in die Ferne.

Eine warme Brise kam vom Meer und die Sonne spielte

auf den Wellen. Salustra und Signar gaben sich ihrer Trauer hin und saßen schweigend, in düstere Gedanken versunken nebeneinander, dem Gemurmel der Männer, Frauen und Kinder an Deck lauschend.
Schließlich legte Signar seine Hand auf Salustras Scheitel und sagte: »Diese wenigen sind jetzt unser Reich!«
»Nein, mein Gebieter«, sagte sie mit bebender Stimme. »Es ist dein Reich allein. Ich sehne mich nur nach Frieden und möchte mehr über diesen Gott wissen, von dem die Fremdlinge berichten.«
Sie erschauerte bei der Erinnerung an all das, was ihr Volk ihr hatte antun wollen. Signar, ihre Gedanken erratend, sagte sanft: »Deine Untertanen haben dich ungerecht behandelt, Salustra!«
»Hätten sie mich lebendigen Leibes zerrissen, würde ich noch immer um sie trauern, denn sie waren meine Kinder und ich habe sie geliebt.«
»Alle, die dir nahestanden, sind tot, Salustra: Tyrhia, Erato, Creto, Mahius und die bedauernswerte Brittulia.« Sanft berührte er ihre Wange und streichelte sie zärtlich. »Ich habe dich schon einmal gefragt: Warum hast du mich an jenem Abend verschont?«
Sie wandte sich ihm langsam zu und sah ihm tief in die Augen. Es hatte keinen Sinn mehr, zu leugnen. »Weil ich dich liebe«, sagte sie leise.
In dieser Nacht lagen Salustra und Signar eng umschlungen und schliefen zum ersten Male, seit sie sich gesehen hatten, friedlich ein. Die Sterne erhellten ihre Gesichter und tauchten alles in ein goldschimmerndes Licht. Signar hatte den Kopf an Salustras Brust gelehnt und ihre Arme umschlangen ihn fest. Ihre Lippen wa-

ren aneinander gepreßt und Salustras reiches, knielanges Haar bedeckte beide.
Die Morgenröte eines neuen Tages weckte sie. Bei Salustras leiser Bewegung erwachte Signar und ihre Augen und Lippen begegneten sich. Sie sprachen kein Wort, aber Salustra schmiegte sich fest an den Geliebten, als suche sie Schutz bei ihm und als sei er der einzige Halt, dessen sie bedurfte.
Dann gingen sie gemeinsam an Deck. Ein unaussprechlicher Friede erfüllte ihre Herzen. Zwei Tauben, von den Fremdlingen auf das Schiff gebracht, waren freigelassen worden und alle warteten gespannt auf ihre Rückkehr, indem sie hoffnungsvoll zum Himmel blickten. Die Sonne stand im Zenit und tauchte das Meer in ein goldenes Licht, als plötzlich der Schrei eines Matrosen ertönte, der im Mastkorb saß: »Land! Land in Sicht!«
Ein heilloses Durcheinander brach aus. Männer, Frauen und Kinder eilten herbei, Rufe und Gebete erschallten. Am Horizont war ein schmaler grauer Streifen Land zu erkennen. Die Menschen von Atlantis und Althrust fielen einander in die Arme und einige sanken in die Knie und weinten Tränen der Freude. Über das Meer zog der unverkennbar scharfe Geruch von Land. Berge, in blauen Dunst gehüllt, tauchten in der Ferne auf und schon erkannte man dichte grüne Wälder, die sich dunkel von der Küste abhoben. Der Duft von Tausenden von exotischen Blüten lag in der Luft und die Menschen atmeten ihn gierig ein.
Es wurde still, der Friede einer neuen unberührten Welt ergriff alle. Die schwarzhaarigen Propheten knieten an

Deck und murmelten ihre Gebete in jener seltsamen Sprache, die nur ihr strenger Jehova verstand.
Signar und Salustra standen Seite an Seite, eng umschlungen, und ihre Gesichter drückten widersprüchliche Gefühle aus.
»Ein neues Reich, Geliebte!« sagte Signar endlich.
Salustra wandte ihm ihr Gesicht zu. »Nein, eine neue Welt, mein Gebieter«, sagte sie und ihre Augen leuchteten. »Eine neue Welt, in der wir wiedergeboren werden, um ein neues Leben zu beginnen. Wir werden die Lügen, die Leiden und die Sitten der Vergangenheit begraben und ein neues, mutiges Menschengeschlecht zeugen. Dazu sind wir vor der Flut errettet worden!«

Postskriptum Taylor Caldwells

Mein Freund Jess Stearn hat mehrere hervorragende Bücher über parapsychologische Themen und über die Wiedergeburt geschrieben, insbesondere den berühmt gewordenen »Schlafenden Propheten« und sein letztes Werk »Der Prophet im eigenen Lande«. Ich glaube, daß Jess gut daran getan hat, diese Themen an das breite Publikum heranzutragen, und deshalb schickte ich ihm, eher zu seinem privaten Gebrauch, ein altes Manuskript von mir, das ich in meiner Kindheit geschrieben hatte und das sich mit dem legendären Kontinent Atlantis befaßt.

Es ist schon so lange her, daß ich mich heute kaum noch erinnern kann, wann ich eigentlich zum ersten Mal daran dachte, ein Buch über Atlantis zu schreiben. Nach langem Nachdenken wird mir jedoch bewußt, daß ich mein ganzes Leben lang, noch bevor ich mich hinsetzte, um das Buch zu schreiben, von dem Gedanken an Atlantis verfolgt worden bin. Es scheint mir jetzt, als ob ich schon seit meiner frühesten Kindheit über Atlantis Bescheid wußte und seine Existenz für selbstverständlich hielt, obwohl ich mich erst vor kurzem wieder daran erinnert habe.

Seit Monaten war mir bekannt, daß Jess etwas mit meinem Kindheitsroman vorhatte, doch hatte ich es in den

Sorgen des Alltags und angesichts einer tiefen Niedergeschlagenheit völlig vergessen. So kann ich mir gar nicht erklären, wieso ich plötzlich, nach all den Jahren, mein Leben auf Atlantis wieder erlebte. Ich träumte, ich sei die Kaiserin Salustra dieses Buches. Diesen Traum hatte ich vor wenigen Wochen und in den darauffolgenden Tagen war ich zweimal neuerlich die Kaiserin Salustra. Es waren nicht Wiederholungen von Episoden dieses Buches, sondern völlig neue Traumerlebnisse, die so lebendig waren, als hätten sie sich kurz zuvor ereignet.

Im ersten Traum sah ich die weiße Säulenhalle des Palastes, in dem ich lebte, aber es war keine Erinnerung, sondern ein unmittelbares Erlebnis. Ich ging durch die Gärten, sah seltsame Vögel in goldenen Käfigen, bunte Pfauen, die auf dem Rasen stolzierten, und Tiere einer uns völlig unbekannten Gattung. Ich sah den goldschimmernden Ozean vor meinem Palast, das weiße Häusermeer meiner Hauptstadt, die meinen Palast umgab, und die hohen feuerspeienden Berge, die sich ringsum erhoben. Ich konnte sogar den Duft von seltsamen Blumen riechen und sah hohe Bäume, deren Blüten in blauen und violetten Tönen prangten und ungefähr die Größe von Sonnenblumen hatten. Alles war mir so vertraut wie mein eigenes Haus und mein Garten. Ich sah Springbrunnen mit glitzernden Becken aus Marmor und Kieswege, die durch Beete mit seltsamen Sträuchern führten. Alles blühte und duftete und lange Reihen schneeweißer Statuen säumten meinen Weg.

Im Traum war ich mir einer tiefen seelischen Erregung und Verzweiflung bewußt; ich verließ die Säulenhalle, um mich ein wenig im Park zu ergehen und meinen Kummer zu verjagen. Ich war nicht erstaunt, denn ich kannte den Grund meiner Verzweiflung. Ich litt an enttäuschter Liebe, wie es in Shakespeares »Hamlet« heißt. Ich wußte, daß ich Signar, den Kaiser von Althrust, liebte, den Herrscher jenes im Norden gelegenen Landes, das an Atlantis grenzte, und ich wußte auch, daß er mein Gegner war und mein Land erobern wollte. Ich fragte mich, was mir mehr Schmerz bereitete – die Liebe zu diesem Mann, den ich eigentlich hassen sollte, oder meine Liebe zu Atlantis, meinem Volk und meinem Reich. Ich wußte, daß ich Signar ermorden lassen sollte, doch war sein Volk viel mächtiger als meines. Schließlich beschloß ich, selbst zu sterben, um nie erfahren zu müssen, welches Schicksal Atlantis ereilt hatte. Im Traum wußte ich auch, daß sich Signar mit meiner Schwester Tyrhia verlobt hatte und das bereitete mir großen Schmerz, obwohl ich diese Verbindung doch selbst vorgeschlagen hatte. Aus all diesem Leid war der Tod für mich der einzige Ausweg. Dieser Traum – oder soll ich ihn Erlebnis nennen? – ist im Buch nicht enthalten, zumindest nicht in dieser Form. Ich wachte auf und fühlte noch das Verlangen nach Signar in mir; das Gefühl war so stark, daß ich in Tränen ausbrach. Es vergingen etwa zehn Minuten, bis ich schließlich meine Fassung wiedergewann. Ich spürte, daß Atlantis und Signar existieren mußten und ich hatte das unstillbare Verlangen, sie zu suchen; vor allem, um Signar zu sagen, daß ich ihn liebe, obwohl ich überzeugt war, daß er mich verachtete. Als ich endlich begriff, daß alles nur ein Traum gewesen war, fühlte ich mich erleichtert und bedrückt zugleich. Ich wußte, wer Signar in Wirklichkeit war, aber das bleibt mein Geheimnis. Schließlich war es ja nur ein Traum gewesen...

Aber der Traum hielt mich in seinem Bann und ich konnte ihm nicht entrinnen, so stark und unmittelbar war er gewesen. Es war mir, als hörte ich den Klang von Signars Stimme in den Räumen meines Hauses. Ich versuchte zu arbeiten, konnte es aber nicht. Etwa eine Woche später träumte ich wieder von Atlantis, von Signar und von mir. Auch dieser Traum kommt in dem Buch nicht vor. Ich träumte, daß ich ein Fest für Signar und meine Schwester auf einem riesigen Floß gab, das im Hafen verankert war. Der Boden des Floßes war mit Gras bedeckt, in edelsteinverzierten Behältern standen exotische Zwergbäume und die Tische waren mit silberdurchwirkten Tüchern bedeckt. Musikanten spielten auf und ich sah in der Ferne mein weißes Schloß und das Häusermeer meiner Hauptstadt glänzen. Auf dem Floß waren viele meiner Freunde versammelt. Sie waren bunt gekleidet, trugen Kränze im Haar und das Wasser duftete nach den Blüten, die sie verstreuten. Aber ich vernahm auch einen anderen, seltsamen Geruch, der mich beunruhigte; es stank nach Schwefel. Der Krater des Vulkans, der Lamora gegenüberlag, war von einer feurigen Wolke umgeben, die mir Angst einflößte. Vor allem aber peinigte mich der Gedanke an Signar. Er saß mit meiner Schwester auf einem Ruhebett und liebkoste sie dreist, was für mich geradezu unerträglich war. Schweißperlen bedeckten meine Stirn und eine dunkle Vorahnung bedrückte mich.

Signar stand auf, lächelte spöttisch und begrüßte mich, wobei ich das Verlangen hatte, ihn zu gleicher Zeit zu ermorden und zu umarmen. »Ich fühle«, flüsterte ich ihm zu, »daß ich meine geliebte Stadt nie wieder so sehen werde.«

Er blickte auf die Stadt, die Berge und den Himmel und sagte: »Unsinn! Bist du am Ende krank?«

»Ja«, antwortete ich, »ich bin krank, ich leide an einer alten Krankheit und fürchte, daß ich daran sterben werde.« Der Schmerz überwältigte mich und ich erwachte stöhnend. Neuerlich vergingen einige Tage, bis ich wieder zu mir fand.

Den dritten Traum hatte ich vor ganz kurzer Zeit. Diesmal war ich nicht mehr in Atlantis. Ich wußte, daß mein Land für immer verschwunden war und mit ihm meine Schwester und meine Freunde und Millionen von Menschen. Diese unglücklichen Opfer waren korrupt gewesen und hatten mich verraten und dennoch hatte ich sie geliebt, denn sie waren meine Untertanen gewesen, und ich ihre Kaiserin.

Ich träumte von einem neuen seltsamen Land, einer heißen, tropischen Gegend mit azurblauen Bergen und dunklen Urwäldern, die sich ins Unendliche erstreckten. Ich wußte, daß dieses neue Land außer uns, den wenigen Überlebenden von Atlantis, keine Bewohner hatte. Das Meer war seltsam, wie ich es nie zuvor gesehen hatte. Über allem lag eine unendliche Stille, nur vom heiseren Kreischen seltsamer Vögel unterbrochen. Sie waren bunt und hatten große, gebogene Schnäbel. Es wimmelte von Affen, es gab große katzenartige Tiere und Rinder mit seltsam gekrümmten Hörnern.

Obwohl ich um Atlantis trauerte, erfüllte mich zugleich eine Freude, die kaum zu ertragen war. Signar war bei mir und er liebte mich so wie ich ihn.

Wir hatten eine Hütte aus grünen Zweigen gebaut; Signar war nun nicht mehr Kaiser und ich nicht mehr Kaiserin. Wir arbeiteten, um dieses Land zu besiedeln, unsere Kleider waren einfach und unsere Hände so schwielig wie die unserer Gefährten. Aber wir waren glücklich und lebten in Frieden. Im Traum kniete ich am Boden und zermalmte Getreide in einer Holzschüssel. Signar kam zu mir, berührte meine Stirne und sagte: »Das ist jetzt unser Reich!« Dann küßte er mich und ich war so selig, daß ich im Traum die Augen schloß, zugleich aber erwachte.

Auch dieses Erlebnis kommt im Buch nicht vor.

Ich kann mir nicht erklären, woher diese seltsamen Träume kamen und was sie bedeuten sollen. Aber ich weiß, daß diese Träume lebendiger sind als mein Leben, daß ich sie stärker empfinde als alles andere, stärker als Freud und Leid. Sie verfolgen mich, sie geben meinem Dasein Sinn und sie erfüllen mich mit einer unbestimmten Sehnsucht, die weit in die Vergangenheit reicht.

Ist damit ein Beweis für das Wesen der Wiedergeburt gegeben? Ich weiß darüber nicht mehr als meine Leser. Genausowenig weiß ich, warum ich mit zwölf Jahren über Atlantis schrieb und woher ich es so gut kannte. Vielleicht hatte Hamlet recht, als er sagte: »Es gibt Dinge zwischen Himmel und Erde, Horatio ...«

Nachwort von Jess Stearn

Im Alter von zwölf Jahren schrieb Janet Taylor Caldwell einen Roman über den legendären Erdteil Atlantis, über den sie so gut wie nichts wußte. Ihr Vater, ein Zeitungsillustrator, war vom Inhalt des Manuskripts und den minutiösen Schilderungen aller Einzelheiten tief beeindruckt. Er schickte die Blätter seinem Vater, der als Verlagslektor in Philadelphia lebte. Der Großvater des Mädchens war jedoch entsetzt und gab den Rat, das Manuskript sofort zu vernichten, da er sich nicht vorstellen konnte, daß ein Kind fähig sei, ein so reifes, intellektuell fundiertes Werk zu verfassen. Die einzige Möglichkeit schien ihm zu sein, daß sie es von irgendwo abgeschrieben hatte. In gewissem Sinne hatte er recht. Das Mädchen hatte aus der Vergangenheit geschöpft; ohne es zu ahnen, war Taylor Caldwell tief in ihr eigenes früheres Leben eingedrungen.
Sechzig Jahre lang lag das Manuskript von »Atlantis« unbeachtet. Dann wurde ich auf Grund meiner Zusammenarbeit mit Taylor Caldwell bei ihren Büchern »Auf der Suche nach der Seele« und »Das Seelenleben Taylor Caldwells« beauftragt, dieses Kindheitswerk für die Veröffentlichung zu bearbeiten. Spannende, von der jungen Autorin nur angedeutete Szenen, wurden ausgebaut, der manchmal übertriebene Stil des Kindes

vereinfacht, aber die Geschichte selbst, die Ereignisse und Personen, blieben so, wie sie der erstaunlichen Phantasie einer Zwölfjährigen entsprungen waren. Das Einfühlungsvermögen, die Klugheit, der beißende Humor und die Abgeklärtheit, gepaart mit einem trotz allem unerschütterlichen Optimismus – alle diese Merkmale, die mich so gefesselt und erschüttert hatten, sind ebenso erhalten geblieben wie die Allegorie der Erzählung, die mit ihrer packenden Dramatik so sehr in unsere Zeit paßt. Tatsächlich erweckt es manchmal den Anschein, als habe die berühmte Autorin diesen ersten Kindheitsroman mit geradezu prophetischer Gabe geschrieben. Doch darüber wird der Leser bereits selbst geurteilt haben.